Contra ti

AF275291

Romántica

Moruena Estríngana
Contra ti
Bilogía Becados y Dioses, 2

El diseño interior y la cubierta de este libro no podrán ser reproducidos ni plagiados...

No obstante, está permitido citar este contenido...

© Editorial Planeta...

© Moruena Estríngana, 2022

Editorial Planeta, S. A., 2022

Diseño de la cubierta...

Primera edición...

🜨 Planeta

© Moruena Estríngana, 2025
© Editorial Planeta, S. A., 2025
    Avda. Diagonal, 662-664, 08034 Barcelona (España)
    www.planetadelibros.com

Diseño de la cubierta: Booket / Área Editorial Grupo Planeta
Ilustración de la cubierta: Shutterstock
Primera edición en Colección Booket: octubre de 2025

Depósito legal: B. 13.845-2025
ISBN: 978-84-08-30986-4
Composición: Realización Planeta
Impreso en España

Biografía

Moruena Estríngana nació el 5 de febrero de 1983.
Es amante de un gran tazón de té al amanecer mientras el
mundo despierta y ella crea cientos de historias de amor.
Disfruta dando vida a sus novelas, pues siente que para ella
escribir es como respirar, e ideando nuevos retos e historias
en las que perderse una y otra vez. Vive la vida como si
fuera una película con banda sonora incluida, porque su don
es un regalo mágico que le permite existir entre la realidad y
un mundo que solo ella ve antes de infundirle vida para que
pueda ser parte del de todos. El 3 de abril de 2009 publicó
su primer libro en papel, *El círculo perfecto*, y desde
entonces no ha dejado de luchar por sus sueños sin que
sus inseguridades la detengan, demostrando que las
personas imperfectas pueden llegar tan lejos como sueñen.
Hoy tiene más de 150 libros publicados, ha sido número
uno in iTunes, Amazon y Play Store en más de una ocasión
y no deja de escribir libros que poco a poco verán la luz.
Actualmente es la autora nacional con más libros *new adult*
publicados por editorial en España. Y, por si eso fuera poco,
cuenta con un sinfín de géneros románticos a sus espaldas:
romántica adulta, *dark romance*, *rom-com*, *sport romance*,
regencia ¡y muchos más!

A mi editora Ade, por estos diez años juntas.
¡Porque sean muchos más!

Espero que de tu boca nunca salga «nunca me quisieron», porque solo me faltó sacarme el corazón del pecho y dártelo.

Mario Benedetti

Éramos perfectos el uno para el otro...,
pero nos convertimos en enemigos.

Nota de la autora y advertencia de contenido

Esta es la continuación de *Contra todos*. No sigas leyendo si no quieres perderte el comienzo de la historia de amor entre Abbi y Dorian.

Estás ante una novela de ficción, donde hay novatadas que son muy exageradas. Si no te gusta el *dark romance* suave y las escenas *spicy*, no sigas.

Recuerda que nada es real y que cualquier parecido con la realidad es solo una coincidencia.

Disfruta, que las novatadas empiezan y esto va a ser la guerra.

Nota de la autora y advertencia de copyright

Capítulo 1

ABBI

Subo al avión para volver al internado a hacer los exámenes. Sin haber visto a mi madre ni a mi abuelo Hadrian. Intenté hacerlo, pero mi abuelo Uriel no quería permitirse un solo error. Cuando acepté estaba tan dolida, tan enfadada, que no era mi mejor momento. Sigo estándolo y, sobre todo, agitada, porque Dorian no ha dicho al resto quién soy y no entiendo por qué. O, bueno, sí lo sé: quiere joderme la vida él mismo y sé lo capullo que es. Va a arruinarme la vida y a hacer que desee no estar en este lugar.

Él siempre me quiso fuera, y ahora con más razón.

Pero yo no me voy a quedar atrás. Al final solo me usó para saber la verdad, y pienso ser invencible y ganarles en su propio juego. Solo que no sé aún cómo llevarlo a cabo.

Y puede salir fatal. Mi abuelo tiene un plan B por si Dorian se va de la lengua o alguien me descubre. Lo ha estado visitando un médico estos días y creemos que tiene problemas de corazón, así que tal vez yo sea su última baza para conseguir su herencia y disfrutarla. Lo que no sé es por qué no quiere saber la verdad de lo que pasó para olvidarlo todo. Qué lo llevó a hacer todo eso. Qué le hizo olvidar.

El otro día entré en su despacho y estaba dormido. En sueños buscaba a alguien. De nuevo de sus labios salió el nombre de Vicent. Me acerqué y le pregunté quién era esa persona, a ver si decía algo.

—Lo perdí..., lo perdí... ¡Sangre!

Se despertó agitado y me miró como si quisiera matarme. Me di cuenta de que seguía dormido.

—¡Acabaré con vosotros! —gritó y se lanzó contra mí. Pude escapar porque soy más ágil. Cayó al suelo y se quedó ahí dormido. Salí de la biblioteca agitada de nuevo, preguntándome por qué en sueños llamaba a alguien llamado Vicent. Por la noche no recordaba nada y pregunté a mis hermanos si sabían algo de él. Por supuesto, no me respondieron. Solo son un atajo de idiotas.

Todos desean que yo fracase para seguir viviendo del cuento. Porque, si gano, todo pasará a ser mío y de mi odioso padre cuando el abuelo muera. Y ninguno de ellos quiere eso. Lo han dejado claro con su falta de empatía cada vez que trataba de estudiar. Poniendo música alta o haciéndome putadas.

—Si quieres que saque las mejores notas, ¡¿por qué no les pides que paren?! —le dije un día a mi abuelo.

—Porque vas a un lugar peor, te toca a ti esforzarte el doble.

No hace falta que diga que han sido unas de las peores Navidades de mi vida. Ha sido horrible y eso, sumado a lo de Dorian, me ha dejado débil, pero el odio me ciega mientras vuelvo al internado.

Mi abuelo no quiere saber la verdad de lo que pasó, pero yo pienso descubrirlo todo.

Y más si esa verdad los destruye a todos, incluido Uriel. Por culpa de esa noche no he tenido una vida normal, y pienso resarcirme y descubrir qué ocurrió. Siento que detrás de esa noche se esconde algo, peliagudo o no, pero tanto esfuerzo solo por dinero... no lo creo. Siento que hay algo más. Algo que no encaja en este puzle en que dos familias pusieron parte de lo que tenían y otras tres, sin poner nada, disfrutan de los beneficios. Aquí hay algo que no cuadra.

Y, total, ya me da igual todo.

Mi abuelo Uriel es un ser despreciable que no me ha dado tregua en este mes y medio. Me he visto obligada a estudiar en condiciones lamentables y tengo heridas por todo el cuerpo de las putadas que me han hecho él y el resto de mi «querida» familia. Para prepararme, decían, pero en verdad sé que es porque quieren me hunda. Que no lo logre y más viendo que mi abuelo puede palmarla.

Los odio, los odio a todos.

Y, aunque me encantaría odiar al que más a Dorian, una parte de mí lo detesta y lo odia, pero es por el dolor de su traición. Por saber que me usó cuando yo creía que se preocupaba por mí. Aun así, lo tengo metido bajo la piel. Lo que siento me golpea con fuerza y quiero odiarlo por no haber podido olvidarlo tras el tiempo transcurrido.

Ahora está prometido con Idelia de forma oficial. Hicieron una fiesta por todo lo alto que ha salido en revistas y redes sociales. Todo el mundo se ha hecho eco de la noticia. Idelia se creía una diosa, con ese vestido de piedras preciosas que costaba un dineral, y Dorian..., bueno, él no parecía feliz. Pero nunca lo parece. Salvo cuando me hizo creer que en nuestra burbuja éramos perfectos el uno para el otro.

Aparto esos pensamientos de mi mente y me centro en la misión porque recordar esos instantes en que fui tan feliz a su lado duele mucho.

Sacar la mejor nota.

Sacar la verdad a la luz.

Aterrizo y voy hasta el coche que mi abuelo Uriel ha dispuesto para mí. He aceptado seguir, pero con mis condiciones. Conduzco de vuelta a la ciudad y abro la puerta de un pequeño estudio donde pasaré los fines de semana que yo decida escapar de ese infierno. Entro y dejo mis ropas más preciadas, así como otras cosas. He estado haciendo fotos al testamento de mi abuelo y a varios documentos de esa época cuando todos dormían. Es lo bueno que tiene ser nieta de un mago escapista.

Mandé traer un ordenador y una impresora, que me dejó listos el casero. Imprimo todo y uso una de las paredes para poner lo que sé como si fuera una pizarra. Y, por si acaso mi abuelo tiene una copia de la llave de este lugar, mando al casero cambiar la cerradura. Le pago por el cambio, claro. Todo listo. No saben la que se les viene encima.

Ni ellos...

Ni mi abuelo Uriel.

Ni Dorian e Idelia.

Que empiece el juego.

Capítulo 2

DORIAN

Los becados y el resto de los estudiantes van llegando para los exámenes. No compartimos clases. Los hacemos por grupos y, por supuesto, a mí no me han puesto en el mismo que Abbi. Porque Idelia no quiere que su presencia me distraiga y habló con su padre para que yo los hiciera en el despacho o en una sala con ella, Hermes y Edey. Hago cada examen con estos tres idiotas que no paran de hablar y de decir chorradas. Por suerte, a mí eso no me desconcentra. Cuando no estoy estudiando estoy metido en mi cuarto, repasando o leyendo. No estoy listo para ver a Abbi. Y como quiero sacar la mejor nota dejo el poder coincidir con ella para después de los controles. Si no hacemos putadas entre los exámenes es solo porque han venido profesores de refuerzo y un notario para certificar las notas. Y no saben nada de las putadas. Mi abuelo no quiere que vean nada raro. De vez en cuando lo hacen por el rumor que corre de que aquí se hacen novatadas, pero nunca ven nada raro.

Al acabar los exámenes nos dan una semana de descanso y mi abuelo me hace volver a su casa para una fiesta. Odio estar allí, odio tenerlo cerca, sobre todo cuando Idelia y su familia se instalan en la casa como si ya fueran los dueños.

No soporto tenerla cerca. Ni sus manos en mi piel ni su boca en mi mejilla para las fotos. Pero ahora hay otra mujer a la que desprecio más, por eso no hago nada.

Cuando regreso al internado lo hago con Idelia. Ya no se separa de mí. Me ahoga, pero ahora somos aliados. Toca subir el nivel del juego. Toca joder a los becados como nunca.

Sé que estoy cegado por el dolor. Por esta opresión en el pecho que no me deja vivir. Lo sé, pero lo que no sé es seguir con mi vida si no es con esta meta fija.

Y aquí estamos. Esperando a que regresen todos para empezar con las putadas. Paso de llamarlas novatadas. Tengo ganas de joder a esos cabrones..., bueno, tengo ganas de joder a una en especial. A la única mujer en esta vida que me he permitido amar, pero me utilizó.

Gracias a ella me siento el mayor tonto del mundo y odio esta sensación, odio no olvidar cada segundo a su lado y seguir soñando con ella. Como si en mis sueños se olvidara que me usó solo para tener un aliado.

Creía que yo era Eros y que la tenía a ella a oscuras, pero la cabrona me engañó y le dio la vuelta al mito: ella fue la que me hizo vivir entre tinieblas para que no supiera quién es. Pero va lista si cree que voy a bajar a los infiernos por ella ni por nadie.

¿No le gusta la mitología? Pues voy a hacer que baje a los infiernos y nadie va a salvarla de esto.

Desde niño nunca me he permitido amar a nadie. Cuando perdí a mi padre y mi madre se fue, encerré todos mis sentimientos porque era más fácil vivir sabiendo que estaba solo. Al lado de un abuelo egoísta, que de mí solo quiere que siga todas sus condiciones, me obligué a no sentir nada. Hasta que por ella me dejé llevar, le entregué cada parte buena que quedaba de mí, de mis sueños. Me permití el lujo de creer que había encontrado a alguien en quien poder confiar en este mundo..., que ya no estaba solo. Y ella solo me estaba usando. Fue como cuando mi padre me cambió por dinero.

Nunca quiero pensar en ello, pero yo a mi madre la quería. La quería y me dejó solo con mi abuelo. Y eso me hizo dejar de confiar en todos. Hasta que apareció Abbi. Por eso su traición me mató. Me destrozó y solo mi sed de venganza me mantiene a flote y hace que me sienta menos imbécil por haber confiado por primera vez en años en una persona.

Idelia sabe que me acosté con ella. Lo sabe porque la odiaba tanto que se lo conté, sabiendo que los celos de Idelia serían tan grandes que su poder de destrucción contra Abbi sería mayor.

—No ha venido. —Idelia se pone a mi lado en la puerta de entrada—. Lo tengo todo listo para cuando regrese de nuevo al internado, ahora que se han acabado los exámenes.

Se me cuelga del brazo y me cuesta mucho no apartarla. No soporto que el anillo de mi familia descanse en su dedo y saber que estamos prometidos. No soporto la vida ligado a ella. Pero es esto o la cárcel, mi abuelo lo ha dejado claro. Y si no acepto estas condiciones contará a todos lo que pasó cuando tenía dieciséis años en este mismo lugar y que hará que mi vida esté marcada por esa noche que no recuerdo. Ya no le importa repudiarme públicamente y darle todo a mi primo. O estoy con él o contra él. Y no estoy preparado para dar ahora un paso en falso que arruinará mi vida por unos acontecimientos que no recuerdo. En el fondo, siempre espero recordar qué pasó. Qué me llevó a hacer lo que dicen que hice...

Si solo recordara qué pasó, si solo supiera la verdad..., sabría a qué mierda me enfrento.

Pero no tengo ni puta idea.

Y por eso callo y acepto el brazo de Idelia mientras por dentro siento asco.

Tenía dos opciones: decirles quién era Abbi o solo que estuvimos liados. Dejé la verdad de su procedencia para mí. Aún no tengo claro qué haré con esta información, pero saber la verdad me da ventaja sobre la becada solo a mí.

Vemos que llega un nuevo autobús de becados y estudiantes, el último antes de que empiecen las clases mañana, tras esta semana de descanso. No aparece y me siento enfadado y defraudado. ¿Se ha rendido? No, no lo creo, vino para los exámenes, Idelia la vio y nos contó que parecía contenta y feliz, como si estar aquí fuera maravilloso para ella. Esto solo hace que me dé cuenta de la gran actriz que es. Antes lo veía, veía su doble cara, pero como creía que conmigo era ella misma no le daba importancia. Ahora todo lo interpreto como señales que no quise ver porque estar a su lado me gustaba mucho.

—¿Dónde está la zorra de Abbi? —pregunta Idelia pegando golpes en el suelo con sus tacones como la malcriada que es.

—¿La estáis esperando? —Edey nos mira y sonríe—. Ha venido en su propio coche, está en la cafetería tomando un café con sus amigos. ¿No os dije que ahora tenía coche propio? Se me olvidó...

—¡Eres un idiota, Edey!

Idelia se cabrea y corre hasta la cafetería. La sigo mientras siento algo raro en el pecho. No sé si estoy preparado para ver a Abbi. La odio por su engaño. Por usarme, por reírse de mí. La odio con tanta fuerza que temo lo que pueda llegar a hacerle para que sienta un poco de lo que yo siento en este momento. Y no sé si eso me convierte en un monstruo.

Llegamos a la cafetería y la buscamos. Está al fondo, sola. Tomando un café como si estuviera tranquila en una cafetería. Mira su móvil hasta que se da cuenta de que la observamos y juraría que se toma un segundo para alzar la vista y encontrarse con la mía.

La miro sintiendo el odio latir en mí. Odiando fijarme en que sigue igual de preciosa que la última vez que la vi y que sus ojos marrones me miran como si me odiara ella a mí. Nuestra mirada es desafiante mientras lo que siento me hace arder de pura venganza. Pienso destruirle la vida. Se arrepentirá de haber vuelto. Se arrepentirá de haberse reído de mí. No paro de imaginarla contándole todo de mí a su abuelo. Diciéndole lo tonto que fui por bajar la guardia con ella. No dejo de recordar cada segundo juntos y sentir que cada mirada, cada caricia..., fue mentira.

¡Qué idiota fui! Pero esta me la paga.

—Está sola, no tiene amigos, yo me encargué de eso —apunta Idelia.

—Pero ya que sabemos que le atraen los dioses —dice Edey—, voy a hablar con ella.

Le cierro el paso e Idelia me mira.

—Ni se te ocurra. A ella solo la jodo yo. —Nos miramos desafiantes y sé que no tiene sentido, que debería dejar que la tocara, que hiciera con ella lo que quisiera. Que la destrozara como ella me destrozó a mí...

Pero me jode tanto tenerla delante como el hecho de verla con otro.

—Cuidado, querido, o pensaré que te importa —apunta Idelia dejando claro que mientras tenga la boca cerrada y eso contente a mi abuelo no dirá nada—. Que a mí me da igual ser una Wilson de una forma u otra..., pero a ti no te interesa que, en vez de contigo, me case con tu primo.

Mi abuelo le ha prometido que, si le informa de todo lo que haga, en caso de que yo la cague mi primo será el heredero y ella se casará con él y será igualmente una Wilson heredera de nuestra gran fortuna.

—Haz lo que te dé la gana.

Me aparto, me marcho a mi coche y me largo de este lugar. Ahora que la he visto, de golpe lo siento demasiado pequeño.

> Idelia:
> Empezamos las putadas. No tardes.

Leo el mensaje de Idelia. Acabo de volver y de golpe la noche empieza a mejorar. Me muero por joder a cierta morena de grandes ojos castaños. Necesito hacerle daño. Para que ella entienda que me destrozó.

Como si eso pudiera aliviar un poco este dolor que siento en el pecho y que no me deja respirar o me permitiera olvidarme de su recuerdo.

Capítulo 3

ABBI

Dorian me miraba como si fuera él quien está enfadado conmigo. Como si yo le debiera algo. Me miraba con odio, cuando él me usó a mí para joderme la vida. Para saber quién era y manipularme. ¡La que debe estar enfadada soy yo!

Debí haber notado algo raro cuando se acercó a mí, él, que parece pasar de todo el mundo. Menos para follar. Para él tener sexo conmigo fue algo normal. Yo lo sentí como especial, como único, pero solo lo hacía para sacarme información de mi abuelo. Y ahora me mira como si yo fuera la traidora y no al revés. ¡Tendrá morro el diosito de los cojones!

Cuando lo vi esta mañana quise no sentir nada. Por eso encerré todos mis sentimientos tras un odio visceral. Porque, si no lo hago así, todo esto va a destruirme. Nunca he sentido por nadie lo que sentí por él viviendo una mentira. Me entregué. Seguí mi intuición y para él solo fui un juego. Duele mucho, más de lo que puedo soportar.

Por eso tomo aire y recuerdo cómo me usó solo con un fin. Destruir a mi abuelo.

No es aún medianoche cuando entran a mi cuarto y me sacan de la cama. Me ponen una capucha.

—¿Llevas los calcetines de goma falsa? —me pregunta Mina.

—Sí. Y ropa térmica.

—Va a dar igual. Creo que esta noche os van a sumergir bajo el agua.

Mina me escribió para decirme que estaba de nuestra parte, pero que para poder ayudarnos tenía que hacerles creer que no. Marvin, igual.

—¡Estoy harta, joder! —grita Dafna a mi lado.

Ha regresado porque su padre ha empezado a trabajar para el hombre que recomendó a su hija para estudiar aquí. Y vería como una falta de respeto que esta dejara de estudiar solo por unas novatadas. Ella me escribió para decirme que nos veíamos a la vuelta y Mina me llamó para explicarme que Marvin le había contado que esa era la única forma de poder ayudarnos y por eso ella se libra de estar en todas las putadas. Al parecer, están medio liados, aunque Elias también está liado con ella. No sé qué enredo se traen los tres ni me pienso meter.

La verdad es que no me fío de ellos. Dudo de todos porque no sé ahora mismo quién miente o quién no en este juego de poder. Aquí nadie está por nada. Ya no me fío ni de Dafna porque de golpe veo cosas que no me encajan en ella ni en nadie. Esto es un juego. Unos lo usan para creerse superiores, otros para conseguir un buen puesto de trabajo, pero todos los que entran aquí tienen una meta clara, nadie soporta esta mierda por nada.

Este lugar apesta por todos lados y pienso hacer lo posible por hundirlo.

Tal vez así deje de dolerme el pecho.

Bajamos hasta la zona del sótano donde están las celdas. Hace frío. Estoy helada, pero no digo una sola palabra. Mi abuelo ya me ha hecho pasar por un infierno.

Al llegar nos ponen de rodillas y adivino que sumergen a algunos en agua porque los gritos se amortiguan. Entonces lo siento, a Dorian, próximo a mí. Mi cuerpo sigue reconociendo su presencia aun a oscuras. Se queda cerca. Mi corazón se acelera y espera el ataque o que grite quién soy. Por un segundo lo espero, para así acabar con todo esto. Y poder irme lejos de él para olvidar que, a pesar de todo, lo añoro. Añoro la mentira que tejió para mí. Jugó a ser una moira tejiendo mi destino y ahora pienso ser como Hércules, que cambió su suerte y se hizo inmortal. A Hércules el amor le dio la fuerza, a mí será el odio.

Lo odio por lo mucho que echo de menos perderme de nuevo entre sus brazos. Volver por un segundo a esa burbuja que creamos los dos y que parecía tan real. Cuesta asomarse a todos esos recuerdos que te dieron la vida y asimilar que eran falsos.

Alejo mis pensamientos, debo centrarme.

De golpe todo se queda en silencio y me levantan. Me trasladan unos metros y me quitan la capucha. Entre las sombras está Dorian, mirándome fijamente. Sus ojos aguamarina se clavan en los míos más gélidos que nunca. Como si hubiera perdido la poca humanidad que tenía. O como si nunca la hubiera tenido y yo me hubiera esforzado en ver algo inexistente.

—Abajo —dice frío y empujan mi cabeza dentro de

un barreño lleno de agua mientras tomo aire antes de sumergirme.

El agua está muy fría y llevo mi mente lejos de aquí. Voy a mundos mitológicos. Cuando me sacan la cabeza por primera vez grito:

—¡Ondina!

Dorian les hace señas para que vuelvan a meterme la cabeza bajo el agua. Su voz cruel contra mí me duele mucho. Nunca me había hablado así, siempre me cuidó a su modo. Esto solo corrobora su verdad y me hace ver al fin su verdadera cara.

Necesito escapar de esta pesadilla, por eso imagino que soy una ninfa, una ondina de las aguas dulces y los lagos. Con cuerpo azulado, orejas puntiagudas y pelo azul. Pero, aun así, hermosa y fuerte. Capaz de respirar dentro y fuera del agua. Por un segundo no soy esta simple mortal atrapada en un círculo vicioso de cabrones sin alma.

Las ondinas no son malvadas, pero se divierten jugando con los humanos. Salgo del agua y los miro agitada.

—Ondinas —repito solo por joder. Sé que los encapuchados de turno no entenderán nada, pero Dorian, sí.

—Está loca —dice uno de ellos, pero Dorian, no, él sabe de qué hablo.

—Nunca serás una de ellas —apunta Dorian sin moverse—. Porque las ondinas, cuando se enamoran, se convierten en las mayores protectoras de ese humano y tú no tienes corazón.

Sus palabras me hacen pensar que es más idiota de lo que creía. ¡Si fue él quien me traicionó!

—Mejor, porque las ondinas, si se enamoran y traen un hijo al mundo, tienen al fin un alma. Pero esto las hace sufrir como cualquier mortal. Prefiero ser un ser sin corazón como tú.

Nos miramos desafiantes y por un segundo es como cuando compartíamos intereses por los mitos. Echo de menos esos instantes. Dorian me mira enfadado y yo a él. Pienso destruir su imperio de mierda y que caigan todos. Él, el primero, por hacerme sentir tanto por alguien que no existe.

Hace señas para que me metan la cabeza de nuevo bajo el agua y esta vez ni ondinas ni puñetas. Soy un kraken y con mis tentáculos los mando a todos a tomar por saco sin importarme que se quiebren sus huesos.

Cuando me sacan estoy agotada y Dorian hace señas a los demás para que se vayan. Nos miramos desafiantes a los ojos mientras recupero el aire. Estamos en penumbra, ya que este lugar está iluminado solo por lámparas que simulan antorchas con luz naranja.

—No debiste volver.

—Pienso destruiros a todos —le prometo mientras se me acerca.

Se acerca a mi oído y su aliento me quema a pesar del frío.

—Me gustaría ver cómo lo intentas..., Abbi Nelson.

Lo miro desafiante. La atracción que siento por él sigue ahí, tan visceral y densa como siempre, tan intensa que duele. Su mirada se oscurece y entonces sumerge mi cabeza dentro del agua. Y que él haga esto cuando nunca se mancha las manos deja claro que nunca le importé.

Al salir veo a Idelia, que me mira y se ríe, feliz de que Dorian ahora esté de su lado al cien por cien. Me dejan irme y me marcho con el corazón hecho trizas. Cuando caigan pienso disfrutarlo. No saben la que les espera.

Ojalá no dolieran tanto sus manos en mi cabeza siendo él quien me hizo la última putada. Ojalá mi corazón dejara de doler... ¡Joder! ¡Lo odio!

DORIAN

—No la soporto —dice Idelia—. No sé cómo pudiste acostarte con ella.

Lo que no sé es cómo pude acostarme con Idelia tantas veces. Siempre me dejaba mal, tocado. Usaba el sexo para escapar de mi soledad y al acabar me sentía más vacío. Hasta que llegó Abbi y el sexo fue... increíble. Noto cómo el dolor crece en mi pecho al recordar su engaño. Y más al verla ahí, mirándome como si yo fuera el que le hice daño a ella.

—Como si te importara con quién he tenido algo. —Toca mi torso y siento asco, por lo que aparto su mano—. No me toques. No entra en las normas.

—Las normas están para romperlas, Dorian, tú lo sabes mejor que nadie. —Me mira desafiante—. Si la odio tanto es porque nunca has mirado a nadie como la mirabas a ella. Ni ahora tampoco. Solo se odia a quien se ha amado. Me puedo hacer la tonta, pero no lo soy. Así que no me jodas.

—No siento nada por ella.

—Más te vale. De momento estaré calladita. Me ha gustado ver su cara de horror cuando fuiste tú el que la sumergía en el agua.

Lo sabía y sabía que Idelia estaba cerca. No pensaba mancharme las manos. A pesar de todo, hacerle daño me destroza. Pero sabía que, si no hacía algo, Idelia sería peor. Por eso lo hice. Yo también vi la mirada de

Abbi como si le sorprendiera que me implicara yo, que siempre me mantengo al margen.

Quise castigarla por hacerme sentir y a la vez protegerla de la ira de Idelia y odio esto. Odio no poder mirarla sin sentir nada.

Idelia trata de tocarme de nuevo, pero se lo piensa al ver mi cara de pocos amigos. Al fin se aleja y me deja solo en este lugar donde hace unos instantes Abbi era sumergida en agua fría.

A pesar de lo mucho que la odio, cuando mencionó a las ondinas recordé aquellos momentos en que me perdía con ella hablando de todo lo que a mi mente inquieta se le ocurriera.

Es mejor no olvidar que todo fue mentira.

Si ella tuviera corazón, nunca me habría usado solo por dinero.

Al final, esto no hace más que acrecentar mi odio por esta gente que por dinero son capaces de dejar que los humillemos de esta forma, y ella no es mejor que los demás, es aún peor, porque hace esto para que su abuelo recupere su herencia. Ahora ya conozco toda la historia porque, a cambio de aceptar el compromiso con Idelia y hacer todo lo que quería mi abuelo, le exigí que me contara el porqué de ese odio a Uriel.

Ella me usó para que su abuelo recuperara su herencia. Y lo hizo desde el primer día.

Que siga jugando, esto no ha hecho más que empezar.

Pienso coger todo lo que siento cuando la tengo cerca y transformarlo en un odio visceral. Tal vez así deje de doler.

Capítulo 4

ABBI

Estoy agotada, pero llego a mi primer día de clase tras los exámenes. Entro en el aula con el uniforme de falda y, para joder a Idelia, llevo la camisa blanca y, bajo esta, un sujetador de encaje negro que se clarea un poco. El pelo lo llevo algo más largo y me he hecho ondas que realzan los rasgos de mi cara. Sigo odiando cómo me mira la gente. Sobre todo, cuando llego a mi sitio y me quito la chaqueta. Es como si volviera a mis dieciséis años, cuando aquel impresentable me miraba como si en cualquier momento fuera a saltar sobre mí.

Pero ya no soy esa niña. Dentro de poco cumpliré veinte años. Pienso llegar a donde quiera y a donde quiero es a hacer pagar a todos por tratarme mal.

Voy a mi asiento y cuelgo la chaqueta del uniforme en el respaldo. Tomo aire para poder seguir con mi juego sin que nadie note cómo me tiemblan las manos. Cojo uno de los bolígrafos para metérmelo en la boca mientras me recojo el pelo en un moño suelto. Al hacerlo, mis pechos se suben y noto más miradas. Bien, Idelia debe de estar rabiando. Luego cojo el boli y lo chupo distraída. Antes de sacarlo de mi boca lo muerdo levemente de forma sugerente. El profesor va a decir algo, pero solo me mira. Hasta que aparta la mirada agitado.

Idelia gruñe a mi espalda. Siento la mirada de Dorian posada en mi nuca mientras saco todo para ponerlo en mi mesa.

—Por fin juntos. —Marvin se sienta a mi lado. Este semestre compartimos más clases—. Joder, Abbi, tienes a todos los tíos pendientes de ti.

Me pasa los dedos por el cuello. Me tenso, no quiero que me toque. No sé por qué me toca. Pero los deja ahí y pienso si le joderá a Dorian creer que otro me ha tenido.

Seguro que no. Aunque en mi mente está rabiando de celos y eso me da poder.

Me giro para sonreír a Marvin y que me quite la mano.

—Sí, así no estaré sola.

Miento, no me fío un pelo de él, sobre todo cuando me mira las tetas con tanto descaro y no hace nada por disimular. La clase empieza y no me molesto en tomar apuntes. El profesor no dice nada con sentido. Lo mejor es cuando da las notas y yo estoy por encima de Dorian.

—¡Imposible! —grita Idelia.

Recojo mis cosas. Primera nota superada. El resto las publican en el corcho, pero esta nos la ha adelantado mientras las colocaban en el tablón de anuncios. Salen todos de clase y van a ver las notas. Yo me tomo mi tiempo y, cuando llego, Dorian mira las notas serio mientras Idelia grita que piensa ir a hablar con su padre.

Examino las notas y veo que Dorian y yo, ahora mismo, estamos empatados en la media. El acta fundacional de la universidad deja claro que debo ser la mejor. Hago fotos de todo para mandarlas a mi abuelo y siento a Dorian a mi espalda.

—Aún no has ganado, dile a quien tú ya sabes que no descorche el champán tan pronto. —Lo miro. Estamos muy cerca y es como si el resto del mundo se ralentizara.

No soporto temblar en su presencia. Ni que su perfume me recuerde lo que fue tenerlo dentro de mí. No se debería desear tanto a quien se odia.

—Tranquilo. Eso lo guardamos para cuando podamos pagar uno más caro con vuestro dinero.

Nos miramos desafiantes y me marcho sabiendo que si me quedo un segundo más notará cómo de rápido me late el corazón a su lado a pesar de todo. Y cómo me pierdo más del tiempo que debería en sus ojos aguamarina.

Antes mi debilidad era la oscuridad.

Ahora es Dorian Wilson.

Y no sé a qué temo más ahora mismo.

DORIAN

El rector del internado, el padre de Idelia, y el director, el padre de Hermes, nos convocan a una reunión a los cuatro. Para que Guien Scott esté aquí y no en su ático de la ciudad coordinando todo desde allí, ya deben de estar jodidas las cosas. Guien solo hace como que trabaja y viene para las fiestas. Es como su hijo. Un impresentable.

Entramos al despacho y vamos hasta la pared oculta

de este para bajar a la sala de reuniones. Me siento cansado de tanta tontería. Se creen de verdad dioses del Olimpo.

Giro el Zippo entre mis dedos mientras Idelia exige que revisen los exámenes porque Abbi Norris no puede tener mi misma nota.

—Te puedo jurar que están revisados —añade su padre con un tic en el ojo y luego me mira a mí—. ¿Se puede saber por qué dejas que una donnadie te haga sombra?

—¿Se puede saber por qué todo esto es mi culpa, cuando soy el único que saca matrículas de honor, a diferencia de estos tres idiotas? —Lo miro a la defensiva—. Al menos yo valgo para algo. Ellos, solo para hacer el imbécil.

—En los exámenes finales intentaremos que no venga nadie de fuera a vigilarlos y hay que subir el nivel de las novatadas. No podemos dejar que nadie sea mejor que nosotros.

Están muy nerviosos. Idelia propone varias cosas. Abbi no sabe lo que se le viene encima y yo no debería sentirme mal por todo esto. No debería inquietarme que la vayan a putear tanto. ¡Me usó, joder!

Por eso me marcho. No quiero saber nada porque en el fondo no soy tan insensible a su dolor como me gustaría. Y eso hace que mi ansiedad aumente. No puedo controlar mis emociones y estas salen en tropel, haciendo que me falte el aire y me sienta muy débil.

¡Y todo por culpa de una mentira!

Cuando me siento tan débil vuelvo a ser ese niño que se preguntaba qué tenía él de malo para no merecer el amor de nadie. ¡La odio por hacerme sentir así!

Capítulo 5

ABBI

He estado toda la noche pendiente por si venían. No ha venido nadie. Salgo hacia la clase agitada y nerviosa, ya con el uniforme puesto. Dafna va a mi lado, también sin saber muy bien qué nos vamos a encontrar. Aunque estaba preparada para todo, no para esto. Porque cuando vine la primera vez sabía más o menos por dónde irían las cosas, pero ahora no.

Ahora puedo esperar cualquier cosa y más si viene de Idelia.

—Madre mía —dice Dafna con voz de enfado.

Compruebo qué ha visto: justo enfrente de nuestro cuarto han pegado una foto mía desnuda mientras me meto los dedos entre las piernas. Dafna grita y la quita. Lo peor es que tiene cada peca. Cada lunar. Dorian ha hecho esto. Me ha humillado sabiendo lo mal que lo pasé.

¿Cómo ha podido llegar tan lejos?

¡Lo odio!

Si tenía la menor duda de que Dorian me usó para sus fines, todas se han disipado. Solo alguien que me ha visto desnuda puede recrear tan bien mi imagen con la inteligencia artificial y los programas de edición.

Bajamos por las escaleras y vemos muchos más carteles. Dafna los quita todos mientras la gente, al verme, murmura que soy una guarra. O que si no me da vergüenza. ¿De verdad? Saben que esto es una putada y que procede de la inteligencia artificial. Lo saben, pero les siguen la corriente porque la humillación es una de las novatadas que más duelen. Cuando terminamos de bajar estoy temblando. Tengo ganas de llorar y me siento tremendamente humillada. Tal vez por eso no lo pienso, corro hasta el garaje y, tras romper el cristal de incendios, cojo el hacha para ir contra el coche de Dorian. Le rompo las lunas mientras el vigilante me dice que me esté quieta. No puedo. Estoy ciega de ira y de dolor.

Dorian llega hasta mí y me sujeta con fuerza. Mi cuerpo reacciona al contacto del suyo como un traidor. Como si hubiera olvidado el dolor que me ha hecho al utilizarme. Dorian es muy listo; seguro que vio algo raro en mí y se acercó solo para saber si sus sospechas eran ciertas. A su lado bajé la guardia y seguro que yo misma fui la que le di las pistas. Porque en el fondo confiaba en él.

Y saber eso es lo que más duele de todo esto.

—¡Está loca! —grita Idelia—. A saber qué ha pasado para que se ponga así.

Dorian me sujeta y me quita el hacha como si temiera que lo fuera a matar con ella. Me agarra con tanta fuerza que nuestros cuerpos de nuevo se unen.

—Te odio —le digo con el escozor de las lágrimas

en los ojos—. ¡Suéltame! —Idelia nos mira triunfante—. ¡Que me sueltes!

Lo hace, pero me reboto contra él y trato de golpearlo. Entonces los de seguridad me cogen y me llevan a rastras lejos de aquí.

—¡Pienso joderte la vida! —grito a nadie en concreto, pero todo esto es por Dorian. Por su odio hacia mí. Por usarme, por hacerme esto solo por dinero.

Me encierran en una sala a oscuras y, aunque golpeo la puerta, no me dejan salir. Tomo aire y uso mi imaginación para evadirme a un mundo donde puedo ser feliz. Otra cosa que seguro que saben de mí gracias a Dorian.

«Maldito Dorian..., te odio, joder, te odio mucho...», pienso mientras tiemblo por la oscuridad de mi alrededor.

DORIAN

—Si llego a saber que esto le iba a hacer perder tanto los nervios, antes la humillo de esa forma.

—¿Qué has hecho? —le digo a Idelia mientras veo mi coche hecho un asco. Ella solo sonríe—. ¡¿Qué mierdas has hecho?! —Saca el móvil y me lo enseña.

Son fotos manipuladas de Abbi desnuda tocándose. Parecen reales, se ven incluso sus lunares. Cada uno de los que he memorizado. Parece que esto haya sido cosa mía...

—¿Qué has hecho con esto?

—He puesto copias por la zona de dormitorios. En el fondo me lo tiene que agradecer. Ahora no le faltarán los tíos que quieran verla en directo para follar con ella.

Y esto solo es el principio. Abbi es muy buena en las pruebas físicas..., pero nadie soporta las vejaciones y ella menos. Me di cuenta cuando la humillaba porque tenía mis sospechas de que te importaba. La han jodido en los internados y ese es su punto débil. Al final saldrá de aquí con el rabo entre las piernas. Pienso destruirla.

Idelia se marcha y miro mi coche, agitado. No debería estar deseando ir contra todos por haber humillado a Abbi así. ¡Me usó!

Pero yo nunca me he sentido bien con las humillaciones. Siempre las he odiado. Recordar que ella se lo merece no cambia lo mucho que detesto todo esto. Estoy hirviendo de ira, de odio, de dolor, y siento cómo la ansiedad me hace temblar.

Voy hasta mi moto. No es el mejor momento para conducir. Pero necesito salir de aquí o iré a buscar a Abbi para ver si está bien y de nuevo me usará para sus fines sin importarle una mierda que, a pesar de todo, parece que tengo un corazón al que pisotear una y otra vez.

No puedo ceder o estaré perdido.

Capítulo 6

ABBI

Regreso a mi cuarto cuando me liberan de la sala de castigo. El profesor que me ha encerrado me ha dicho que no quiere problemas y que, si yo no denuncio por lo de las fotos, ellos no lo harán por lo del coche. Cómo no. Mejor callar. No voy a hacer nada porque no puedo, pero esta gente merece que el peso de la ley caiga sobre ellos.

Camino hasta mi cuarto y la gente que me ve hace burlas imitando las fotos. Fingiendo que se tocan. Odio esto. Para esto no me preparó mi abuelo. Lo hizo para pruebas físicas donde mi mente podía quedarse lejos. Esto es más brutal, más desgarrador..., más humillante.

Mi odio por Dorian no deja de aumentar. Lo odio tanto como un día lo amé.

Toda esta humillación hace que lo vea como un ser miserable y despreciable. De Idelia lo esperaba, se la ve venir, pero de Dorian no, en él vi algo bueno. Nunca me había enamorado antes y no estaba preparada para que me rompieran el corazón de esta forma tan mezquina. Pero esto solo tiene que hacerme más fuerte. Solo tiene que darme fuerza para descubrir la verdad y acabar con este maldito lugar.

Entro a la habitación y Dafna sale a la sala común para ver cómo estoy. No nos han puesto otra compañera y lo prefiero. Ahora mismo dudo que pueda ser amable con alguien nuevo.

—¿Cómo estás?

—Bien —miento y por cómo alza la ceja sé que lo nota.

Me tiende una tableta de chocolate.

—Odio a esos putos críos —dice y la miro divertida.

—Esos críos, o tienen tu edad, o son mayores. —Me observa y asiente, pero su mirada parece ver algo diferente.

No tengo tiempo para más misterios. Si ella se siente más madura que ellos, me da igual. Estoy cansada, muy cansada, y apenas me sujeto con pinzas. Entro a mi cuarto comiendo chocolate y me doy una ducha para ver si el frío se me pasa. No lo hace, sigue ahí, instalado en mi pecho. ¿Cómo pudo llegar tan lejos para conseguir información?

Duele, duele mucho la traición de Dorian...

Me costó mucho dormirme. Pero cuando lo conseguí soñé con Dorian, cuando le creía, cuando pensaba que, a pesar de todo lo que nos separaba, habíamos encontrado un puente con el que poder unir nuestros mundos. Qué tonta fui.

No lo he visto esta mañana en clase. A Idelia, sí, por eso he sonreído como si todo me diera igual y he ido a mi sitio. Marvin me esperaba y me mira de una forma que me inquieta. Siento que quiere decirme algo, pero no ha encontrado las palabras o el valor para hacerlo. Él sabrá.

Ahora estamos corriendo en la hora de ejercicio y Dafna va a mi lado porque hoy los de primero corren con nosotros, y ella lo hace sin agitarse, no como el resto tras varias carreras. Es muy buena en deporte.

Miro hacia las gradas y veo a Dorian ahí apoyado, observando cómo corremos sin bajar a hacer ejercicio. Idelia también está ahí; ninguno tiene intención de hacer deporte, aunque sé que a él le gusta correr.

La mirada de Dorian se cruza con la mía y detesto el odio que veo en sus ojos, como si tuviera algo contra mí. ¡Tendrá morro!

—Si las miradas mataran... —dice Dafna a mi lado.

Aparto la mirada de él odiando apreciar lo sexi que está y lo mucho que me gustaba enredar los dedos en su pelo rubio. Creí que lo nuestro era tan fuerte como el amor de Eros y Psique. Qué tonta me siento.

Doy un traspié por estar distraída y me caigo hacia delante.

Marvin corre hacia mí y me ayuda a levantarme. Se me pega más de lo que me gustaría. Dafna le dice que puede irse mientras me siento en un banco.

—No me gusta un pelo cómo te mira Marvin.

—Es inofensivo.

—Ya, claro. —Dafna lo contempla como si quisiera fulminarlo con los ojos. Luego se vuelve hacia las gradas desde donde Dorian me sigue observando con odio—. ¿Por qué te mira así?

—Por idiota.

Me miro el pie y ya no me duele, solo ha sido un susto.

—Mina dijo que os había pillado juntos.

Contemplo a Dafna; no he hablado de esto con nadie, pero ella sabe la verdad, o parte de ella.

—No acabó bien.

—Por cómo os miráis, ya veo. Pero esa noche, cuando me vino a buscar para pedirme ayuda, parecía de verdad preocupado por ti.

—Era todo parte de un plan, solo quería hacerme daño..., una novatada más.

—Joder, lo siento.

Decir eso es más fácil que contar todo. Asiento y el profesor nos dice que sigamos corriendo. Lo hacemos y, por suerte, el pie no me molesta. Al acabar vamos a los vestuarios por tandas. Primero entran las de primero y luego, las de tercero. Dafna se despide de mí al salir y quedamos en vernos luego, a la hora de la comida.

Entro al vestuario y varias mujeres me miran.

—¿No tendrás una cuenta en OnlyFans? Es por dársela a un amigo —pregunta una.

Ni le respondo y otra me imita, cómo no. Voy hasta las duchas, pero me cambian el agua y sale helada. ¡Joder! Toda esta gente está del lado de los dioses. Los becados ya han dejado de luchar por superarlos. Y los ricos solo quieren hacer todo lo que les digan los dioses, sobre todo Idelia. Por eso la humillación va a más. Y es triste. Porque en todos estos años en que mis hermanos y mis primos han sido parte de esto nunca tuvieron que pasar por algo así, tal vez porque los hombres tienen otro código a la hora de hacer daño.

El resto de las clases no mejora. Algunos tienen fotos de los carteles y me las enseñan solo por joder. Sonrío tanto que me duele la cara, pero por dentro me estoy rompiendo. Estoy reviviendo mi peor pesadilla.

Y, cómo no, él sabía que me pasaría esto.

¡Le di todas las pistas de qué hacer para destrozarme y que quisiera irme!

Por suerte, no lo he vuelto a ver. Poco me parece lo que le hice en el coche. Esta humillación es horrible. Por la tarde quiero quedarme encerrada en mi cuarto estudiando, pero Mina entra y tira de mí hasta la sala común. Luego insiste en ir a la sala de actividades. Voy a decir que no, pero se pone en plan pesada y acabamos bajando con ella. Al llegar, Marvin y Elias nos hacen señas para que vayamos con ellos. Intento poner mi mejor cara porque la gente solo te hunde si cree que estás por los suelos.

—¿Cómo lo llevas? —pregunta Marvin mirándome.

—Muy bien. He pensado volver a trabajar en la biblioteca.

—Hablaré con el que lleva todo esto. Puedes venir mañana a ayudarme. Hoy no trabajé. No me apetecía.

Mira a los dioses e Idelia no deja de observarnos. Sé que Marvin, Elias y Mina son ahora parte de su círculo. Tal vez esté pensando qué cosas pueden sonsacarme. Como si yo fuera tan tonta a estas alturas de confiar en alguien más.

Para joderla la saludo con el brazo con una de mis mejores sonrisas. Surte efecto y se pone roja de rabia.

—No la provoques —me dice Dafna—. Mejor dejar tranquila a la fiera.

—La odio.

—Como todos —añade y veo de verdad un odio intenso en sus ojos.

Nos quedamos un rato con ellos y de nuevo Marvin me mira como si quisiera decirme algo y no supiera cómo sacar el tema. Lo ignoro. A la noche espero novatadas. Que me saquen a rastras, que me hagan cualquier putada, pero no pasa nada. Salgo del cuarto a buscar agua y los pasillos dan miedo a estas horas. Odio quedarme sin agua por la noche y tenía, pero al no poder dormir bebí demasiado.

Voy hasta la máquina expendedora y marco el número del agua.

Suenan pasos tras de mí, pero no hay nadie. Luego una risa, pero nadie aparece. Saco la botella y entonces se apaga la luz. Me aterro y ando a tientas hasta mi dormitorio. Estoy llegando cuando oigo unos pasos y luego alguien me acorrala contra la pared. Peleo para que me suelte.

—Si me la chupas te chivo la próxima novatada.
—Siento asco y más cuando trata de llevar mi mano a su polla.

Dejo que lo haga y se la retuerzo.

—¡Para! —me dice mientras aprieto con fuerza su polla.

—No, es placentero joderte. Y esto lo hago gratis.
—¡Que pares, joder!

Se aparta y me marcho a mi cuarto asqueada. Estábamos a oscuras, pero por la voz es uno de mi clase.

Entro a mi cuarto y voy a lavarme. Tengo que ser más fuerte que toda esta mierda. Tengo que ser más fuerte... y cuanto más fuerte me hago, más odio a Dorian por todo esto.

Capítulo 7

Abbi

Intento centrarme en las clases, pero la gente no deja de mirarme y reírse. Sonrío, no dejo que vean cómo tiemblo. Esta noche no he podido dormir nada por el odio que me corre por las venas hacia Dorian. Por suerte no lo veo en todo el día y casi lo prefiero. Ahora estoy en la biblioteca para trabajar o ver si me devuelven el puesto. Pero Marvin me está poniendo nerviosa. Me mira de forma rara y, como no me fío un pelo de él, estoy alerta.

—Vamos a colocar libros al fondo —dice Marvin y lo sigo. Al llegar me mira de nuevo como si quisiera decirme algo y parece que ahora sí tiene valor para hacerlo—. Tengo una propuesta.

Lo miro a la espera de que hable. No dice nada.

—Dime.

—Es algo que nos beneficia a los dos. —Se ríe nervioso—. Bueno, a ti más que a mí. —Muerde su boca y se me acerca.

—¿Y se trata de...? —Me voy hacia atrás.

—Te puedo proteger a cambio de algo. Que tú me des algo.

—¿Como qué? —le digo algo nerviosa porque no quiero que me proponga lo que su nerviosismo y su mirada indican.

—Bueno, no sé, puedes venir a mi cuarto a ayudarme con los exámenes y si surge..., no sé, puede ocurrírsete algo más para que sea fiel a ti.

Proceso la información sintiendo ganas de vomitar. Lo esperaba de todos menos de él. Y eso me hace sentir más tonta porque Marvin no es la persona que yo creía.

—¿Quieres que te la chupe a cambio de tu ayuda? —le digo a las claras y se pone rojo de ira.

—Solo si surge. Yo nunca te forzaría a nada, pero si eres buena..., yo tendría que ser bueno contigo a cambio.

Ahora mismo siento asco, un asco enorme, y su mirada me lleva a cuando viví aquel momento incómodo en el circo. Reprimo el asco y lo miro evaluando qué hacer con esa información. No lo descarto inmediatamente y no porque quiera algo sexual con él, sino porque, mientras él crea que puede pasar algo, tal vez su ayuda me venga bien para estar preparada. Abro la boca para responder cuando una estantería se desploma y Marvin se marcha a ver qué ha pasado. Voy a seguirlo cuando alguien me sujeta del brazo. Por cómo tiemblo sé que es Dorian.

—Déjame en paz.

—Sígueme tranquila y sin armar un escándalo o te juro que grito a los cuatro vientos de quién eres nieta.

Lo miro furiosa, pero obedezco porque no me queda otra. Mi abuelo tiene un plan que hasta ahora parece consistir en dejarme sola con todo este marrón. Sigo a Dorian hasta la pared oculta y entramos juntos. No me suelta mientras vamos hasta una sala secreta. Tiene una ventana vieja al exterior y una mesa. Nada más.

—Así que ahora, a cambio de ayuda, aceptas favores sexuales —dice cuando me suelta, dejando claro que nos ha escuchado.

—Yo no he dicho eso.

—¿Y con todos follas sin condón? —me dice furioso.

—No tengo por qué responder.

—No, solo me tuve que hacer pruebas y esperar por si me habías usado para tener un hijo mío... No sé cómo te creí.

—¿Que tú me creíste? ¡Fuiste tú el que me sedujo para saber quién era! ¡Ahora no vayas de ofendido porque aquí el que me usó fuiste tú!

—¿De verdad? Ahora vas a saber tú más que yo... —Se pasa la mano por el pelo, agitado, y luego me mira y es evidente que no me cree. Yo tampoco a él, claro, solo quiere jugar con mi mente—. Me importa una mierda, pero quiero que seas mi esclava —lo miro impresionada— y a cambio no diré nada.

—¿También quieres que te la chupe? Lo digo por vomitar antes.

—Hace unos meses te ponías muy cachonda con ella en la boca. —Nos miramos y mi cuerpo recuerda todo eso.

¡Todo eso falso!

—Fingía —miento.

—Y yo. Todo teatro... Para mí fue fácil. Follar es parte de mi vida.

—Pero ahora me chantajeas porque al parecer no se te levanta con nadie como conmigo. ¿Verdad, Dorian?

—No pienso tocarte. Tranquila, si quiero sexo, tengo a Idelia —me dice sonriente—. Quiero otra clase de favores... y a cambio no diré nada. Y si te van a humillar, te avisaré.

—Como si tú no tuvieras nada que ver con eso. Con todos esos carteles desnuda o con encerrarme a oscuras.

—No lo hice yo. No soy un cabrón. Pero pienso disfrutar con cada putada que te hagan.

—No te creo.

—Ni yo a ti. Pero aquí estamos. Estás en mis manos, o bien... puedes irte, renunciar a todo y acabar con esto. Así dejaré de verte cada puto día y de odiar que te cruzaras en mi vida en esa azotea.

—No puedo —respondo fría.

—Bien, tú misma. —Casi parece que desee que me vaya—. De rodillas, Abbi Nelson.

Lo miro a los ojos incapaz de creer que esteególatra necesite esto. Pero al fin y al cabo no lo conozco de nada, todo lo vivido fue mentira. Por un segundo me planteo dejar todo aquí, no sucumbir a los deseos de este loco. Pero, por otro, solo quiero ganar tiempo para investigar y hundirlos a todos.

Tomo aire y me arrodillo a sus pies.

Cuando lo hago me siento tremendamente humillada por la persona de la que, a pesar de todo, sigo enamorada. Lo amo tanto como lo odio. Como si fuera posible amar y odiar al mismo tiempo con tanta fuerza.

—Así me gusta... —Me pasa las manos por la cara y lo hace de forma que parece una caricia hasta que se da cuenta y me tira del pelo—. Eres toda mía y, como me entere de que te lías o follas con alguien, te juro que te delato. —Lo miro sin comprender a qué viene esto.

—¿Ahora también tengo que pedirte permiso para eso? —Nuestras bocas están muy cerca. Huele a menta. Su aliento me hace temblar.

—Estás aquí para mi disfrute, no para el tuyo. No pienso dejar que seas feliz y te gusta el sexo.

—Cuidado, Dorian, o pensaré que en verdad solo haces esto por celos. —Su mirada se oscurece y me tira más del pelo.

—De ti, nunca. He encontrado a otra que folla mejor. —Suelta mi pelo—. Atenta al móvil. Te enviaré instrucciones.

Se marcha y me quedo sola, agitada y nerviosa por este giro de los acontecimientos. Tengo que mover ficha..., pero para eso necesito aliados. Y me fío de poca gente en este lugar.

DORIAN

Entro a la sala de reuniones pensando en lo que acabo de hacer. Debería alejarme de Abbi, no obligarla a ser mi esclava. Pero cuando vi a Marvin con ella pidiéndole algo a cambio de que la protegiera me hirvió la sangre y actué sin pensar. Algo que me pasa muy frecuentemente con ella. De camino a mi cuarto Idelia me llamó para que viniera.

—¿Se puede saber qué pasa ahora? —La miro cansado mientras dejo mi móvil en la mesa.

—Pasa que nada consigue doblegarla y no lo soporto.

—Tal vez no deberías hacer nada. —Me contempla

como si fuera tonto—. La espera de la otra vez le dio ansiedad.

—Y tú lo sabes bien porque te liabas con ella.

—Gracias a eso tienes información de primera mano de cómo es —añado.

Idelia me mira enfurecida. El resto, solo divertidos.

—No soporto saber que esa te tuvo.

—Eso es porque en verdad a ti nunca te tendrá —apunta Edey—. De él solo tendrás su dinero y eso te jode.

Idelia va contra él y Edey la coge y la pone sobre su regazo. Luego le besa el cuello.

—Solo lo has elegido a él entre nosotros tres porque es quien más dinero tiene —apunta Hermes—. Y el plan de Dorian es bueno. Dejémosles que teman el momento exacto en el que les haremos la próxima putada.

Todos miramos a Idelia, que es la que parece que más disfruta con esto. Yo podría decir que también, pero la otra noche, cuando vi a Abbi sumergida en el agua, no sentí placer. Sentí miedo, miedo de que le pasara algo, y eso me enfureció.

Odio sentir eso cuando debería odiarla por cada cosa que me hizo.

Pero, como cuando estaba con ella, algo no me cuadra en toda esta historia y si no indago es por miedo.

Soy un puto cobarde. O tal vez solo siga siendo ese niño asustado.

Capítulo 8

ABBI

Dorian:

Quiero un café caliente. No tardes.

Usa la azotea para venir a mi cuarto.

Recuerdo el mensaje que me mandó Dorian a primera hora de la mañana, que me sacó de un sueño inquieto y agitado. Esperaba que vinieran a por nosotros esta noche, pero nada. Aun así, no dormí bien. Tuve pesadillas y en todas ellas Dorian era quien me hacía más daño.

Subo a la azotea tras haber cogido un café en la máquina expendedora. Cuando llego a la puerta, esta se abre sola. Intuyo que Dorian ha instalado un sistema moderno para ello. La azotea está igual, pero al llegar a la barandilla que da a su habitación veo una escalera de caracol que antes no estaba. Parece que el señorito se ha ampliado el cuarto.

Uso la escalera procurando que no se vierta el café

y mientras bajo recuerdo cuando me colaba a su cuarto por algo muy diferente. ¿Por qué me engañó? ¿Por qué me hizo creer que teníamos algo más grande que nosotros?

Tomo aire y entro en su cuarto en el momento en que Dorian sale de la ducha solo con los vaqueros puestos. Los lleva medio abiertos y puedo ver sus perfectos oblicuos y su bóxer negro. Se me seca la boca y noto cómo mi sexo palpita.

No soporto desear a este pedazo de zoquete.

—Deja de mirarme, Abbi, que no pienso pedirte nada sexual.

—Que mire no significa que tenga el cuajo de hacer algo.

Sonríe y viene hacia mí. Había olvidado lo alto que es comparado conmigo. Su presencia impone. Su mirada es afilada y el pelo rubio le cae sobre la frente. Me pican los dedos por el deseo de enredarlo en él.

—Tu café. —Se lo acerco al pecho, gran error, porque lo toco y mi cuerpo da una sacudida.

—Ya no tengo ganas. Bébetelo tú. —Se apoya en la mesa del escritorio—. Vamos. Es una orden, o diré a todos lo que sé de ti... —Saca el móvil y me enseña fotos de todo. La última es de mi diario. Había olvidado que escribí eso. Pero ahora, al verlo, recuerdo que lo puse ese primer día en la azotea. Veo el odio en sus ojos al dejar esa foto y me doy cuenta de la verdad: cree que fui yo quien lo usé..., que solo me acerqué a él para tener un aliado. Por eso el odio en sus ojos. Pero eso no cambia que él solo se acercó a mí para sacarme información.

Por eso, que crea lo que quiera, así le joderá tanto como a mí que él lo hiciera. Si es que a pesar de todo sintió algo por mí, que lo dudo.

Abro el café y doy un trago. Intento mantenerme impasible, pero acabo por salir corriendo al aseo a echar el contenido.

—¿Sal o pimienta? —me pregunta divertido desde la puerta.

—Wasabi.

—Joder, eso es ir a matar. —Me mira la lengua. Bebo agua del grifo, pero el ardor no cesa. Pone ante mí un vaso de leche.

—¿Por qué debería confiar en ti?

—No tienes que confiar en mí ni yo en ti. Pero, joder, Abbi, te creía más lista.

De nuevo usa mi nombre, no el de «becada». Antes lo usaba para meterse conmigo y ahora usa mi nombre... ¡Este idiota no tiene sentido!

Me pica tanto la lengua que acepto un pequeño tetrabrik de leche sin abrir. Es leche sola y me alivia. Lo miro con los ojos llenos de lágrimas y la rabia bailando en ellos.

—Estás muy fea con todo el maquillaje corrido.

—Así estoy a tu altura, para que mi belleza no te haga sentir de menos por lo feo que eres. —Qué idiota soy, eso no tiene sentido, pero la culpa es suya por ponerme nerviosa, ahí plantado sin camiseta. Tiro el tetrabrik vacío a la basura—. ¿Algo más?

—«Algo más, señor» para ti.

—¿En serio, Dorian? ¿Ahora te va el rollo señor y sumisa? —Cuando lo digo, mi mente recrea esto de forma sexual y noto cómo sube la temperatura.

—Solo contigo. —Va hasta su armario y busca una camisa. Tira una tras otra a la cama hasta que da con una negra y se la pone. Luego se la arremanga en los antebrazos y se pone el reloj y las pulseras de cuero—.

Recoge esto antes de salir... y tengo cámaras. No intentes hacer nada o te castigaré.

Y, sin más, se marcha. Busco las cámaras y les regalo un dedo corazón antes de arreglar su ropa. Lo hago enfadada porque este lugar me trae recuerdos en los que me sentía protegida. Querida. Duele evocar cada instante aquí, oler su perfume y recordar cuánto me gustó estar con él en aquel hotel. Despertar a su lado, sentir sus dedos por mi espalda dibujando caricias. Cuando me miraba, de verdad creí que yo le importaba.

Intento no desmoronarme, me aferro a la ira para poder soportar estar ahí sin emociones, hasta que se me ocurre una idea y, tratando de que no lo recojan las cámaras, guardo una de sus camisas bajo mi sudadera.

DORIAN

—¡¿Esa no es tu camisa?! —Idelia observa enfurecida un punto de la sala de descanso y sé que es Abbi sin necesidad de girarme.

Se le van a salir los ojos de las órbitas. Miro hacia ella y veo que se ha puesto una de mis camisas caras como si fuera un vestido. La lleva arremangada y deja un hombro al descubierto. Está sexi a rabiar y me pone mucho verla con mi ropa. Pero no debería. Cuando me ve, sonríe y me saca un dedo corazón.

—¿Has vuelto a follar con ella?

—No, esa la tiene de antes —miento—. Es su forma de provocarte. Intenta no caer a su nivel.

—¡¿Y por qué le dejaste tu ropa?! —La miro cansado de sus tonterías.

—Es pasado, no hagas de esto un espectáculo que la hará a ella ganadora.

—¡Es que hasta que llegó ella, tú nunca te interesaste más de una vez por nadie!

—Si alguien te oye, pensará que me importaba; eso sería darle demasiado poder y tú no quieres eso.

Idelia asiente y, sin dejar de mirar a Abbi, me besa en la boca y la odio. Odio que haga eso en público, cuando habíamos quedado en que nada de besos. La miro enfurecido y se sienta como una reina en su sillón.

La verdad es que esta jugada no la esperaba. La del café, sí. Se lo puse muy fácil. Hasta que me dio pena y le tendí la leche. Soy un idiota que va de capullo, pero soy incapaz de joder la vida a la mujer que me la jodió a mí primero.

Estoy buscando los vídeos de las cámaras de seguridad cuando el profesor entra e Idelia habla con Hermes. Abbi se sienta con Dafna y lo hace de manera sugerente, sin dejar de mirarme de reojo. No me gusta lo que siento cuando la veo con mi ropa. Es como si de alguna forma yo estuviera tocando su cuerpo desnudo. Me mira sonrojada y la recuerdo corriéndose en mis brazos. ¡Joder! ¡No debería desearla tanto!

Me marcho de clase porque ahora mismo, por culpa de Abbi, estoy demasiado cachondo. Tengo que cambiar el juego. Ha dejado una nota en mi cama. Subo a mi cuarto y la leo:

> Gracias por la camisa..., me la quedo... Tal vez acabe haciendo guarradas con ella y mis dedos...

—¡Joder! —grito a nadie en particular. Porque solo imaginarla tocándose con mi camisa me la pone dura y odio desearla con tanta fuerza a pesar de todo. Odio no poder dejar de seguirla con la mirada y querer buscar algo que me haga entender por qué me hizo todo eso sin remordimientos.

La Abbi que yo creía que era nunca me habría usado y eso hace que me sienta aún más tonto por seguir creyendo que esa persona existe dentro de ella.

Escribo a Idelia y le digo que continúen con las novatadas. Que, si no, se aburrirán. A ver si luego tiene ganas de joderme.

Mi mente recuerda a mi padre. Cuando me juraba que no había bebido y que iba a ser bueno. Lo creía, me iba con él a cualquier sitio hasta que bebía, perdía los nervios y me pegaba. Caí una vez, no pienso volver a caer. Ya no soy ese niño...

Ya no necesito el cariño de nadie.

Capítulo 9

ABBI

Coger la camisa de Dorian fue un error. Pensé subirme a su cama y fingir un orgasmo para que viera lo fácil que fue fingir que lo deseaba, pero no lo hice porque todo lo que ha pasado me ha dejado tocada y no me sentiría cómoda exponiéndome de esa forma ante alguien en quien no confío. Pero bajar con ella tras ponérmela en mi cuarto y ver la cara de Idelia mereció la pena. Lo malo fue que el perfume de Dorian y llevar su camisa me recordó lo feliz que era viviendo la mentira que él creó.

Lo sigo deseando a pesar de todo y eso me molesta.

Siento la mirada de Dorian por donde voy. Cuando se la devuelvo, leo enfado en sus ojos. ¡Él, enfadado! Si soy yo la que tiene que estar rabiando con todo esto. Pero me dio la leche... No, solo quiere hacerme caer otra vez. No puedo olvidar que Dorian es muy inteligente y puede usar todo eso para que me explote en la cara. Es mejor no bajar la guardia. Y tal vez por eso me enseñó mi diario, con esas palabras que incitan a pensar que yo también lo usé.

Dorian se marcha enfadado e Idelia me mira como si me quisiera matar. Que les den a los dos.

Al llegar a mi cuarto me quito la camisa y voy a dejarla donde tengo todo, pero al final la meto en el doble fondo sin querer pensar mucho en esto. Me digo a mí misma que es mi baza para joderlo.

—¿Por qué tenías la camisa de Dorian? —Dafna alza la cabeza del libro que lee mientras come. Me siento a su lado y me ofrece un sándwich que ha preparado en una de las salas comunes—. ¿Has vuelto con él?

—Es de hace tiempo...

—Tal vez el resto no se hayan dado cuenta, pero yo lo vi ayer con ella... Eso es de ahora, Abbi. Si no me quieres contar más, lo entenderé. Pero Idelia va a ir a por ti. Y lo sabes. Esa camisa era un desafío.

La miro y quiero confiar en ella, contarle todo lo que sé. Abrirme en canal. Ser su amiga... Quiero tenerla de aliada.

—No confío en nadie.

—Eso lo sé. Por eso nunca te he presionado, pero no he sido sincera: no volví solo por mi padre, también lo hice por ti. Porque siento que alguien tiene que salvarte el culo. Y me caes bien, mejor de lo que esperaba.

—Esto último no tiene sentido, lo dice como si supiera de mí—. De una compañera de cuarto, quiero decir.

—Asiento porque ahora sí encaja. O no. Siento que Dafna esconde algo.

¿Y si es todo una trampa? ¿Y si va de amiga, pero es aliada de Idelia?

Noto el escozor de las lágrimas en los ojos.

—Vale, no te fuerces. Yo sigo aquí. —Me da un apretón en la mano y no puedo evitar abrazarla—. No tengo prisa, Abbi, pero ya no estás sola. Somos amigas.

—Nunca he tenido una amiga —le confieso.

—Bueno, pues para todo hay una primera vez.

Le digo que sí y como pensando que si me traiciona me va a doler. Aún me estoy reponiendo de la traición de Dorian. No podría soportar que ella también me fallara. La puerta se abre y entran Mina, Elias y Marvin.

—¿Acaso no tenéis cuarto?

Marvin se pone a mi lado y Mina se pasea por la sala.

—Lo tienes jodido, amiga —me dice mirándome—. ¿Cómo se te ocurre ir con la camisa de Dorian?

—Puede ser la de otro...

—Nadie usa esa marca de ropa. Es exclusiva de los Wilson, su abuelo paga para que nadie pueda usar esos diseños. Son exclusivos, querida. Así que el rumor de que te acuestas con Dorian, aunque tiene prometida, está circulando como la pólvora.

Intento que todo esto no se me vaya de las manos, pero no lo pensé. No calculé nada y mi abuelo, cuando sepa esto, va a rabiar.

—La encontré en la basura y me la puse para joder a Idelia. —Los tres me miran como si no dieran crédito—. A ver, ¿de verdad creéis que el gran dios del Olimpo de los capullos, Dorian Wilson, se iba a acostar conmigo? —Elias lo está grabando todo, hace como que mira el móvil, pero sé que lo está grabando.

—Estaba claro —apunta Mina—. No eres suficiente para ellos, no te lo tomes a mal, pero no perderían su tiempo contigo.

Dafna va a decir algo, pero le doy un pellizco sin que nadie lo note.

—Me gustaría recuperar la camisa para tirarla —dice Mina y sé que en verdad la manda Idelia.

—Claro.

Voy hasta el armario y, cuando se la devuelvo, siento un vacío en el pecho.

—Pues todo aclarado. —Mina coge la camisa y se la lleva. Elias se va detrás de ella y Marvin se queda a comer con nosotras como si nada. Como si no supiera que son todos enviados de Idelia.

Cuando por fin se marcha, Dafna me sigue a mi cuarto.

—No me he creído nada, que lo sepas, y Dorian es supersexi, pero tú más. Eres una tía de puta madre y no soporto cómo te denigran porque en este lugar nadie ha tenido los huevos de plantarles cara a esos idiotas y bajarlos de su nube.

—¿Y si lo hiciera yo?

—Yo iría a muerte contigo. Cuando confíes en mí..., hablamos.

Asiento y la dejo irse. Al poco llega un aviso de que en la web de cotilleos de la universidad alguien ha subido un vídeo. Sé lo que es antes de verlo. Salgo yo, mal grabada, confesando que la camisa la cogí de la basura y luego lo han editado para poner vídeos míos recubierta de mierda. «No podía ser de otra manera», apunta al final la fuente.

Elias ya no oculta de qué parte está y el resto, tampoco. Ahora toca ver si debo o no confiar en Dafna. Lo que sí sé es que ella oculta algo. Lo siento así. Toca averiguar el qué.

Capítulo 10

ABBI

Entro en clase y siento cómo la gente me mira riéndose de mí y de lo patética que parecí ayer al decir que cogí la camisa de Dorian de la basura para joder a Idelia. He quedado como desesperada. Lo sabía, pero mi abuelo no me ha escrito, lo que quiere decir que Uriel se lo ha creído también, como los demás.

Voy hasta mi mesa y veo a uno de los compañeros de tercero, que siempre se sienta al final, a mi lado.

—Hola —me dice. Es muy guapo, con grandes ojos negros y pelo oscuro—, Ville.

—Lo sé. —Dejo mis cosas antes de sentarme—. ¿Cambio de mesa?

—Bueno, necesito sacar buenas notas y al lado de la más lista de la clase tal vez se me pegue algo.

Sonríe de medio lado. Solo asiento, sintiendo la mirada de Dorian puesta en mí. Cuando lo miro parece echar chispas por los ojos. Como si le molestara verme hablar con Ville. Imposible, pero eso hace que me pase toda la clase ayudándolo con las notas. A la hora de la comida, Ville se sienta en nuestra mesa, con Dafna y conmigo. Un amigo suyo se nos acerca, le dice algo a Ville al oído y este se marcha, no sin antes dejar en la mesa un papel. Dafna lo abre sin que nadie lo vea.

—Es un mapa, dice que vayamos allí a las siete de la tarde. Madre mía, ¿qué es esto?

—No lo sé.

—Vamos a ir, no tengo nada mejor que hacer. —Sonríe divertida.

—Esto no es un juego.

—Tal vez solo estén bebiendo cerveza y esas cosas. No creo que sea nada más.

Por qué está tan segura, no lo sé. Pero guarda la nota y seguimos comiendo. Me vibra el móvil y veo que se trata de Dorian. Lo leo:

Dorian:
Ven a mi cuarto ya.

Vale, Dorian me necesita. Iré cuando termine de comer. Sigo comiendo como si nada, aun sabiendo que estoy en sus manos, pero necesito tiempo para reponerme. Luego subimos a nuestro cuarto y cuando Dafna se marcha al suyo a dormir un poco salgo hasta la azotea. Como el otro día, me abre la puerta al llegar y subo. Ando hasta su ático. Dorian está apoyado en la barandilla y parece inquieto.

—Ville es un capullo.

—Como tú.

—Te ha dejado una nota para que vayas a una cabaña donde emborrachan a las pardillas y luego les meten

61

mano mientras les hacen creer que ellas deseaban eso. Y, como tú ahora eres la más pardilla del internado... Pero tú misma.

—¿Por qué haces esto? Te doy igual.

—No me gusta que violen a nadie y, mira, eso te incluye por mucho que no te soporte. —Lo miro sabiendo que hay algo más—. Y porque eres mi esclava, así que solo te puedo joder yo.

—Idiota. —Entra al cuarto y me tiende una bolsa—. ¿Qué es eso?

—Tu uniforme para cuando estés aquí.

—¿Me has comprado un uniforme de sirvienta cachonda? ¿Tanto te puso verme con tu camisa puesta?

No dice nada, solo se apoya en el escritorio y por cómo me mira sé que trama algo. Saco la ropa y me quedo de piedra. Es un traje de sirvienta, pero superrecatado y horrible. De color negro y blanco.

—Vamos, vístete, y tienes que hacerme un trabajo de Economía. No me apetece hacerlo yo. Quiero leer un libro muy interesante de mitología..., sobre unas arpías.

No lo dice por casualidad; las arpías eran en la mitología mitad mujer, mitad pájaro y eran los sabuesos de Zeus. Para él yo soy la sabuesa de mi abuelo Uriel. A las arpías se las enviaba durante las tormentas a cumplir los deseos del dios.

Voy al aseo a ponerme este vestido tan poco favorecedor y luego me siento delante del ordenador de Dorian mientras él lee en la cama como si nada. Escribo el trabajo y lo duplico, porque yo también tengo que entregarlo. Y hago dos no exactamente iguales, pero parecidos. Se da cuenta, pero no me dice que lo borre. A Dorian le gusta la competencia legal y eso parece seguir siendo así. Claro que el trabajo se lo estoy haciendo yo.

—Te quedan quince minutos si quieres ir a ver a Ville y dejar que te emborrache para tener un poco de sexo de mierda. Intenta usar condones, es un consejo por todo lo que puede pegarte.

—Acabado —digo ignorando todo lo demás—. ¿Qué hago con esta ropa?

—La dejas aquí para mañana.

Me mira retador y yo más. Tiro de la cremallera y me bajo el uniforme. Luego se lo tiro a la cara. No deja de mirarme mientras me visto y, aunque sé que es imposible, parece que me desea. Como hace semanas, cuando yo parecía serlo todo para él. Es mentira, pero el deseo de sus ojos me nubla los sentidos. Noto los pezones duros mientras me visto y me marcho sin mirar atrás. No quiero que vea que su mirada me ha dejado acalorada y cachonda.

¡Lo odio!

Y estar cerca de él es una tortura.

He contado a Dafna mis sospechas, pero quiere ir de todos modos y ver por sí misma si es cierto o no. Al llegar, entramos en una cabaña un poco destartalada. Ville nos dice que lo sigamos dentro. Están jugando al póquer; nos ofrece una bebida y decimos las dos que no. No insiste.

Acabo jugando con ellos al póquer y les gano todas las manos. No han vuelto a decirnos lo de beber, pero pasado un rato tenemos sed y Dafna se abre una cerveza y me tiende otra sin abrir.

La abro y apenas empiezo a beber siento que algo no va bien. Noto los brazos pesados. Dafna me mira alarmada.

Debía de haber algo en la lata, donde pusimos los labios. ¡Joder!

Ville sonríe y me aparta el pelo de la cara.

—No me creí tu vídeo —añade y me besa en el cuello—. Sé que te follabas a Dorian y quiero algo que haya tenido él..., me pone mucho. —Baja la mano por mi camisa y me alarmo porque no puedo moverme.

Dafna no puede hacer nada, solo mirarme agitada. Pero no es solo por lo que nos han dado. Es algo más. Algo más denso. Esta es una de mis peores pesadillas.

—Tranquilas, mañana no recordaréis nada, es una droga que os pusimos en las latas que te hace olvidarte de todo...

—¿Entonces, querías algo mío? —Miramos entre las sombras. Dorian se está fumando un cigarro, tranquilo, y el fuego le ilumina la cara. Aunque no debería, siento alivio.

¿Por qué me protege? ¿Por qué, a pesar de todo, me cuida? ¡Me va a volver loca!

—¿Qué haces aquí?

—Me aburría. Y me dijeron que aquí daban cerveza gratis mientras se jugaba al póquer. Pero, mira, también queríais abusar de la gente indefensa. El caso es que lo sospechaba, pero os cuidáis mucho de que nadie sepa nada. Ahora ya sé por qué.

—¡Esto es cosa de Idelia! —dice Ville antes de que Dorian se acerque a él para partirle la cara tras dar una última calada—. ¡Solo íbamos a jugar! No íbamos a llegar tan lejos...

—¿Y por eso no querías que lo recordaran?

—Claro que lo iban a recordar, solo es un pequeño sedante. ¡Joder! —dice nervioso al ver la cara de asesino de Dorian.

—Yo también estoy jugando. Me encanta partirles la cara a capullos como tú.

Dorian me mira un segundo mientras van contra él. ¿Por qué lo haces? ¿Por qué, a pesar de todo, eliges mi bando? Dafna me aprieta la mano.

—Se me está pasando. ¿Crees que puedes salir de aquí conmigo?

Niego con la cabeza. Y miro a Dorian pelearse con Ville y los amigos de este. Aunque Dorian sabe pelear, es él contra cuatro y un puñetazo de Ville acaba por darle en la cara. No me gusta lo que siento cuando le hacen daño y veo la sangre correr por su labio, es como si tratara de llegar a él o hacer algo para protegerlo. «¡Deja de hacer el idiota!», me digo mientras sufro por la pelea.

Hasta que oímos la risa de Idelia.

—Fin del teatro —dice esta y Dorian escupe sangre—. Gracias por esto, chicos. Mira qué cara. —Idelia me coge la barbilla y aprieta—. ¿De verdad creías que Dorian iba a ir contra nosotros por ti? Solo era un teatro para grabar tu cara; la sangre es falsa... Ahora todo el mundo sabe lo patética que eres..., con esa cara de preocupación por Dorian... Eres tan patética por sentir algo por uno de nosotros aun sabiendo que él nunca se fijaría en ti. —Mira hacia una cámara que lleva una de sus amigas—. Ahora saben que eres capaz de rebozarte en la basura solo para que él te haga caso. ¿Verdad, Dorian?

Dorian me mira de forma siniestra.

—¿De verdad te has creído que a mí me iba a importar lo que te hicieran? Entérate bien, Abbi, no me importas nada.

Noto el dardo afilado venir directo a mi pecho. Sonrío como si no me importara y odio por un segundo haber creído que lo que pasó hace semanas fue cierto y que hay otra explicación para ello. En el fondo la estaba buscando, en su forma de cuidarme con la leche o al saber que vio esa nota mía y tal vez su odio era por eso. Cuando me dijo lo que aquí pasaba y lo vi aparecer, algo se abrió en mi interior, la esperanza de que tras todo esto hubiera un gran malentendido.

Casi puedo oír mi corazón romperse en cientos de pedazos de nuevo.

Cuando puedo moverme salgo con Dafna sin tener fuerzas para decir nada. Marvin se me acerca y me pasa la mano por la cintura. No digo nada de camino a mi cuarto, pero al llegar siento que me duele mucho el corazón.

En el fondo..., en el fondo esperaba alguna señal de que nada era mentira.

El alma me duele..., me duele el alma...

DORIAN

Debo tener cuidado. Idelia me ha tendido una trampa. Piensa que sigo interesado en Abbi y ha usado a Ville para ir a por ella delante de mi cara y todos sabemos aquí qué clase de mierda es, aunque no tenía pruebas, pero ahora ya no tengo dudas.

No pude mantenerme al margen cuando la vi irse. Entré y esperé, joder, quería estar equivocado, pero cuando vi la cara de terror de Abbi dejé de quedarme a un lado, solo quería destrozarlos. Ese miedo era real, tan real como el dolor que vi luego en sus ojos cuando Idelia le dijo que todo era una broma. Lo malo es que no confío en ella. Que no sé si quiere usar ese dolor para hacerme caer de nuevo.

Por eso dudo mil veces y no le escribo nada.

A primera hora el rector me llama a su despacho. No soy tonto para no saber que Idelia está detrás de todo esto.

—Mi hija dice que te sigues viendo con Abbi Norris.

—Eso son imaginaciones suyas. Ella tiene amantes. ¿Eso no cuenta?

—Lo que me inquieta es que tú no. ¿Qué hay de cierto en lo que dice mi hija? No me gusta esa joven, esconde algo y pienso destruirla. Si te has enamorado de ella, usa eso solo a nuestro favor o le diré a tu abuelo que mueva ficha. Me da igual que Idelia se case contigo o con tu primo. Esa alianza nos va a favorecer a todos, con o sin ti.

No digo nada y salgo del despacho. No voy a clase y me marcho a los archivos. Al inicio de todo. Estoy cansado de que me manipulen. Pienso encontrar algo que haga que esta vez yo tenga la sartén por el mango. Ojalá pudiera dejar de pensar en Abbi y en que debe estar creyendo lo peor de mí... y ojalá saberlo no me molestara tanto.

Quería hacerle daño, pero ahora no soy capaz de olvidar sus ojos cargados de dolor cuando dije eso. ¿Alguien puede fingir tan bien? ¡No lo sé! Y, sin quererlo, todo lo vivido entra en tropel en mi mente. Y dudo, dudo de todo, y eso me hace sentir débil porque sé que estoy buscando cualquier cosa a la que aferrarme para no perderla.

O para que lo nuestro fuera real y lo único bonito de mi vida no hubiera sido un teatro.

¡Joder!

Capítulo 11

ABBI

Paso las clases lo mejor que puedo. Me río con Dafna y me presenta a unos amigos de primero que, la verdad, parecen buena gente. Está tratando de animarme y me dijo:

—No hace falta que digas nada..., pero sé que estás enamorada de Dorian y lo que ha hecho... es una putada.

No añadió nada, pero se metió en la cama conmigo. Con ella me siento como antes con Dorian. La quiero en mi vida, pero no sé cómo contarle todo sin poner en peligro a mi abuelo Hadrian.

Lo que sí sé es que estoy perdiendo la fuerza. Las novatadas, los exámenes y todo esto me está destrozando. No tengo fuerzas. Por eso, cuando me sacan de la cama en mitad de la noche, no soy capaz de sonreír o hacerles creer que todo me da igual.

Nos llevan a uno de los patios, donde han colocado pesas. Tenemos que beber un chupito y luego cargar el peso de un lado a otro. La cosa va bien el primer chupito, pero tras cinco estoy desorientada. Y la cosa no mejora cuando empieza a llover. Voy de un lado a otro mareada y borracha. Me quedo la última con un vigilante.

—Ya sigo yo vigilando —la voz de Dorian me hace enfadar.

Nos quedamos solos el uno frente a la otra. Llevo los pesos con una cuerda de un lado a otro y me sirvo otro chupito sin dejar de mirarlo. Mira su reloj, seguramente para calcular el tiempo que queda antes de que pueda morir de un coma etílico. Ya me he fijado en que lo controlan todo para no tener que lamentar muertes innecesarias.

Cabrones.

Estoy llegando cuando me caigo hacia delante y mi brazo choca con un ladrillo afilado. La sangre me paraliza. El reloj de Dorian le avisa del final y se me acerca.

—Puedes irte.

De nuevo su frialdad me enfurece.

—¡Yo no te mentí, pedazo de mierda!

—¿Ah, no? No te creo. —Mira tras de mí y luego a mi mano—. Esa herida tiene mala pinta.

—Que te jodan.

—Ve a mi cuarto. Si no quieres que te delate.

Lo veo irse y le tiro barro a la espalda. Luego me levanto y me cuesta mucho llegar a la mesa. Cojo la botella y voy bebiendo por el camino. Si tengo que soportarlo, al menos que sea borracha, para no acordarme mañana de nada.

Abbi viene con la botella en la mano. La veo por las cámaras y cuando baja por la escalera estoy cerca para que esta loca no se mate. Al bajar casi se cae y la cojo. Gran error porque mi cuerpo vibra por su contacto.

Está empapada y yo también por estar aquí esperándola. No sé muy bien por qué. Debería irme, dejar todo como estaba, pero abrió la boca y lo jodió todo. Claro que me llamó pedazo de mierda. Pero vi dolor en sus ojos.

—Mi padre era un mentiroso de mierda, pero cuando bebía decía la verdad —le digo ya dentro del cuarto mientras le tiro una toalla—. Decía que tenerme le jodió la vida porque lo ató a mi madre y de ella solo quería su cuerpo. Que nunca la quiso y yo me parecía a ella. Mi madre lo miraba siempre con dolor... ¡Pero era todo una mentira!

—Vaya mierda de padre. —Casi se cae cuando trata de sentarse—. ¿Por qué...? ¿Qué te iba a decir? —Muerde su boca—. Ah, ya... —Se ríe—. ¿Por qué no me preguntaste mi versión?

—Por miedo —digo sabiendo que no recordará nada. Se ríe. Le hace gracia—. ¿Por qué me engañaste?

—No te engañé. —Hace como que escribe—. Al conocerte puse eso en mi diario... ¿Qué ponía? ¡Joder! —Se ríe—. ¿Qué decía? —Se ríe de nuevo—. No quise usarte..., pero no podía decirte quién era...

—¿Por qué? —Sé que esto no está bien, lo sé, pero quiero saber la verdad.

—Porque mi abuelo Uriel ha amenazado a mi abuelo Hadrian... y yo quiero a mi abuelo Hadrian..., es como un padre para mí. —Los ojos se le llenan de lágrimas—.

Quise contarte la verdad cuando me enamoré de ti...,
pero ¿y si eso lo condenaba a él? No podría perdonarme que le pasara algo por mi culpa. Y mi abuelo Uriel...
es un hombre despreciable.

Toma aire. Me mira a los ojos y luego se hace un
ovillo en el asiento y se queda dormida.

Se mueve y veo la herida de su brazo. Voy a por el
botiquín para curarla. Protesta, pero no se despierta.
Pienso en lo que ha dicho. En si es verdad. Lo peor es
que no la creo, aunque me muero por hacerlo. Al no
contarme la verdad, entre los dos se rompió algo muy
importante: la confianza.

Y tal vez todo esto sea cierto. Tiene sentido y la Abbi
que conozco amaba a su abuelo Hadrian, pero dudo.
Y esa duda es la que hace que la observe dormir antes
de sacarla de aquí y dejarla dormida en uno de los sofás
del rellano con la botella en el suelo. No recordará nada,
aunque yo no podré olvidar todo esto nunca. Como tampoco olvidaba las cosas que me decía mi padre cuando
estaba borracho:

—Eres como yo..., un día caerás... Estás mirando tu
reflejo, Dorian, un día serás tú el borracho. —Se reía y
luego, sin venir a cuento, me cruzaba la cara—. Cómo te
odio.

Me tiembla la mano por la ansiedad y yo también
quiero olvidarme de todo porque ahora no sé qué hacer
con esta nueva información.

Capítulo 12

ABBI

Despierto agitada y desorientada. Miro a mi alrededor y veo que estoy en uno de los sofás de mi planta. No sé cómo narices he llegado aquí. Hay una botella vacía en el suelo. Y recuerdo que cogí la botella de los chupitos antes de ir a ver a Dorian.

Me duele el brazo y cuando me lo miro veo que alguien me ha curado la herida que me hice. Sé que ha sido cosa de Dorian. ¿Fue él quien me dejó en este lugar? Seguramente.

Voy hasta mi cuarto queriendo acordarme de lo que dije o hablé con Dorian, pero no recuerdo nada. Entro a la ducha y espero que el agua me quite esta resaca. Me duele mucho la cabeza y tengo clases. Dafna me espera y al verme corre a por un paquete de pastillas.

—¿Qué pasó?

—No lo recuerdo. Cogí la botella y me debí de dormir de camino.

—Pues vaya imprudencia, Abbi.

—Lo sé.

Solo recuerdo que quería olvidar lo que Dorian me hace sentir. Que si tenía que estar a su lado era deseando olvidar cada instante porque me duele lo que siento por él. Dafna y yo vamos a clase corriendo. Nos despedimos y al entrar en mi clase espero ver a Ville, pero no está. Mejor, aunque sí está Dorian con sus superamigos del Olimpo. Idelia me mira como si odiara que siga viva. Dorian me mira de una forma diferente.

¿Acaso le dije algo anoche? Lo dudo.

Decido centrarme en las clases y olvidarme de todo. Sobre todo, de mi dolor de cabeza. Por eso, cuando dicen: «Examen sorpresa», me pongo muy nerviosa. No me siento preparada, no he repasado nada en días y temo no hacerlo perfecto.

Soy de las últimas en dejarlo en la mesa y el profesor me mira alzando una ceja.

—¿Problemas?

—Como si te importara —le respondo, sabiendo que si le importaran los estudiantes no estaría en un lugar donde les hacen tantas putadas.

Salgo de clase y voy a la siguiente. Me cuesta mucho centrarme en ellas con el dolor de cabeza y sé que coger anoche esa botella no fue mi mejor decisión y lo peor es que no dejo de darle vueltas a qué pude decirle a Dorian porque me mira de forma distinta.

A la hora de la comida me llega un mensaje de Dorian:

Dorian:
Ven a mi cuarto.

Guardo el móvil e ignoro su mensaje mientras me siento en la mesa con Dafna y Mina, que parece que cree que somos tontas y no sabemos que está a nuestro lado solo para sonsacarnos información. Tal vez por eso Dafna le está contando una receta de un bizcocho que vio en redes sociales.

—La verdad es que tiene una pinta tremenda. —Dafna saca el móvil y le enseña el vídeo una y otra vez para que aprecie mejor el glaseado por encima—. Se me hace la boca agua.

—¿Y esa cara, Abbi? —me pregunta Mina.

—Como si no supieras lo de la noche de los chupitos.

—Bueno, lo sé, pero ya sabéis que no puedo hacer nada. Pero estoy de vuestro lado. —Dafna y yo intercambiamos una mirada que deja claro lo poco que la creemos—. Por cierto, qué lástima que no te contraten en la biblioteca.

—Estoy en lista de espera, tal vez en algún momento lo hagan. —Sonríe fingiendo pena, pero es demasiado falsa hasta para molestarse en ocultar lo poco que le importan mis palabras.

¿Fue siempre así o es que ahora veo su verdadera cara? No lo sé, en este juego de roles ya no sabes quién dice la verdad y quién miente.

Mina trata de sonsacarme cosas, pero no le dejo y Dafna le enseña más recetas. Al final se cansa y se marcha.

—Se cree que somos tontas.

—Y yo que creía que era la mejor por no dejarme el cuarto más feo —digo. Dafna me mira sin comprender y le cuento mi técnica del primer día sobre el reparto de cuartos.

—Vi tus cosas en el cuarto pequeño —me responde—. Abrí el armario para saber cómo era de grande y me di cuenta de que había algo de ropa enganchada. Al tirar vi el doble fondo y pensé que era una gran idea. Así que, como tú ya habías elegido, escogí el que más me gustaba a mí.

La miro atónita. Ella solo sonríe.

—Siento que no vas a dejar de sorprenderme nunca —le digo y se ríe.

—Y lo que te queda, pero estoy de tu parte. —Esto lo dice muy seria mientras me coge la mano sobre la mesa y veo una madurez en ella que me descoloca. Es solo un segundo antes de volver a su cara de siempre, pero eso hace que de nuevo me pregunte qué oculta.

Quiero creerla, pero no sé si puedo. Por eso solo sonrío y sigo comiendo. Cuando regresamos al cuarto le digo que voy a dar un paseo para despejarme y me dice que vale. Subo a la azotea y la puerta se abre. Ando hasta el cuarto de Dorian, que me espera apoyado en la barandilla mirando hacia la zona de deportes. A pesar del frío que hace, solo lleva unos vaqueros y una camiseta negra, que se pega a su cuerpo. Cuando gira la cabeza para mirarme noto cómo mi corazón da un vuelco.

Odio no poder dejar de sentir, de añorarlo. De desear que todo fuera diferente. Odio seguir enamorada de este idiota.

—¿Qué quieres de mí?

—No con esas ropas.

Lo miro enfadada y entro en su cuarto. Cojo la ropa de sirvienta y me la pongo en el aseo. Al salir, Dorian me mira el brazo donde tengo la herida.

—¿Te la has curado?

—No, no he tenido tiempo. —Pone mala cara.

—Siéntate. —No lo hago, pero abre su gran bocaza—. ¿Quieres que les diga quién eres?

—De verdad, no sé cómo te soportas a ti mismo.

Hago lo que me dice y Dorian va a por el botiquín. En ese momento mi mente sufre un *déjà vu* y sé que esto ya lo vivimos ayer. Tiro de ese recuerdo mientras me quita la venda y me cura. La herida parece infectada. Por eso no miro mientras lo hace. Me agobian las heridas. Dorian me la cura con precisión, se le da bien. Lo miro. Tiene la mirada concentrada en lo que hace y parece de nuevo diferente a los días pasados. Parece estar librando una lucha interna.

Alza la mirada, nuestros ojos se encuentran y, como si despertara de un largo letargo, recuerdo lo que pasó en este cuarto. La pregunta que me hizo y lo que le respondí.

¿Por qué quiso sacarme la verdad estando borracha? «Los borrachos dicen la verdad», me dijo. Su padre. Su padre debió de decirle cosas horribles. Si eso era cierto..., ¿era cierto todo lo demás?

Cuando estás en lo alto de la cuerda de alambre y sabes que un paso en falso puede significar una caída, tienes que tomar decisiones. De cómo poner el pie, de en qué pensar para que el miedo no te juegue una mala pasada. Un paso en falso y la caída puede ser letal si no hay protecciones.

Al mirar a Dorian siento que ahora mismo estoy caminando en la cuerda floja y que un paso en falso puede hacerme caer para siempre.

Dorian aparta la mirada y termina de curarme la herida. Sé que es mejor así, sé que es mejor tenerlo de enemigo porque no confío en él. Pero por un momento me pregunto si de verdad me usó. Si de verdad hace todo esto para sacarme información, si de verdad la otra noche no estaba ahí para protegerme, sino para reírse de mí.

Entonces, ¿por qué no me preguntó otra cosa? Una que me sacara información de dónde está mi abuelo. Su única pregunta fue sobre nosotros. Como si le doliera haberse enterado de mi traición.

—Ordena mi cuarto, tengo que estudiar.

Se pone a estudiar mientras yo ordeno sus cosas. Tiene un poco de desastre. Libros en el suelo y notas. Cómo no, leo las notas. Hablan sobre el origen de este lugar. No creo que sea casualidad que las haya dejado aquí. Dorian no da puntada sin hilo. Me está poniendo a prueba. Las guardo todas sin querer leerlas y siento su mirada puesta en mí. Capullo. No sé qué espera de mí. Y eso hace que me lleve la mano al brazo para rascarme, provocando que tire de la venda.

—Para o te quitarás lo que he hecho para curarte.

—Me pica.

—No te pica, tienes ansiedad —dice a las claras.

—Me has puesto a prueba —le digo y no lo niega—. ¿Qué quieres de mí? Aparte de hundirme y volverme loca.

—Y tú, ¿qué quieres de mí?

Se apoya en la silla y me mira a la espera.

—Desde que sé que solo te acercaste a mí para descubrir quién era y hundirme..., destruirte —admito.

—Y yo que te tenía por alguien inteligente.

—No sé qué quieres decir y hoy menos, con este dolor de cabeza. —Sigo recogiendo.

—Según tu inteligencia me acerco a todas las becadas para obtener información, porque si no, ¿qué te hacía a ti especial? ¿Ser inteligente? Han pasado por aquí muchas mujeres inteligentes.

—Me mandaste un mensaje diciendo que solo te acercaste a mí por eso. ¿Recuerdas?

—Estaba dolido por lo que acababa de descubrir. Ni me acuerdo de qué te puse. —Saca el móvil y lo busca. Alza sus rubias cejas—. Vale, estaba muy jodido..., pero sabes que este lugar parece más bien una cárcel para todos..., que quería estar lejos de aquí...

—No sé adónde quieres ir a parar y hoy no es mi mejor día, intento pillarte, pero estoy espesa, me duele la cabeza y no puedo más... —admito cansada. Dorian duda, pero se levanta a buscar agua y una pastilla. Me la tomo sin dudarlo y tarde me doy cuenta de que puede ser un gran error y me llevo la mano al brazo.

—Solo es para el dolor de cabeza.

—¡Es que no sé qué quieres que vea! ¡Ni qué esperas de mí! ¿Sabes la ansiedad que me genera eso? ¡Sí! Escribí esa mierda cuando te vi la primera vez, pero no..., da igual. No confío en ti.

—Ni yo. Puedes irte, me he cansado de ver tu rostro ceniciento.

No me lo pienso dos veces y voy a cambiarme antes de irme. Aun así, no paro de dar vueltas a toda esta conversación porque todo parece apuntar a que Dorian no se acercó a mí para averiguar quién era, sino porque no pudo evitarlo y cuando supo quién era yo todo le explotó en la cara y eso le hizo mandarme ese mensaje, dolido y sintiéndose traicionado.

La esperanza late con fuerza en mi pecho y tengo miedo de estar cayendo de nuevo en su trampa por lo mucho que deseo una explicación que de nuevo tienda un puente entre su mundo y el mío.

Entro a mi cuarto y Dafna está mirando la tele mientras hace un trabajo.

—¿Has hablado con Dorian alguna vez? —le pregunto.

—No.

—¿Y el resto de las becadas?

—Dorian no pierde su tiempo con los becados. Todo el mundo lo sabe. Si se ha liado con alguna ha sido porque Idelia la acercaba a él y ella elegía con quién podía o no juntarse y, además, Dorian no tenía que ir tras ninguna chica, todas van tras él. ¿Por qué me preguntas eso?

—¿Por qué se acercó a mí? ¿Por qué nos hicimos amigos? —admito al fin, cansada de hacer todo esto sola.

—¿Y no sabes la respuesta? —me dice y me mira como si fuera tonta, la misma mirada que me dedicó Dorian.

—¿Sin una razón?

—Que esperes que necesite una razón para sentirse atraído por alguien como tú no sé muy bien dónde te deja. ¿Tan raro es que alguien quiera estar a tu lado?

—Sí lo es. Me voy a dormir, no me encuentro bien.

—Dorian nunca te miró como mira al resto. Lo vi yo, lo vio Idelia y lo vieron todos. —Me giro y la observo agitada—. Por eso Idelia desde el principio iba contra ti, porque odiaba cómo te miraba cuando nadie parecía darse cuenta y cómo lo mirabas tú.

—¿Y si todo era mentira?

—No lo sé. Tú fuiste quien vivió esa historia. Tú eras la que estaba ahí. ¿Era mentira? ¿Tanto se puede fingir?

—Es mejor dejarlo aquí. Está prometido y yo sigo siendo...

—La nieta de Uriel Nelson —lo dice como si nada. Como si no acabara de soltar una bomba en medio del salón.

El dolor de mi cabeza se hace más fuerte a pesar de la pastilla que me dio Dorian y me pregunto si todo esto no es más que un mal sueño en el que nada tiene sentido.

—¿Cómo lo sabes?

—No eres la única que tiene secretos. —Mira la puerta y se levanta. Coge mi mano y me lleva hasta su cuarto. Nos encerramos en él con pestillo y no sé qué esperar ahora. Que me cuente qué esconde o que saque un cuchillo y me mate en nombre de los dioses del Olimpo.

A ver, lo segundo queda descartado, pero su cara, joder, su cara parece diferente, como si la viera por primera vez... y pareciera más adulta...

Capítulo 13

ABBI

Miro a Dafna a la espera de que hable. Da vueltas por el cuarto y me mira nerviosa.

—Ellos no querían que te contara nada aún, pero te veo tan triste que no puedo esconder más este secreto. —Trago con dificultad—. No estoy aquí por mi padre, estoy aquí para vengar a mi hermana y hacer justicia contra esos cabrones. Idelia... —siento que se calla algo— dejó a mi hermana en silla de ruedas y pienso hacer que lo paguen ella y todos los que tuvieron algo que ver.

La miro y veo la furia en su mirada. Ha dejado de ser dulce y tierna. En sus ojos se vislumbra algo más oscuro. Más letal. Sin querer pienso en el Caballo de Troya, un inocente regalo que escondía dentro a los guerreros más fuertes para iniciar una guerra.

Dafna parece dulce, inocente, pero está ante mí como una guerrera.

—¿Dorian tuvo algo que ver?

—Dorian nunca se implica... —añade, pero siento que duda—, solo lo ha hecho contra ti y me apuesto lo que quieras a que de alguna forma te estaba cuidando. Lo vi la primera vez que te quitó la mordaza. O cuando te pusiste a su lado a comer dulces y no te delató. Dorian no tuvo nada que ver, pero es uno de ellos y pienso ir a por todos. Un día le tocará elegir bando.

—Dudo que elija el nuestro.

La verdad es que siento alivio por saber que no tuvo nada que ver.

—Idelia lleva aquí muchos años, ya sabes que tiene casi veinticuatro. —Lo sé, pero no los aparenta.

—No sé adónde quieres ir a parar.

—Bueno, ella inició otra carrera, pero le fue muy mal. Luego se cambió a la de Dorian. Dorian lleva en este internado desde que tenía dieciséis años. Para él este lugar es como su casa. Y para Idelia, el lugar donde burlarse y meterse con los becados sin que nadie diga basta o haga nada. Mi hermana sufrió un accidente en una de esas novatadas y cuando quiso denunciar dieron la vuelta a la tortilla para que pareciera que iba conduciendo borracha y tuvo un accidente. Mostraron pruebas del coche siniestrado. No pudo hacer nada, pero desde entonces espera vengarse y más desde que sabe que hay una forma de acabar con ellos si un Nelson saca mejor nota.

—Vale. ¿Y eso cómo lo sabes?

—Por uno de tus hermanos. —Saca su móvil y me enseña una foto de un joven de unos veintiséis años abrazando a alguien que se parece mucho a Dafna con un bebé en los brazos—. Kiefer.

He oído hablar de él. Mi abuelo lo repudió cuando decidió abandonar la universidad. Al parecer lo hizo por ella.

—Entonces tu hermana tuvo un accidente y mi hermano se puso de su parte.

—Bueno, ellos eran pareja y le contó toda la verdad. Ella estaba preocupada por él porque si sabían su secreto le harían mucho daño. Y cuando los puteaban ella siempre lo defendía y él a ella. Hasta que ocurrió el accidente, a raíz del cual mi hermana estuvo en coma y luego le costó recuperar la movilidad de las piernas. Ahora ya hace vida normal, pero no han podido olvidar lo que aquí pasó y quieren justicia. Yo también, se lo debo. Y le debo saber la verdad. Kiefer me dijo que seguramente tú eras como el resto de sus hermanos, fría y sin corazón. Vi el libro cuando entré en tu cuarto, por eso sabía que ese era el tuyo... Lo siento, pero he estado investigándote todo este tiempo. Para saber si eras más como Kiefer o como tu abuelo Nelson.

—Madre mía, no sé cómo asimilar esta historia...

Intento procesar todo, encajar estas nuevas piezas en mi cabeza y saber qué debo hacer con todo esto. La cosa se complica por momentos. Este lugar tiene más secretos de los que yo creí en un principio.

—La noche del bosque, Dorian se acercó a mí aterrado y me pidió que te buscara. No mentía y yo ya sabía que estabais liados. Oí a Mina decirle a Idelia que te había visto salir de su cuarto.

Noto cómo el corazón se me acelera.

—Se enfrentó a ellos, se peleó con Hermes y Edey. Todo era una trampa de Idelia. Luego se lo llevaron a casa de su abuelo tras romperle el móvil. Dorian se enfrentó a ellos por ti. No sé por qué luego os enfadasteis, pero fue contra el rector y contra los demás por ti.

Esto no lo esperaba, no esperaba saber qué hasta ese instante él estaba de mi parte. Pero entonces algo le hizo cambiar..., mis notas. Y me mandó ese mensaje dolido que ni recordaba. Se sintió traicionado por mí.

—Descubrió mis notas. Mi diario y mis cartas. No soy tonta para no saber que descifró los mensajes en clave que había en ellas... Joder, lo vio todo y pensó que yo lo había usado para tener más fuerza aquí.

—Tu abuelo usa un mensaje en clave muy estúpido. Yo también lo descubrí. He estado leyendo las cartas que te mandó tu tía. —Muerde su boca—. Lo siento, pero necesitaba saber si estabas de nuestro lado o no.

La miro sin saber si confío o no en ella ahora. Es como si la viera por primera vez. Ha estado ahí jugando sus cartas sin importarle si eso me dejaba fuera o no. Claro que ella hace esto por su hermana y yo estoy aquí por mi hermano pequeño y mi familia. No puedo culparla.

—Sé que necesitas procesarlo todo, pero no estamos solas aquí. Hay más becados, sobre todo de segundo en adelante, que quieren unirse para ir contra los dioses. En este lugar han sucedido muchas cosas oscuras, Abbi, son peligrosos, Idelia es muy peligrosa. Y si acaban con alguien lo ocultan... —¿Qué narices...?—. Mucha gente no regresa solo por un puesto de trabajo, sino para vengarse. Para encontrar sus puntos débiles. Y vamos a hacer que caigan... todos.

Lo dice incluyendo a Dorian y esto a la que le hace elegir bando es a mí. Aunque hace unos días tenía claro que iba contra él, ahora ya no, y más con esta última información y lo que hablé con Dorian.

—Me duele mucho la cabeza. Tengo que procesarlo todo.

—Solo una cosa más —miro a Dafna—: llevaba una cámara para pillar a Ville y obligarlo a irse... No estábamos solas. Nos iban a sacar de allí. Pero Dorian entró en escena y todo apunta a que no estaba preparado, como te hizo creer Idelia. Porque Mina la avisó pocos minutos antes de que apareciera de que había visto a Dorian entrar en la caseta tras de ti.

El corazón se me acelera.

—Mina cree que somos amigas..., pero yo la estoy usando igual que ella a nosotras. Igual que a Marvin, del que no me fío un pelo; alardea de que al final, para que te proteja, aceptarás sus condiciones.

Solo asiento, me va a explotar la cabeza. Voy hasta mi cama y me tiro en ella. No dejo de pensar en todo y de recordar cada momento vivido con Dorian, sobre todo el momento en el que tuvimos sexo sin condón porque confió en mí aun siendo un heredero y sabiendo que si le engañaba podría usar un embarazo contra él, pero no, no dudó de mí. Confiábamos el uno en el otro... hasta que leyó eso en mi diario y se sintió traicionado.

Dorian no me preguntó la verdad porque temía que le dijera todo a la cara. Que me riera de él. Que le hiciera daño porque de eso ya sabe suficiente. Su padre debió de dejarle heridas imborrables. Y su madre, igual, cuando lo dejó solo. Cuando leyó todo eso se sintió como ese niño...

¿Y si todo es mentira y Dafna está aliada con ellos para que cuente todos y cada uno de mis secretos?

Dorian no es el único que está jodido. Yo me siento más perdida y cansada que nunca...

Por un segundo pienso en rendirme...

Capítulo 14

DORIAN

Abbi viene a clase con ojeras. Tiene mala cara y parece enferma. Idelia disfruta de esta imagen, pero yo no. No soporto verla así. Y más tras lo que me dijo esa noche estando borracha y que no paro de pensar si será verdad.

Lo cierto es que esa becada me importa, aunque yo no quiera. Y no es indiferente para mí.

—Al final estamos consiguiendo hundirla —dice Idelia al ver que Abbi va medio ida por la clase—. Va a caer. Esta noche, putadas... Voy a prepararlas.

Se marcha y no aparece en las siguientes clases. Solo aprueba porque su padre, cansado de que no saque buenas notas, le pasa algunas preguntas de los exámenes. En la siguiente clase, Abbi se queda dormida, la gente se ríe de ella, alza la mirada y me ve. Veo dolor en sus grandes ojos castaños y algo más. Por eso le escribo y le digo que no vaya a comer a la cafetería, que tengo algo urgente que hacer y la necesito.

En realidad, es mentira. Lo que quiero es que descanse y no sé bien dónde me deja eso.

Veo a Abbi en la puerta de la azotea y le abro. El móvil me avisa cuando hay gente cerca. También cuando hay gente cerca de mi cuarto, o si entra alguien. No me fío de nadie aquí, por eso tomé medidas.

Salgo al balcón y al poco veo a Abbi bajar por la escalera.

Cuando llega hasta mí le pongo la mano en la frente. Agranda los ojos, sorprendida por mi contacto, y noto cómo tiembla.

—No tienes fiebre.

—Lo sé. Solo tengo muchas cosas en la cabeza que no me dejan respirar. —Advierto su mirada agitada.

—Te preguntaría qué cosas, pero dudo que me las cuentes o que te crea.

—Mira, en ese punto estoy, no creo a nadie.

Entra a mi cuarto y ve la comida recién hecha que subí de la cocina. Puse un poco de todo.

—Vamos, come algo.

No dice nada y que no me discuta me preocupa. Ella siempre tiene una réplica ingeniosa o una historia. Echo de menos sus historias. Su mente volando lejos de aquí. Este lugar está matando su esencia. O todo era mentira... ¡Joder!

Comemos en silencio.

No deja de mirarme de reojo y yo a ella. Esta comida es incómoda y me recuerda a esos días en que comíamos juntos y creía que todo era real. Sin dobleces.

—Escribí esa nota en el diario al principio..., pero

nunca te hubiera usado ni me hubiese acostado contigo si no sintiera algo...

—La pasión nos ciega.

—No espero que me creas, pero solo te oculté lo de mi procedencia o qué hago aquí para salvar a mi abuelo. Mi abuelo Uriel no es menos desgraciado que el resto. Mira su comida.

—Esta conversación ya llega tarde. Porque no te creo... y tal vez hace meses lo hubiera hecho, pero ahora..., ahora no. Sigue comiendo.

No dice nada, solo come en silencio mientras yo me muero por creerla. Pero hace años creí a mi padre cuando me juraba que iba a cambiar, y a mi madre cuando me abrazó fuerte cuando él se murió y me dijo que nunca me abandonaría...

¡Joder!

Agitado salgo al balcón y miro a la gente de este podrido lugar ir de un lado a otro.

—Yo tampoco sé en quién confiar ahora. He descubierto cosas nuevas y me va a estallar la cabeza.

—Te diría que usaras tu instinto, pero es que el instinto debe de estar atrofiado porque me lleva a ti una y otra vez.

—Siento lo mismo. —La miro, el aire mueve su pelo—. Estoy cansada. No puedo más..., quiero rendirme.

Se limpia una lágrima de su mejilla y no puedo mirarla sin hacer nada. Tiro de ella y la abrazo. La abrazo porque me muero por ella, por este instante, por tenerla de nuevo entre mis brazos con cualquier excusa.

—Esto no cambia nada —dice, pero me aprieta fuerte.

—Nada de nada —digo mientras dejo caer mi mejilla sobre su cabeza y la sujeto con fuerza contra mi pecho.

Ojalá ella y yo no fuéramos ella y yo...

Si fuéramos otras personas diferentes, no tendríamos esta carga que ahora nos separa y nos hace aferrarnos al otro a pesar de temer que en verdad seamos enemigos.

La miro y parece muy cansada. Como si hubiera dejado de correr.

—Deberías irte lejos...

—Meterán a Hadrian en la cárcel. —Se separa—. No puedo hacerle eso. Cometió errores por amor a sus trabajadores. Esta gente hace cosas peores por amor a su dinero. No puedo fallarle.

—¿Y si no me ganas?

—Habré llegado hasta el final y mi abuelo Uriel me dejará ir sin represalias.

—¿Y si no puedes llegar?

—No puedo decir basta, no puedo. —Se pasa las manos por el pelo y veo cómo le tiemblan—. Dime qué esperas de mí y ya...

—No lo sé —le digo, sincero, y le doy la espalda—. Come y luego recoge algo. No hace falta que te pongas el uniforme.

La escucho entrar. Se sienta a comer y luego recoge cosas. No entro. Pero pienso en que mi abuelo y el suyo usan el mismo método para retenernos aquí a los dos. Se cae algo y me giro a ver qué pasa. Veo que se le ha caído un jarrón y se agacha a cogerlo.

—Vete —le digo porque no sé si puedo contener de nuevo las ganas de abrazarla otra vez y protegerla de toda esta mierda.

—Como quieras. —Anda hasta mí y va hasta la escalera—. ¿De verdad confiabas en mí o te acuestas con todas sin condón? Dime la verdad, por favor..., no sé si puedo soportar más mentiras.

—Por si no lo sabes, no soy un estúpido.

—No, pero corren muchos rumores.

—Estamos en el mismo barco. —Nos miramos a los ojos—. En el de la desconfianza. Y hay distancias que son insalvables.

—Psique buscó a Eros hasta en el infierno y Eros bajó a él por ella...

—Yo ya he estado en el infierno, becada. —Agranda los ojos por el mote y aparto la mirada—. No pienso volver allí por nadie.

Aprieto los puños ante mi debilidad. Ella me hace desear cosas. Cosas como creerla. Se marcha tras sacar algo de su pequeña mochila. Cuando miro hacia la escalera veo un libro. El libro que compró para mí ese día en que por un momento jugué a ser otra persona.

Lo abro con manos temblorosas y dentro encuentro historias de ella con su abuelo Hadrian, de cómo le enseñaba los trucos. Me quedo leyéndolas todas hasta altas horas de la noche. Al cerrar el libro sé que por ese hombre haría lo que fuera, hasta acabar muerta por culpa de las locuras de este lugar.

Por salvarlo haría lo que fuera, aunque eso nos hiciera ser enemigos.

Capítulo 15

Como era de esperar, no me han dejado dormir en toda la noche. He estado copiando todo lo que me decían con los pies metidos en un cubo de agua helada. Y cada vez que terminaba tenía que dar un trago a un chupito. Había otros becados, pero todos sabemos que están ahí de relleno solo por si acaso.

No suelo recurrir al café para mantenerme despierta, pero hoy lo llevo casi en vena. Dafna y yo no hemos hablado desde su confesión; me está dando espacio para pensar en todo.

Ayer le dejé a Dorian el libro y quiero creer que es por lo débil que me siento. Solo eso explica que lo abrazara y me perdiera en él. Le he dejado el libro porque quiero que me entienda. Al final va a usar todo eso contra mí. Le estoy poniendo en bandeja la forma de destruirme.

Le he dicho que mi debilidad es mi familia, que si van contra Hadrian... haría lo que fuera para salvarlo.

91

Ando hasta la clase como si no estuviera agotada y sonrío porque eso jode mucho a quien quiere hundirte. No puedo dejar que me venzan.

La clase empieza y no puedo centrarme. Dorian me manda un mensaje para que vaya a su cuarto a la hora de la comida. Y eso hago. El corazón me late acelerado y más cuando lo veo apoyado en el balcón.

—Vamos, becada, eres muy lenta. —No me pasa desapercibido que ha vuelto a llamarme becada, como antes.

—¿Qué pasa, que me necesitas para que te la sujete mientras te la cascas? —bromeo con él.

—No, contigo no se me levanta.

Esta conversación me sabe a pasado. A aquellos momentos en que jugábamos a hacer creer al otro lo poco que notábamos esta atracción entre los dos.

—¿Seguro? Porque estoy convencida de que me has imaginado en tu cama metiéndome mano con tu camisa puesta.

—Para eso ya tengo a otras que me ponen más —lo dice al pasar por mi lado cuando entra a su cuarto y los celos me comen.

Nos sentamos a comer sin dejar de mirarnos. Es un duelo de desafíos y voluntades a ver quién dice la primera palabra o tal vez la primera estupidez.

—Tyr —le digo sin ton ni son.

—No pienso perder mi mano en una batalla por meterla dentro de la boca de un lobo para vencerlo. —Sonrío y miro la comida.

—Pues yo prefiero ser manca a muerta.

—Hay que usar más la cabeza. Aunque Tyr era muy temido y casi no se sabe de él.

—Lo temía hasta el gran guerrero Kratos. ¿Sabes lo que cuentan del Olimpo?

—Que su caída no sería por la venganza de los titanes, sino por un guerrero sediento de venganza. —Nos miramos desafiantes.

—Tal vez yo un día sea Kratos —digo.

—Te verías guapa con el pelo rapado. —Sonrío y noto algo latir en mi pecho por volver a compartir todo lo que sabemos, como antes.

—Seguiría siendo supersexi. —Emite algo parecido a una sonrisa—. Quiero destruirlos. Y lo voy a lograr cueste lo que cueste.

—Todo tuyo.

—¿Y tú?

—A mí me la sudan todos.

—Un día tendrás que elegir bando.

—Tal vez, y ahora deja de probar conmigo tu inteligencia y hazme los deberes.

Termino de comer y me levanto para sentarme ante su ordenador. He visto el libro que le dejé en la mesita de noche y me gusta saber que lo ha leído. Hago el trabajo de mañana por partida doble. Dorian está tirado en la cama, leyendo. Parece despreocupado, pero cuando lo miro lo advierto tenso.

—Ahora subo —dice a media tarde—. Si vas a correrte sobre mi cama por lo mucho que te pone estar en mi cuarto, hazlo sin ropa, para que tal vez me excite algo.

—Ya quisieras tú. Ya tengo a otros que me miran sin ropa.

Su mirada se oscurece.

—Ya te dije que eso estaba prohibido... a menos que quieras que cuente tu secreto. —Su voz es dura y letal.

—¿Y qué pasa con mis necesidades? Sabes que soy muy sexual. —Me levanto y me siento sobre la mesa, en un espacio en que no hay nada.

—¿No me dijiste que llevabas tiempo sin estar con nadie? ¿En qué quedamos? —Se acerca y me pone la mano en el cuello—. Nadie es nadie, becada. O se acaba el trato.

Su respiración me acaricia. Ayer nos abrazamos, pero esto es más íntimo. Nos estamos mirando como si nos quisiéramos devorar. Quiero que me devore, me duele el cuerpo por la necesidad de sentirlo.

Me muerdo el labio y sigue con la mirada cómo mis dientes lo torturan. Luego me muevo hasta tenerlo entre mis piernas. Sus ojos aguamarina se oscurecen.

—¿Quieres que te enseñe lo bien que se me da fingir? —Asiente y veo cómo un mechón rubio se le cae en la frente.

Quiero tocarlo con mis dedos, tirar de él mientras su lengua se da un festín entre mis piernas. Se me escapa un gemido real. Tomo aire y su perfume me hace recordar cuando entraba dentro de mí, pero no me toca. Yo tampoco me toco, pero noto los pezones duros rozarse contra la tela del sujetador y eso me excita. Dorian baja la mirada a mis durezas mientras me muevo contra él ansiando tocarme entre las piernas y aliviar esta palpitante tensión.

Gimo y su boca se acerca mucho a la mía.

Quiero su beso.

Quiero su boca...

Quiero perderme en él.

Nos miramos. Está agitado, nervioso y excitado. Puedo ver el bulto de sus pantalones. Me encanta ponerlo tan cachondo, saber que me sigue deseando.

—Nunca se me dio bien ser sirena, mejor bruja, se me da muy bien elevar cosas solo con el cuerpo.

—Es el móvil. —Me río sin poder evitarlo y, cuando lo miro, él también sonríe.

Luego nos contemplamos como si recordáramos quiénes debemos ser y el momento se enfría. Se aparta y se marcha, y me quedo en su cuarto cachonda y excitada. Y pienso joderlo. Por eso me siento sobre la cama y me toco mirando a la cámara. Me bajo la camiseta y enseño los pezones duros, y luego me siento al borde de la cama y tiro de mis bragas. Las lanzo sabiendo que no pienso recogerlas y bajo la mano entre las piernas para tocarme y meterme los dedos dentro. Lo hago sin dejar de mirar la cámara, sabiendo que le va a joder verme tan cachonda y no hacer nada. No lo hice la otra vez porque no confiaba en él y sé que si lo hago ahora es porque todo está cambiando entre los dos, aunque no quiera admitirlo.

No dejo de tocarme hasta que me corro con su nombre entre los labios.

Me arreglo la ropa y sigo como si nada, con la mortificación de saber que me he dejado llevar y esas imágenes pueden destruirme.

Para no fiarme de él, lo disimulo muy bien últimamente.

DORIAN

Regreso a mi cuarto cuando, mirando las cámaras, he comprobado que Abbi ya no está. No sé si ahora mismo puedo enfrentarme a ella, me duelen los puños de apretarlos para no caer en la tentación de besarla como suplicaba su boca. O de meter las manos entre sus muslos y ver si seguía mojándose por mí o todo era fingido.

Tenerla aquí me va a volver loco, pero me gusta saber que está aquí y no con otro. Ando por el cuarto y piso algo, y cuando miro al suelo veo unas bragas de encaje negro. Las cojo sabiendo que son de ella. ¿Qué mierda ha hecho?

Saco el móvil y busco las grabaciones. Paso a donde casi la beso y luego veo cómo va hasta la cama y se toca sin dejar de mirar la cámara. Subo el volumen y sus gemidos resuenan en mis oídos y me la ponen muy dura. Nadie me excita como ella. Nadie me hace sentir tanto como ella.

—¡Dorian! —grita cuando se corre y veo sus pezones ponerse más duros y su piel erizarse.

No ha fingido, por mucho que jure hacerlo. Luego sonríe y se va al aseo. Se pone a hacer los trabajos y parece tensa. No es tonta y sabe que me está poniendo en bandeja que la destruya, primero sabiendo que haría lo que fuera por su abuelo y segundo con este vídeo.

No quiero, pero borro el vídeo por si alguien me roba el móvil o usa esto contra mí. Borro todo lo que ella hace aquí porque no quiero que nadie le haga daño.

Voy hasta la ducha y me toco la polla dura para aliviar el deseo que me corre por las venas por ella. Esta vez no me importa admitir que la deseo tanto que duele mientras la recuerdo en mi cama con los dedos dentro de su sexo y sus pezones duros. Quiero esos pezones en mi boca, quiero que mi lengua sea la que la haga gozar.

Me corro recordando lo que era entrar y salir de su apretado coño con fuerza. Joder, juro que no confío en ella, pero aquí estamos. Jugando a ver quién cae primero en los brazos del otro.

Estamos jugando con fuego.

Y, a pesar de eso, me siento de nuevo vivo y sé que es por ella.

Capítulo 16

—¿Qué vas a hacer este fin de semana? —me pregunta Dafna.

—Escapar de aquí, quiero dormir. —Se ríe.

—Tu hermano quiere verte. —Muerde su boca—. Abbi, no puedes retrasar tomar una decisión.

—Lo sé.

Vamos hasta la clase y no sé qué decirle. No quiero ir de nuevo contra Dorian; a pesar de todo, no quiero destruirlo y me duelen todos los secretos que nos separan. Sobre todo, cuando lo miro a los ojos y lo veo tan perdido, tan solo.

Estoy al borde de un abismo, donde un fallo es la muerte. Pero aquí sigo, por un hombre que tal vez nunca entienda lo mucho que lo amo y lo aterrador que es saber eso.

Marvin me espera en la puerta; hoy comparto clase con él.

—Estás muy guapa —me dice mirándome de una

97

forma que no me gusta. Es así como me miraba aquel hombre hace años y me hace sentir desnuda. Y, tras su propuesta y saber que espera que acepte, no me gusta tenerlo cerca.

—Gracias.

Entra conmigo a clase y se sienta a mi lado. Habla del trabajo y de los libros. Hubo un tiempo en que llegué a considerarlo un amigo, pero ahora no. Ahora sé que solo baila al son que más le conviene y que a la hora de la verdad me venderá al mejor postor. Por suerte, no compartimos todas las clases y en la siguiente me siento sola.

Dorian está al final con los otros «dioses». Escucho a Idelia hablar de una fiesta la semana que viene a la que deben ir como pareja. Lo ha dicho tan alto que todos en la clase se han enterado, de la fiesta y del precioso vestido con pedrería que va a llevar.

Al acabar la clase tengo un mensaje de Dorian para que vaya a su cuarto. Parece que se está convirtiendo en una costumbre. Lo malo es que, tras lo de ayer, estoy más nerviosa que otras veces. Al bajar las escaleras que dan a su cuarto no lo veo allí. Hay comida y una nota:

> Tengo que comer con Idelia..., está celosa. Puedes ordenar mis libros, no me gusta cómo están.

Me guardo la nota en la mochila. La comida está mucho mejor que la que ponen en la cafetería. Se nota que esta la hacen especialmente para ellos o para los profesores. Y aquí, en su cuarto, comer sin miradas de nadie me tranquiliza. No era consciente de cuánto me afectaban todas esas miradas. Y el miedo a tener que estar siempre alerta. Como si en cualquier momento fueran a ir a por mí. Aquí sé que no pasará nada de eso. Yo llegué a este lugar preparada y, aun así, todo es mucho peor, así que no quiero ni imaginarme lo que sería vivir estas novatadas sin un porqué, solo porque a unas personas aburridas se les ha ocurrido que putear a los novatos es divertido.

Al acabar recojo todo y me pongo a ordenar la estantería de Dorian. Tiene muchos libros que he leído. En una pila de libros veo uno de Mario Benedetti con un marcapáginas. Lo abro y leo la frase:

> Te conocí cuando no tenía ganas de conocer a nadie y terminaste obteniendo una versión de mí que solo puedes tener tú.

La frase me hace sentirme identificada. Junto a ella hay anotada una fecha de hace poco. Busco un boli y escribo:

> Y, a pesar de todo lo que iba en contra de sentir algo por ti, caí sin remedio.

Dudo, dudo mucho. Pero lo dejo en la estantería tras poner la fecha de hoy, sabiendo que si algún día coge este libro verá mi letra ahí, junto a la suya. Sigo ordenando los libros. Sobre las seis me canso de estar aquí y de esperarlo, recojo todo y me marcho. Es viernes y estoy deseando largarme lejos de este lugar, sobre todo antes de que anochezca.

Necesito estar en la ciudad, en mi piso. Y saber que allí nadie me encontrará para hacerme putadas. Tengo que pensar en muchas cosas y ver qué camino debo tomar. Bajo hasta mi coche sin pasar por mi cuarto. He escrito a Dafna para decirle que nos vemos el domingo por la noche y me ha respondido con un vale. Las cosas entre las dos están tensas hasta que no decida qué hacer con todo lo que sé.

Conduzco hasta la ciudad y cuando llego siento alivio. No soy la única que ha decidido irse. La carretera estaba muy concurrida. Me han adelantado varios coches a mucha velocidad. El estudio que ha comprado mi abuelo está en una zona tranquila, lejos del centro. Aparco el coche y voy hasta el portal. Entro y subo por el ascensor. Solo hay un estudio por planta porque el edificio no es muy grande. De hecho, el ascensor solo es para dos personas y poco más.

Salgo y abro la puerta. Es entonces cuando lo siento, a Dorian, pero eso es imposible. Miro hacia las escaleras y lo veo subiendo como si nada, con esa chulería que lo caracteriza. Su mirada es muy oscura y fiera.

—Te dije que nada de sexo con otros. ¿Acaso no me explico bien, becada?

—¿Qué pasa, que estás celoso? —Se acerca y el rellano se hace pequeño con él aquí.

Los latidos de mi corazón se aceleran ante su presencia y recuerdo lo que casi pasó ayer. Lo deseo tanto que me duele.

—Si no tienes nada que esconder, abre la puerta.

Dudo porque sí tengo mucho que esconder, pero no a alguien en concreto. Lo miro y me siento como cuando estoy andando sobre la cornisa. Un paso en falso y puedo caer al vacío.

Si abro esta puerta conocerá todos mis secretos. Todo lo que he recopilado de mi abuelo Uriel y de la universidad.

—¿Ves?, sabía que había alguien. —Lo miro y no

parece solo celoso, parece triste, como si imaginarme con otro le doliera de verdad.

Muerdo mi boca y, agitada y nerviosa, abro el estudio. Entro y lo dejo pasar. Enciende las luces y puedo ver cómo su mirada se agranda al contemplar el panel con todo lo que sé, que ocupa la pared del salón entera. Me quito el abrigo y el resto de las cosas para quedarme solo con un vestido sencillo de manga larga.

—Joder, esto no lo esperaba.

—Eso es porque tiendes a pensar lo peor de mí.

Voy a la cocina, que es abierta, solo separada del salón por una isleta, y saco un par de botellas de agua mientras Dorian lo lee todo. Me siento más expuesta que ayer cuando me corrí delante de la cámara.

Dorian se quita la chaqueta de cuero y la deja sobre el respaldo de una silla. No me mira mientras lee cada nota. También las que hay sobre la mesa. Se empapa de todo lo que he ido descubriendo y lo que robé de casa de mi abuelo Uriel, ve la dirección y me mira.

—Podrías destruirnos con todo esto.

—Lo sé —responde mientras me pregunto si he tomado la decisión correcta.

Me acerco a tenderle agua. La coge y da un trago. No me mira mientras lee la lista de todos mis hermanos y primos.

—Conozco a varios de estos de cursos pasados. No aguantaron una mierda. Solo este. —Señala a Kiefer—. Aunque se fue, no sé por qué.

—¿Puedo confiar en ti? —Me mira divertido.

—¿No crees que es un poco tarde para hacerme esa pregunta?

—Ya, sí, pero hay más. Algo que he descubierto esta

semana y tengo que tomar una decisión que me hará ir contra ti.

—¿Y no es eso lo que has hecho desde que llegaste?

—Sí, vamos, echarte wasabi en el café fue una gran putada...

—Sin olvidar el coche. —Muerdo mi boca—. Por cierto, tenía otro de reserva.

—Te lo merecías.

—No participé en las putadas. —Mira la pared—. Pero le dije a Idelia que estuvimos juntos y eso es algo que la encoleriza.

—Bueno, no le dijiste lo de mi abuelo, no sé si sentirme halagada.

—¿Qué es lo que sabes? No voy a traicionarte y no sé bien por qué, porque... no confío en ti. —Veo la verdad en sus ojos y es triste porque yo sí. Si no, no hubiera hecho todo esto.

Si no, no dudaría de en qué bando estoy. Pero yo no pasé por lo que pasó Dorian de niño. Eso le ha dejado heridas muy profundas.

—Dafna es hermana de una de las becadas de hace años. Tras una putada se quedó en silla de ruedas y —señalo a Kiefer— es su novia. Se fue con ella para apoyarla en la recuperación. Ahora ya hace vida normal, pero Dafna ha vuelto para vengarse. Para destruiros, y me ha pedido que me alíe con ella.

—¿Y por qué dudas?

—Por ti. No quiero ir de nuevo contra ti, tener secretos... Qué tonta soy, ¿verdad? Tú no confías en mí ni somos amigos..., pero no puedo traicionarte más.

Pasa el tiempo y me atrevo a mirarlo. Sus ojos aguamarina están clavados en mí. Como si estuviera sosteniendo una lucha interna.

—No confío en ti —alza la mano y me acaricia la mejilla—, pero me he cansado de ir contra ti, becada.

Me coge la cara entre las manos y me besa. Es un beso feroz y un beso de los que marcan un antes y un después. Como si, al igual que yo, llevara tiempo ansiando volver a ese instante en que solo existimos los dos y el latir de nuestros corazones acelerados.

Le devuelvo el beso hambrienta de él, de lo que siento a su lado y de esta sensación de que cuando lo tengo cerca busco todos los caminos que me llevan de vuelta a su lado.

—Esto no cambia nada —dice antes de que su boca vuelva a devorar la mía.

Los dos sabemos que esto lo cambia todo. Pero ahora no es momento para expresar lo que sabemos que luego tendremos que poner sobre la mesa.

—Si seguimos no sé si podré parar. —Muerde la curva de mi cuello tras sus palabras.

—No quiero que te detengas. —Ruge antes de cogerme en brazos y buscar la cama.

He elegido y ahora no quiero pensar en lo mucho que me aterra que todo esto se vuelva en mi contra.

Capítulo 17

ABBI

Caemos sobre la cama enredados el uno en el otro. No puedo dejar de besarlo y de tocarlo. De sentir mi cuerpo pegado al suyo, como si al fin hubiera dejado de ir a contracorriente.

—¿Ha habido alguien? —pregunta con la voz ronca sobre mi cuello.

—¿Me creerías si te dijera que no?

—No, pero me gusta escucharlo. No soporto imaginar a nadie tocando tu cuerpo. Me vuelve loco.

—Puedo entenderte. Tú tienes prometida.

—No la menciones ahora. —Me mira y parece perdido—. ¿Ha habido alguien, becada?

—No. —Toca mis duros pezones sobre el vestido—. ¿Y tú?

—¿Tanto te molesta que haya estado follando con otras? —Lleva su mano a mi sexo y lo acaricia sobre las medias—. Eres mi sirvienta. Tú tienes que responder a mis preguntas..., yo no. Y más con todo lo que sé ahora.

—Eres un cabrón —le digo cuando frota mi sexo sobre las medias.

—Y a ti eso te pone mucho y ahora quiero follarte sabiendo que nadie ha estado entre tus piernas desde mi última vez.

Cuando lo miro veo su inseguridad y su miedo. Creo que Dorian necesita seguir este juego para protegerse mientras decide si está de mi lado o contra mí.

—Puedo haberte mentido —le digo retadora y eso oscurece su mirada.

—Más te vale que no, pero tengo mis tácticas para sacarte la verdad. ¿Lista? —Sé que no quiere forzarme, que quiere saber si estoy dentro de este juego. Si lo sigo con los ojos cerrados allá donde me lleve.

—Lista.

Siento el corazón latir con fuerza en mi pecho por lo que significa confiar de nuevo en él ciegamente. Se levanta y lleva mi cuerpo al borde de la cama. Luego tira de mi vestido y lo deja caer, al igual que su jersey.

Disfruto del espectáculo de tenerlo de nuevo medio desnudo para mí. Debería ser ilegal estar tan bueno. Veo el bulto de sus vaqueros y me pone mucho saber que está así por mí. Por lo mucho que me desea.

Me siento poderosa.

Me quita las botas y luego tira de mis medias, dejándome vestida solo con mi sujetador deportivo y unas bragas *culotte* negras. El conjunto no es muy sexi, pero a sus ojos parece que sí.

—Quiero verte tocarte como lo hacías en el vídeo para evaluar de primera mano si tus gemidos eran falsos o no. —Mi sexo da una sacudida ante su vidriosa mirada—. Abre las piernas para mí.

Lo hago sin que deje de mirar la humedad que reside en donde se unen mis muslos. Llevo la mano a mis pechos y me toco sobre el sujetador. Contoneo mi cuerpo adelante y atrás. Abro el sujetador por delante y me lo quito. Tensa la mandíbula cuando tiro de mis pezones al tiempo que meto la mano dentro de mi ropa interior.

—Pruébate lo mojada que estás. —Saco los dedos de mi sexo y los meto en mi boca. Los lamo y luego, mojados, me los paso por los pechos—. ¡Joder!

Aprieta los puños de lo mucho que desea remplazar mis manos. Nunca nadie me ha mirado como si fuera la mujer más hermosa de la tierra salvo él. Me desea tanto que es doloroso y lo sé porque me pasa lo mismo cada vez que lo miro.

Meto una mano de nuevo bajo mi ropa interior y palpo lo mojada que estoy con mis dedos. Froto mi clítoris hasta que casi me corro.

—No tienes permiso para correrte, becada. Y no quieres enfadarme. —Muerdo mi boca. Se acerca y tira de mi ropa interior. Me deja desnuda a su vista y me abre más las piernas—. Me encanta lo mojada que estás.

Pasa sus dedos por mi sexo y casi me corro de nuevo. El jodido lo sabe porque se aparta. Se arrodilla a mis pies y pasa una de mis piernas por sus hombros. Luego solo me mira desnuda y lista para él.

Mete un dedo y lo mueve en mi interior antes de añadir otro.

—Me encanta que seas mi juguete. Me gusta tenerte a mi merced. —Por su mirada sé que es cierto, que le pone mucho jugar conmigo a su antojo y la verdad es que a mí me encanta. Nunca creí que este rol me pusiera tanto.

—¿Y qué más quieres hacerme?

—De todo —admite. Mete otro dedo y lo mueve hasta encontrar mi punto G, recordando el sitio exacto donde está. Me frota hasta que casi me corro. Tiro de mis pezones y contoneo mi cuerpo ansiando la liberación—. Me gusta verte tan cachonda. ¿Quieres que te coma este coñito que tienes tan mojado?

—Sí —imploro.

Se acerca y se queda cerca de mi sexo.

—¿Ha habido otros? —repite como si necesitara que se lo dijera una y otra vez hasta creerlo de verdad.

—Ya te he dicho que no. —Me mira y sé que aún no me cree. Pero aquí estamos, a pesar de todo.

Acerca su lengua a mi sexo y me lame de arriba abajo. Gimo tan fuerte que el sonido de mi voz resuena por las paredes. Lo hace una y otra vez hasta que casi me voy. Le tiro del pelo mientras muevo el cuerpo para que me folle con su boca. Sus dedos entran y salen de mí.

—¿Te pone tener a tu dueño arrodillado a tus pies?

—Me pone mucho saber que eres todo mío.

—No sueñes. —Sonríe de medio lado y utiliza su mano libre para abrirme el sexo y lamer ese punto cerca de mi clítoris que me pone tanto. Lo lame lentamente y luego más fuerte. Estoy sudando de lo mucho que deseo dejarme ir—. ¿Ha habido otros?

—¡Que no, joder!

—¿Te quieres correr?

—¡Sí!

—¿Quieres que te reviente con mi polla? Tu sexo me está pidiendo algo más duro que mis dedos.

—Sí.

Me lame de nuevo hasta que siento el orgasmo anidarse en mi sexo antes de apartarse y buscar su cartera. Veo que saca un preservativo, lo que deja claro que no confía en mí. De momento.

—Tomo la píldora.

—Has estado tomando medicación por la borrachera —añade mientras se quita la ropa—. Y, además, no confío en ti —lo dice a modo de escudo, pero se le ha escapado la verdad y tiene razón, la medicación puede anular los efectos de la píldora. Aunque no lo admita, se preocupa por mí.

Lo veo quedarse gloriosamente desnudo y tocarse la polla como si se fuera a hacer una paja antes de ponerse el condón. Me gusta verle dándose placer mientras me mira.

Se sienta en el único sofá que hay en el cuarto y me mira.

—Móntame, becada, haz que me corra dentro de tu apretado coño.

El sexo me da una sacudida y noto varios escalofríos por la idea de montarlo. Ando hasta él y me subo sobre sus piernas antes de dejarme caer y de una estocada meterme su polla hasta el fondo. Apoyo mi frente sobre la suya. Sus manos se ponen en mis caderas y me aprieta con fuerza mientras yo le araño la espalda por el placer de sentirme llena por él de nuevo.

Nos miramos a los ojos tomándonos un segundo para sentir antes de seguir con su juego, donde se siente seguro.

—Vamos, becada, no quiero dormirme. O tal vez me busque a otra sirvienta...

—Hazlo y te rompo otro coche. —Subo y bajo lentamente para aumentar la agonía.

—Entonces, fóllame de forma que no sea capaz de desear a otra. Recuerda que estás en mis manos... y puedo destruirte.

—En el fondo siempre supe que lo de ser tu sirvienta era solo una excusa para tener a alguien que te soporte lo suficiente para follar contigo.

—Al final, la verdad siempre es más fuerte que todo. —Su mirada es intensa y el corazón se me acelera.

—Siempre.

Apoyo los brazos en sus hombros y me muevo arriba y abajo. Me sujeta el trasero para entrar más hondo. Muerdo mi boca y luego me la muerde él. Nos besamos mientras me muevo adelante y atrás, notando cómo me mojo por tenerlo clavado tan hondo.

—Tócate. —Me llevo la mano al clítoris y me lo froto mientras él se acerca y atrapa mis pezones en su boca.

Los lame mientras muevo mis dedos hasta que casi no puedo más.

—Dorian...

—¿Qué deseas?

—¡Correrme, joder!

—¿Quieres correrte sintiendo cómo mi polla te llena?

—Sí —gimoteo ansiando correrme.

—Hazlo, becada. Córrete sobre mí.

Lleva su mano adonde está la mía y frotamos juntos ese punto de mi sexo que tanto me gusta mientras me muevo subiendo y bajando hasta que no puedo más y me corro sintiendo sus dedos en mi cuerpo, su boca en mis pechos y su cuerpo caliente pegado al mío.

Se corre dentro de mí y luego deja caer la cabeza en el respaldo del sillón.

—¿Nadie más?

—Nadie, Dorian.

—Porque yo era tuyo y me fallaste y ahora no sé cómo volver a ese punto sin que el pasado me recuerde lo tonto que fui.

Los ojos se me llenan de lágrimas y me doy cuenta por

primera vez de su dolor al descubrir la verdad. No por quién era yo, sino porque desde lo de sus padres yo era la primera persona en la que confiaba... y le fallé.

—No tengo prisa, ni ganas de estar en otro lugar.

No dice nada, no me mira, pero sus dedos me acarician la espalda con ternura. Tal vez nos cueste llegar al mismo punto, pero espero que lo logremos.

Capítulo 18

ABBI

Dorian se marchó anoche tras el sexo. No ha comentado nada. Era como si no pudiera hablar y necesitara tiempo para procesarlo todo. Me acabo de levantar tras una noche inquieta, en la que no he parado de pensar en él y en lo que me juego al contarle todo. Estoy temblando de miedo por si va contra mí y mi abuelo Hadrian paga las consecuencias. Por eso, nada más tomar algo de desayuno, llamo a mi madre.

—Te echaba de menos, mi niña. —Su voz me consuela y a la vez me hace sentir deseos de llorar.

—Estoy bien —miento.

—Sabes que puedes contarme lo que sea.

—Lo sé, mamá. No se está tan mal en esta universidad y cuando acabe..., bueno, podré dejar al abuelo Uriel de lado.

—Eso espero. Te quiero de vuelta, quiero que dejes de ser suya. —Se refiere a Uriel.

—Ya... Te quiero preguntar una cosa sobre él.

—Miedo me da. Vamos, dispara.

—¿Sabes algo de un hijo de mi padre llamado Kiefer?

Se queda callada. No dice nada y eso me mosquea.

—Su madre vino a verme cuando eras pequeña y me dijo que saliera corriendo antes de que fuera tarde. No la creí y poco después tu abuelo vino a por ti. No habríamos podido huir —añade. Siento como si esto se lo hubiera repetido mil veces—. Para hacerlo deberíamos haber dejado esta vida. Ocultarnos... y, bueno, tú estabas mejor estudiando que desaprovechando tu vida a mi lado. —Esto lo hemos hablado otras veces, pero siento que me falta algo. Que algo no encaja en esta historia.

Es lo malo de desconfiar de todo, que ahora hay piezas en mi vida que no me encajan. Me consuela saber que mi abuelo y mi madre no saben lo malo que es Uriel. Creen que solo quería darme una vida mejor.

—¿Por qué lo preguntas?

—Puede que lo conozca, quiere verme.

—Bueno, si no es como el resto —de pequeña le dije que todos eran idiotas—, dale una oportunidad. Pero con cuidado, Abbi.

—Sí, siempre lo tengo.

Miro el panel y añado una nota: «Quedar con mi hermano». Hablo con mi madre del circo y, cuando me pasa a mi abuelo, este se va al despacho.

—Estamos solos, ¿qué te preocupa?

—He confiado en alguien que tal vez me traicione.

Se queda callado.

—Yo sé lo que es eso. Sé lo que es confiar en personas que solo quieren tener algo con lo que ir contra ti. Hay algo que nunca te he contado. Que me avergüenza... mucho.

—Puedes contarme lo que sea, no voy a dejar de quererte.

Se queda callado de nuevo. Me siento agitada y el temblor de mi cuerpo aumenta.

—Tu abuelo Uriel me prestó dinero para poder salvar el circo. —Agrando los ojos—. Y su hijo..., tu padre, estaba pendiente de que se lo devolviera. Así se acercó a tu madre. Si yo no hubiera aceptado ese dinero, tú no estarías en este lío. Porque el dinero corrupto que acepté fue el suyo. Él me tendió la trampa y todo esto empezó por mi culpa.

Madre mía, ahora entiendo por qué Uriel sabe tanto de mi familia. Tiene pruebas de todo porque estaba ahí. Y seguro que en esas pruebas no sale él por ningún lado. Le gusta joder a la gente sin que se den cuenta para luego tener algo contra ellos con los que presionarlos. Así, entre otras cosas, es como se ha hecho tan rico. Extorsionando a la gente.

—Yo tenía que nacer...

—Visto por ese lado... Tu abuelo es muy peligroso. Me tendió una trampa porque se enteró de que tu madre era superdotada, aunque no quiso estudiar. Quería ser bailarina. Cuando se negó a darle más hijos a tu padre, él trató de forzarla... y yo le di una paliza que casi lo mata. —Tiemblo ante este nuevo descubrimiento—. Retiraron la denuncia, pero si un día sale a la luz, estoy jodido. Por eso no hemos hecho nada para apartarte de su camino y odio haberte metido en esto. Me tiene cogido, Abbi, por más de una cosa.

No sé cómo procesar la información porque creía que todo esto era solo por dinero. Sé que no le quedó otra opción, pero de golpe bajo a mi abuelo Hadrian del pedestal en el que lo tenía porque, sabiendo lo horrible que era mi abuelo y que mi padre era un violador que pegaba a mi madre, me dejó con ellos siendo yo una niña para salvarse él.

Al fin y al cabo, no existen los dioses en la tierra, solo hombres que conviven con sus errores a diario.

—Lo siento, Abbi...

—No se puede huir de él. Me habría tenido de una forma u otra.

—Es triste que el rey del escapismo no haya sido capaz de encontrar la forma de esconderte al mundo.

«La habría encontrado si hubiera querido desaparecer», pienso, y duele. No, joder, no quiero pensar tan mal de quien quiero tanto...

—Entiendo que, para hacerlo, todos deberíamos haber escapado, y tú no puedes vivir sin ser el gran Hadrian.

Las lágrimas caen por mis mejillas.

—Es mi vida. —Tomo aire—. ¿Podrás perdonarme, pequeña?

—Sí. —Sé que podré perdonarlo, pero no sé si un día podré olvidar.

Ahora mismo no sé quién es mi abuelo. Siempre creí que a su lado estaba segura y ahora veo que no. Que él valoró su libertad y su fama por encima de todo. Hasta de mí.

He comido algo mientras asimilaba todo esto. He escrito a Dafna para decirle que acepto ir a ver a mi hermano, pero que quiero que dejen a Dorian fuera de todo esto. Lo ha aceptado y me ha dado la dirección de una cafetería para ir mañana por la tarde.

He visto vídeos de mi abuelo en redes y no he podido dejar de llorar. No tengo muy buena cara cuando la puerta se abre y veo a Dorian entrar como si esta fuera su casa, con una mochila al hombro y ropa deportiva.

—¿De dónde has sacado mis llaves? —digo. Él mira el colgador de llaves que hay tras la puerta y veo que faltan las de repuesto—. ¿Y si me pillas con alguien?

—Te jodes. ¿A qué viene esa cara? Tienes un aspecto horrible.

—Solo necesito unos minutos.

Deja su mochila en el suelo. Y se quita la chaqueta. Fuera ha empezado a llover y tiene el pelo algo mojado. Viene hasta mí y se sienta antes de arrastrarme a su pecho.

—No sabes cómo me jode no poder mirar hacia otro lado si sufres.

—Como si no lo supiera; te fuiste.

—Tenía mucho que procesar. —Me acaricia la espalda mientras me acurruco contra su pecho—. Te ordeno que me lo cuentes. —Me río sin poder evitarlo.

—Eres tonto, Dorian, te he elegido por encima de todo, te lo contaría sin tener que recurrir a eso.

—Ya..., pero necesito ese escudo. —Lo miro y veo su vulnerabilidad y cuánto le jode sentirse expuesto.

—Vale, te lo cuento solo porque me amenazas. —Sonríe de medio lado, más relajado—. ¿Vas a atarme luego y hacerme suplicar por mi vida mientras me follas?

—Vamos, becada, habla, me mata verte llorar.

Tomo aire para contarle todo, sabiendo que de nuevo me estoy exponiendo a él a cambio de nada.

Capítulo 19

DORIAN

Abbi tiembla en mis brazos. Intenta hablar varias veces, pero se queda callada porque los sollozos le cortan el aliento. Sé que no es porque no confíe en mí, sino por algo que la ha roto por dentro. Verla así me hace pensar en nuestra separación, en si se quedó destrozada. Yo lo estaba, no era capaz ni de recordar por qué merecía seguir viviendo. De hecho, me tentaba beber, perderme del todo para soportar seguir adelante sin ese dolor en el pecho por su traición, y si no lo hice fue porque el deseo de destruirla, de odiarla, me dio una razón tan fuerte para seguir como mi amor por ella. Ayer lo vi claro, lo vi cuando la tuve. Su traición me mató. Me destrozó como nada en esta vida y por eso no puedo confiar sin más..., tengo miedo de hacerlo.

—Mi abuelo Hadrian me ha contado algo. —Juega con el cordón de mi sudadera—. Yo estoy aquí, soportando todo esto, porque mi abuelo Uriel tiene algo contra Hadrian, como te dije. Me había explicado que era porque aceptó dinero negro para su negocio y que, si esto se sabe, la gente podría acusarlo de ir contra el sistema. Yo pensaba que Hadrian lo hizo por sus empleados. Hubo una época muy mala en el circo y, bueno, pensé que lo hizo por su gente.

Le acaricio la espalda cuando se queda callada.

—Pero hoy mi abuelo me ha confesado que le dio una paliza de muerte a mi padre... y lo denunciaron. Fue para salvar a mi madre porque intentó forzarla. Lo entiendo, pero, para protegerse él y evitar perderlo todo, en lugar de escapar conmigo y alejarme de ese monstruo me entregaron a él, sabiendo que mi padre era un ser violento. —De nuevo se le corta la voz y se hace un ovillo para llorar—. Creía que les importaba por encima de todo. Que eran mi puerto seguro. Que todo esto merecía la pena por ellos. Y, ahora, ¿qué razón tengo para seguir adelante, si siendo una niña me entregaron a un par de monstruos y lo sabían? Creía... creía que no eran conscientes hasta ese punto de lo horribles que eran porque de saberlo nunca me habrían dejado ir.

Miro sus notas. Sus apuntes, lo que robó de casa de su abuelo. Fotocopias de todo.

—¿Vas a irte? Así estarás a salvo...

—No, voy a saber qué pasó esa noche y a hacer que todos caigan. —Me mira con la furia en su mirada—. Esa es mi nueva meta para que esto acabe aquí. Nadie se merece pasar por estas novatadas. Nadie merece esto. Antes lo hacía por ellos, ahora lo hago por mí. Porque cuando los haga caer pienso disfrutar de su sufrimiento. Y porque mientras mi abuelo viva sus hijos no dejarán de manipular a otros niños para enviarlos a este lugar horrible y no se acabará este juego.

No me incluye, pero sabe que, si caen, caeré.

117

—Acabemos con ellos.

—¿Aunque caigas?

—Ser un Wilson nunca me ha gustado. Tal vez, cuando esto acabe, pueda ser solo yo y elegir por primera vez mi vida como yo quiero.

—Tal vez yo también.

Ninguno responde a la pregunta que se queda velada en los ojos del otro. ¿Juntos? No puedo responder a eso ahora y ella tampoco. La dejo en el sofá y saco mi ordenador de la mochila.

—Se me da bien colarme en los sistemas informáticos, así que estamos dentro de los archivos de la universidad, aunque estemos fuera de ella.

Me mira y no dice nada, pero siento cuánto le gusta tenerme de su parte. Aunque sea solo contra todos ellos. Lo que ella no sabe es que seguramente mi abuelo, cuando se entere de que voy contra él, me hunda. Pero merecerá la pena si él se hunde conmigo.

—Puedes pedir algo de cena.

—Solo si me dejas tomar notas de todo lo que vea interesante.

—No esperaba menos, eres una empollona. —Y eso me encanta de ella.

—Gracias a eso sacas buena nota en los trabajos.

—Así tengo tiempo para poder observar cómo te enfadas con cada mirada del resto. No sabes fingir. ¿Vas a poder fingir que no te mueres por besarme el lunes?

—No lo sé, has dejado claro que no confías en mí. Estamos en las mismas. Y tienes prometida. —Pone cara de asco—. Le encanta lucir tu anillo en todas las revistas.

—Se lo dio mi abuelo. Pero me obliga a mirar cómo folla si no quiero que vaya con el cuento de que la ignoro a mi abuelo.

—¿Y por qué seguir con esto?

—Tengo mis razones. —Callo y entro a los archivos del comienzo de la universidad—. Ese dinero es el que cedió tu abuelo para la causa y de ahí salieron la reparación y mejora del edificio, y aún sobró para ir tirando de él unos años. La mansión estaba destrozada, los alrededores, igual, faltaba mobiliario... La inversión fue millonaria y si le tienen que devolver ese dinero..., bueno, no sé si las cuatro familias implicadas pueden asumir el gasto.

—Madre mía..., es mucho dinero.

—Sí. Y, además, cada uno debe pagar esa cifra.

—¿Cómo?

—¿No lo has visto en el contrato de cesión del dinero? —Me mira cabreada por mi recochineo—. No eres tan lista como parece. —Me da en las costillas y le cojo las manos—. Ya podrás torturarme luego. —Le muerdo el cuello y me pierdo en su dulce perfume—. Ahí dice que en caso de que un Nelson consiga sacar la mejor nota, cada uno entregará el total de la suma cedida. Quizá fue un error de redacción y tarde se dieron cuenta de que tu abuelo podía reclamar el dinero que prestó multiplicado por cuatro. Como si fueran intereses. —Agranda los ojos—. Te puedo asegurar que solo mi abuelo puede hacer frente a este pago sin perder su estatus, el resto no. Por eso van a ir a muerte. Y más si saben quién eres. Porque superarme es perder mucho dinero.

—No lo sabrán —dice, pero veo la duda en sus ojos.

—Puedo ayudarte a escapar de todo... Tu abuelo no te dio esa opción. —Saco el talón que tenía listo para ella—. Puedes empezar de cero lejos de todo.

—De ti también, venías preparado para que me largara lejos y así no ser un problema...

—De nuevo pensando lo peor de mí. Por mierdas

como estas no confiamos en el otro. —Dejo el cheque y lo rompe—. Es mejor que me vaya, no sé en qué pensaba cuando volví y quise pasar tiempo contigo.

Me levanto y espero que me suplique que me quede. No lo hace. Su orgullo se lo impide y el mío me impide seguir aquí. Salgo de este lugar sabiendo que ahora el que está temblando soy yo. Me planteo volver y tragarme mi orgullo; al fin y al cabo, es normal que tras lo vivido nos cueste confiar a ciegas. Pero un mensaje de Idelia me lo impide y me recuerda mi papel en esta historia.

ABBI

Miro el cheque roto y siento que de nuevo me precipité con Dorian. Pero ahora mismo estoy destrozada por lo que he descubierto sobre mi abuelo Hadrian. Sé que me quiere, pero yo no habría antepuesto todo a una niña pequeña. Cada cual debe pagar por sus errores.

Busco el móvil y escribo a Dorian:

> Abbi:
> Lo siento..., confío en ti, pero estoy rota.

Lo lee, pero no responde. Tal vez sea mejor así. Miro su ordenador. Lo ha dejado aquí olvidado. Aunque sé que Dorian no comete esos errores. Lo ha dejado aquí para mí. Busco los informes y cualquier pista que me lleve a esa noche hace más de cincuenta años que unió la vida de todos sin remedio.

Capítulo 20

DORIAN

Idelía se cuelga de mi brazo para la encerrona de cena. Su padre, su abuelo y el mío han decidido organizar una cena especial en uno de los restaurantes de moda de la ciudad para que nos hagan fotos juntos y hablar de cuándo será la dichosa boda.

Una limusina vino a buscarme donde le dije y dentro estaba mi abuelo y ropa decente para esta cena. Me cambié delante de él, odiando su presencia.

Leí el mensaje de Abbi, pero no le pude contestar, ya que mi abuelo está mosqueado porque estuviera en la ciudad. Aun así, me gustó que me dijera eso, pero me jodió no poder regresar.

Vamos a una mesa al fondo y veo cómo nos hacen fotos descaradamente. Al sentarme a la mesa miro la carta hasta que mi abuelo me la quita.

—Ya hemos elegido.

—¿También vais a masticarme la comida? Lo digo porque parece que no tengo poder de decisión en nada.

—Mi abuelo se tensa y sé que, si yo fuera más joven y no estuviéramos en público, me cruzaría la cara. Para educarme, decía el muy cabrón.

—¿Veis lo que os digo? Está cada vez más raro. Lo mismo ha empezado a tomar algo, como su padre. —Idelia me mira asqueada. Ella, que bebe más que nadie y se mete droga de lujo en las fiestas.

—Pediré unas pruebas a primera hora por si acaso —dice él. Tenso la mandíbula para no replicar.

Nos traen algo para comer y me quedo callado. Si quiero ayudar a destruirlos o a saber la verdad, cuanto menos dé la nota, mejor. Pero me cuesta mucho. Mientras cenamos hablan de que la boda debería celebrarse nada más acabar la universidad. Es decir, en un año y poco más.

—Y los hijos deberían llegar un año después. —Miro a mi abuelo como si quisiera destruirlo—. No me mires así, hasta tu padre cumplió y se casó y tuvo hijos con esa... —Se tensa y da un trago al vino—. Tu padre me falló y no pienso permitir que tú lo hagas también. Te casarás, tendrás hijos y harás lo que yo te diga si no quieres algo peor.

—Empiezo a replantearme si no me quedará mejor el naranja que tu apellido.

Doy un trago a mi refresco mientras mi abuelo me mira con rabia.

Tomo aire sabiendo que debo relajarme. Ser más listo que ellos. Hacerles creer que soy solo un monigote en sus manos. Antes era fácil, no me gustaba, pero me dejaba llevar. Pero entonces llegó una loca de grandes ojos marrones que me hizo ver el mundo de forma diferente. Como si siempre lo hubiera estado mirando al revés. A su lado empecé a pensar por mí mismo. Y a decidir ser algo más que esto que proyectan sobre mí ahora.

Inhalo y miro a mi abuelo.

—Solo bromeaba, haré lo que quieras. —Asiente y por dentro dejo que bulla algo más que la impasibilidad.

Algo está creciendo en mí. Algo más fuerte que yo mismo. Algo que tal vez me destruya, pero aun aterrado he entendido que puedo ser algo más. Que yo también puedo ser feliz.

Mi abuelo me obliga a ir a dormir con él a su *suite* del hotel y a primera hora me hacen pruebas de todo por si me estoy metiendo drogas. Tras las pruebas insiste en que vaya con él de vuelta al internado porque quiere una reunión con el resto de los nietos de sus amigos.

Miro el móvil pensando si debería escribir a Abbi y no lo hago, pero estoy inquieto. Como si algo no fuera bien. Si no le escribo es porque necesito la mente fría y cuando se trata de ella no sé ser frío.

Si queremos que esto salga bien..., lo de destruirlos, quiero decir, porque sobre nosotros no sé qué quiero, tengo que ir un paso por delante y eso solo pasará si sigo siendo el mismo de siempre. Por eso, tras la reunión, vamos a la sala donde los estudiantes se reúnen para descansar y jugar a los diferentes juegos y me siento en nuestros putos tronos como el resto.

Busco a Abbi y no la veo. Saco el móvil y siento la mirada de Idelia en mí. La miro mientras lo guardo.

—Sonríe, querido. —Me pasa los dedos por el brazo—. Que todos envidien que seas mío.

No digo nada, solo le sigo la corriente. Solo les hago creer que continúo aquí, pero en verdad no dejo de preguntarme dónde narices está Abbi, sobre todo cuando cae la noche y ella no aparece. Dafna sí está con Mina, Marvin y Elias. Si Abbi estuviera aquí, estaría con ellos.

¿Dónde se mete?

Era más feliz cuando fingía que no me importaba y eso me cabrea mucho.

—Me encanta tu mirada de perdonavidas. Me pone mucho. Vamos a mi cuarto.

—No tengo ganas.

—No te he preguntado. Vamos y punto.

Malcriada de mierda...

No digo nada, solo la sigo y cuando entramos a su cuarto hay uno de primero que se muere por acostarse con ella. Idelia se lo folla sin dejar de mirarme. Creyendo que así me consigue. Todo es falso y siento ganas de vomitar. Por eso, cuando me marcho a mi cuarto, acabo temblando y agitado.

Saco el móvil y escribo a Abbi, al fin solo:

> Dorian:
> ¿Dónde mierda estás?

Vale, tal vez debí elegir otras palabras. Me siento agitado y notando cómo me tiembla la mano. Estoy teniendo un ataque de ansiedad. ¡Joder! Miro el móvil con manos temblorosas. Abbi no me responde y siento que no va bien nada.

ABBI

Horas antes...

Llego al lugar acordado para hablar con mi hermano algo inquieta porque está muy retirado de todo. Miro mi coche nerviosa y estoy pensando mandar una ubicación de dónde estoy a alguien cuando siento que me ponen una capucha negra en la cabeza.

Grito inquieta y pataleo. Me quitan el móvil y me meten dentro de un coche. Pienso que todo esto es una puñetera novatada y me duele que Dorian, si lo sabía, no me haya avisado.

Asustada, pienso si me ha traicionado y si una vez más he confiado en quien no debía. Y más tras ver sus imágenes y vídeos junto a Idelia.

Qué tonta he sido...

125

Capítulo 21

ABBI

Cuando me quitan la capucha estamos yendo a una zona alejada de la ciudad. Miro al conductor y me sonríe.

—Hola, hermanita. Relájate, no vamos a hacerte nada.

Miro a mi lado y veo a una mujer preciosa muy parecida a Dafna. Intuyo que es su hermana mayor. No digo nada, pero no me ha gustado este susto innecesario. He pasado mucho miedo, cuando se supone que están de mi parte. O eso dicen. Hasta ahora mis hermanos, menos el pequeño Defin, solo me han hecho daño. Por eso no quiero bajar la guardia.

Paramos en una zona de *camping* con mesas de madera. Salimos del coche y espero que hablen. Ahora mismo siento que yo tengo poco que decir. Supuestamente íbamos a tomar un café.

—El abuelo de Dorian está en la ciudad y es peligroso que nos vean juntos —dice Kiefer.

—¿Acaso sabe quién eres? —Niega con la cabeza—. Tampoco sabe quién soy yo.

—Prefiero tomar medidas, no me fío de nadie. —Lo miro, se parece a mi padre. Pelo castaño claro y ojos ámbar. No se parece mucho a mí porque, por suerte, yo salí a mi madre.

—Yo tampoco me fío de nadie y con todo esto, menos. Al menos me podríais haber avisado. Me habéis dado un susto innecesario y creo que ya voy servida con toda la mierda que soporto en el internado.

Kiefer agacha la cabeza avergonzado.

—Te lo advertí —le dice Ineta, la hermana de Dafna. Después se vuelve hacia mí—. Lo sentimos mucho. En lo que a mí respecta, toma muchas medidas para protegerme. Desde que presenté la denuncia me han estado haciendo la vida imposible por si denuncio de nuevo. Verlos ayer de cena en la ciudad nos inquietó.

En una cena a la que fue Dorian con su flamante prometida.

—Entiendo, pero de haberlo sabido hubiera tomado las medidas necesarias. Si queremos hacer esto juntos, no podemos ir por separado.

—Bueno, nosotros queremos destruir a todos los dioses y eso incluye a Dorian Wilson. —Me sube un escalofrío—. ¿Vas a ir contra él?

—Dafna aceptó todo esto a cambio de que él se quedara fuera.

—No puede quedarse fuera, estaba allí la noche que le cambió la vida a mi mujer. Merece pagar como el resto porque ha visto impasible cada putada que les han hecho a los novatos sin mover un dedo.

—Tal vez no pueda —digo a la defensiva, y mi hermano sonríe con tristeza—. Y Dorian siempre está vigilando que no se sobrepasen. O que no nos hagan daño. No es como el resto...

—Te está atontando el amor y no ves la realidad.

—No he dicho que esté enamorada de él. Pero tú haces esto por tu mujer. ¿Soy yo menos si defiendo a la persona que me importa?

—Nosotros nunca hemos sido los torturadores. Él, sí.

—Si no calculo mal, cuando aquello pasó Dorian solo tenía dieciséis años. Era su primer año en la universidad y...

—Y nada. Lleva años viendo cómo putean a la gente y no mueve un puto dedo. Lo odio.

—Genial, esto no va a llegar a nada —les digo fría—. Os recuerdo que a mí, ahora mismo, los que me suelen putear son los becados que se han cambiado de bando y que quien me ha protegido hasta ahora ha sido Dorian.

—Los becados lo hacen para sobrevivir —apunta Kiefer.

—Ya, claro, y su fin lo justifica más que el de otros. Ese lugar es una mierda y tiene que desaparecer, pero ni todos son buenos ni todos son tan malos.

—Eso lo dices por lo que sientes por el joven Wilson.

—Lo digo porque desde que entré he visto alianzas y he sentido cómo los que creía amigos me daban de lado solo por conseguir ascender en la escala social. Ese lugar es horrible, pero lo cierto es que todos los que entran ahí lo saben, saben que es una mierda y esperan que el esfuerzo merezca la pena si acaban siendo pelotas de un rico y les da trabajo. ¿De verdad merece la pena todo eso por un puesto de trabajo?

—Estás de su parte —apunta Kiefer—. Me habría

gustado que todo esto fuera diferente. Puedes destruirlos...

—Y lo haré. Pero a mi manera. Y sin ir contra la única persona en ese lugar que, a pesar de todo, se preocupa por mí de verdad.

—¿Antes o después de que se fuera anoche al cuarto de Idelia a follar? —Noto cómo los celos me matan—. No olvides que te acuestas con el enemigo. Y que nosotros solo queremos protegerte y poner todo en su sitio. Solo queremos justicia.

Me tiende la capucha negra y sé que ha llegado el momento de irse. No hemos conseguido nada en concreto, pero ahora mismo me invaden los celos. Y los nervios me comen por dentro. Vamos de vuelta a la ciudad y me quitan la capucha cerca de mi estudio. Paran el coche.

—Si cambias de idea, habla con Dafna.

—No lo haré a menos que valoréis otras opciones en las que no entre joderle la vida a Dorian.

—Tú misma. Yo no pienso ceder. —Su mujer le echa una mirada de reproche.

Salgo del coche cuando me devuelven el móvil y mis cosas. Voy hasta mi casa porque no pienso volver al internado a estas horas. Prefiero hacer noche aquí e ir muy temprano. Subo y mientras doy vueltas agitada por el pequeño espacio sé que, si mi abuelo Hadrian no me hubiera fallado, tal vez no habría sido tan dura con mi hermano. Pero estoy cansada de que todos me usen a su antojo.

Miro el móvil y veo varios mensajes y llamadas de Dorian, pienso en lo que me dijo Kiefer y los celos hacen que no pueda responderle. Los leo, pero no respondo:

Dorian:

¿Dónde mierda estás?

Estoy preocupado..., bueno, solo un poco.

Lo veo en línea, seguramente al ver que lo he leído y esperando una respuesta. No dice nada. Yo tampoco y me acuesto sintiéndome más perdida que nunca. No dejo de pensar en sus fotos con Idelia y que luego estuvo en su cama. Me matan los celos y no saber qué somos ahora el uno para el otro. Si yo lo estoy apostado todo por él a cambio de nada.

Capítulo 22

ABBI

Llego con el tiempo justo de acudir a la primera clase tras una noche dando vueltas sin dormir apenas. No podía dejar de pensar en todo lo que ha pasado este fin de semana y en Dorian. No sé qué soy para él. Se fue cuando me dejó ese cheque y sé que tal vez tenía sus razones, que solo me está protegiendo, pero necesito que entienda que para poder ser libre tengo que acabar con esto.

Entro a clase y siento la mirada de Dorian puesta en mi nuca. No me giro porque temo delatarme si lo miro. Voy hasta mi sitio y Marvin se sienta a mi lado. Me habla como si fuéramos los mejores amigos del mundo. Al final este lugar es una gran partida de póquer donde cada uno juega sus cartas lo mejor que sabe.

A última hora estoy tensa por tratar de evitar la mirada de Dorian. Y, cuando el profesor anuncia que habrá una fiesta de la primavera, la gente grita contenta, como si este lugar fuera ideal para hacer fiestas y no pasase nada raro.

Está claro que si existen las novatadas es porque la gente las ha normalizado en vez de decir basta. Salgo de clase y me vibra el móvil:

> Dorian:
> Ven a mi cuarto.

Leo el mensaje de Dorian y lo ignoro. Ahora mismo siento que, si lo tengo delante, los celos van a delatar lo mucho que me importa. Por eso apago el móvil y me marcho a comer algo en una sala común. Evito pasar por la cafetería y luego voy a la biblioteca. Ya no trabajo aquí porque en el tiempo que estuve fuera haciendo los exámenes le dieron mi puesto a otro, o eso me dijo Marvin, aunque siento que si hubiera aceptado su propuesta todo hubiera sido diferente. Le digo a Marvin si puedo ayudarlo y me dice que ponga al día el archivo de libros.

Voy al fondo y me pongo a meter libros en el ordenador que hay allí para registrar si están todos o algún estudiante se ha llevado alguno sin pasar por la recepción para anotar que se le ha prestado.

Reviso varios hasta que siento a Dorian cerca.

—Te juro que odio ir detrás de nadie.

—Y, sin embargo, aquí estás. —No lo miro, no puedo mirarlo, me duele saber que estuvo en la cama con Idelia.

—¿Se puede saber qué te pasa?

—Nada.

—Ya, claro, por eso no respondes mis mensajes.

—Así no pensaré lo peor de ti. O sí, teniendo en cuenta que saltas de una cama a otra. —Mierda, no he aguantado ni cinco minutos sin delatarme.

—Estás celosa.

132

—¿De ti? Vas listo.

Me atrevo a mirarlo y el cabrón sonríe apoyado en la estantería. Luego coge un libro y lo ojea.

—Muy muy celosa —lo dice sin mirarme.

—No pienso engordar tu ego.

—En latín, la palabra ego significaba «yo».

—Como si no lo supiera —le reprocho y sigo con lo mío—. ¿Qué haces aquí?

—Ver por qué mi sirvienta quiere enfadarme.

—Tal vez porque quiero que se sepa la verdad y buscar otra forma de destruirlos. A todos.

—Si se supiera la verdad, lo que te han hecho hasta ahora no sería nada comparado con lo que vendría. —Parece tenso—. Vamos a mi cuarto.

—No puedo dejar el trabajo a medias.

—No estuve con ella, joder, solo la vi teniendo sexo porque si no lo hago no podré ayudarte a destruirlos. Tengo que ser yo mismo..., lo más yo mismo posible. ¿Puedes dejar de pensar lo peor de mí? ¡Puedo destruirte y no lo hago! Eso debe de significar algo, ¿no?

Dejo los libros y lo miro. Veo dolor en sus ojos.

—Ahora voy a tu cuarto. No puedo desaparecer así como así.

—¿Acaso no eres nieta de un mago?

—Ahora mismo no quiero pensar en eso —le digo triste—. Ahora voy.

—No tardes. Hay mucho que hacer en mi cuarto.

—No sé cómo te soporto.

Sonríe de medio lado antes de irse por la puerta secreta. Voy hasta la recepción y le digo a Marvin que me he cansado. Asiente y sigue hablando con la nueva ayudante. La mira como me miraba a mí, como si quisiera quitarme la ropa. Pero no en plan deseo, sino en plan bestia. Es una becada de primero. Tal vez también le haga la misma oferta que a mí. Siento asco porque use eso para ganarse favores sexuales. Este lugar apesta, lo mires por donde lo mires. Y si los becados miran hacia otro lado es porque al final acaban siendo como los putos dioses.

Salgo de este lugar y me encuentro a Dafna; no nos hemos visto desde el viernes. Se me acerca.

—Mi cuñado fue un poco borde.

—Y que lo digas. —Subimos por las escaleras.

—Yo estoy de tu parte. Confío en ti. Y si tú quieres dejarlo fuera..., yo lo dejo fuera. Tienes razón en que Dorian no se mete y siempre está vigilando que no se pasen de la raya. Antes no lo creía..., quiero decir, antes de entrar no creía que los dioses fueran así, pero ahora no creo que todos sean iguales.

—Pero estás con ellos. —Miro a nuestro alrededor—. Hasta ahora lo he hecho todo sola en mi vida y he tenido que aprender a sobrevivir. Por el miedo que me da lo que puedan hacerme no voy a dejar de ser quien soy.

Llegamos a nuestra planta.

—Me marcho a la azotea a pensar.

Asiente y se mete en nuestro cuarto.

—Vale.

Va a decirme algo más, pero se calla. Tal vez sabiendo que ahora mismo estamos en bandos opuestos. Subo a la azotea y Dorian me abre la puerta. Entro y voy hasta su escalera. Al bajar lo veo apoyado mirando el atardecer.

—Llega la hora de las brujas. —digo. Me mira y parece triste—. Lo siento, siento que a veces desconfíe de todo...

—Si no quieres que tenga ganas de tener sexo con otras, tal vez puedas hacer algo.

—¿Y lo de hablar y esas cosas?

—Luego. ¿Alguna idea, becada?

Siento que usa el sexo para no ahondar en lo que nos separa y lo dejo estar por ahora. Lo miro y me arrodillo a sus pies. Tiro de su pantalón sin dejar de observarlo.

—Mira que te gusta estar a mis pies. —Me tira del pelo.

—Por si no eres capaz de verlo, ahora mismo quien tiene el poder sobre ti soy yo.

Dorian me contempla mientras le abro los vaqueros y libero su polla. Está dura, pero cuando la toco se pone mucho más. Se apoya en la barandilla. Estar al aire libre en este estado es una imprudencia, pero tengo la sensación de que necesito hacerlo y no me importa que los demás nos vean juntos, aunque estamos tan altos que dudo que alguien se percate de algo.

Saco la lengua y le doy una lamida, llevándome el líquido preseminal.

Chupo su glande como si fuera una golosa ante un dulce. Dorian gruñe y se sujeta a la barandilla hasta que los nudillos se le ponen blancos.

—¿Queda demostrado quién está a los pies de quién? —No le dejo que conteste y me meto su polla en la boca todo lo que puedo.

—¡Hostia puta! —Lo succiono con mi boca hasta que no puede más.

Muevo la cabeza adelante y atrás disfrutando de verlo tan excitado. Con la ropa medio abierta, el pelo rubio cayéndole por la frente y esos ojos que no pierden detalle de nada de lo que hago, parece un dios indomable.

135

Mi Eros.

No dejo de follarlo con mi boca hasta que me levanta para enredar su lengua con la mía. Nos besamos con un hambre voraz mientras entramos a trompicones en su cuarto. Tira de mi ropa y yo de la suya, necesito su piel pegada a la mía. Necesito su calor extendiéndose por mi cuerpo para que calme el frío de mi pecho.

Me quedo desnuda a los pies de la cama mientras él se desnuda para mí. Es un espectáculo para la vista. No me extraña que Idelia lo quiera atar en corto. Pero ella de él no tiene nada, o eso quiero creer.

—Date la vuelta y apóyate en la cama. Hoy quiero follarte por detrás.

Lo hago y escucho cómo rasga un preservativo. Me giro para mirar cómo se lo pone. Muerde su boca concentrado y quiero ser yo quien se la muerda.

—¿Lista para que te penetre, becada?

—Lista.

Capítulo 23

DORIAN

Veo su cuerpo listo para mí. Me empapo de ella. De esta imagen real de alguien que me desea sin fingir. Veo su culo respingón y su sexo perlado por el sudor. Está muy mojada y yo muy excitado por lo que me ha hecho antes.

Por eso necesito llevarla al mismo punto en el que estoy.

Nunca me ha preocupado eso, pero con ella no quiero ser egoísta. Aunque a Abbi muchas veces se le olvide que, cuando he podido, siempre he elegido protegerla.

Ella cree que la tengo en mis manos por todo lo que sé de ella, pero ignora que, por lo que siento cuando la tengo cerca, es ella quien me tiene cogido a mí por los huevos. Me aterra lo que puedo hacer por ella. Tanto bueno como malo. Por eso me alejo o hago que el sexo esté por delante de todo lo demás.

Es más fácil así.

137

Ando hasta ella y meto un par de dedos dentro de su sexo. Los muevo de dentro hacia fuera.

—¿Oyes lo mojada que estás?

—Sí. —La imagino mordiendo esos labios rojos que antes me rodeaban la polla.

Muevo los dedos hasta que grita de puro éxtasis. Entonces acerco mi boca a su sexo y la devoro. Su sabor me pierde y más saber que está tan cachonda por mí. Le lamo su perlado coño de arriba abajo mientras los dedos entran y salen de ella, sigo mis atenciones hasta su culo y meto un dedo dentro de su ano.

—¡Dorian!

—Vamos, admite que te gusta. —No lo niega y muevo los dedos en sus dos agujeros disfrutando de tenerla a mi merced.

La llevo al límite una y otra vez.

—Me está empezando a gustar esto de torturarte, becada. —Gruñe.

Su sexo cada vez está más mojado y a mí me duele la polla de lo mucho que ansío estar dentro de ella. Por eso me acerco y me meto de una estocada, cogiéndola de las caderas para acercar su trasero más a mí.

Entro más hondo y tiro de ella hacia atrás.

—Dorian —dice y me pone mucho oír mi nombre en su boca cuando está tan cachonda.

Salgo y entro de ella con fuerza. La alzo y le beso el cuello mientras disfruto de sus tetas, que se mueven con cada una de mis embestidas. Tiro de sus pezones con una mano mientras llevo la otra a la unión de sus piernas. Está muy resbaladiza. Me encanta pasar los dedos por su clítoris.

—Necesito correrme —me implora.

—Pues hazlo.

—No sin ti. —Que quiera hacer esto juntos expande por mi pecho una emoción que desconocía.

Busco su boca y la beso.

—Córrete, becada —le digo aumentando las embestidas cuando yo estoy cerca.

No dejo de moverme y de tocarla mientras nos corremos juntos entre gritos y jadeos. Al acabar caemos sobre la cama y la acerco a mí. Se abraza fuerte a mi pecho y no quiero que se mueva. No quiero perder esto. Este abrazo que tanto se me ha prohibido en mi vida.

—Me moría de hambre —dice antes de morder el sándwich que he ido a preparar—. A vosotros os cuidan mejor.

—Hay un cocinero solo para nosotros cuatro. Pero admito que esto lo he hecho yo.

—Pues está delicioso. ¿No sospechan nada porque te subas tanta comida?

La miro, lleva el pelo mojado por la ducha que nos hemos dado y una de mis camisetas negras. Está preciosa y sus labios rojos por mis besos me recuerdan dónde han estado solo hace un rato.

—No. Por norma general, con la comida no me tocan los cojones. —Ceno sin querer contarle mucho, pero algo me dice que si no me abro a ella la perderé y no quiero—. Mi abuelo vino porque Idelia le ha dicho que estoy diferente. Me hicieron pruebas de todo y no pude estar solo hasta la tarde del domingo, cuando te escribí.

—Quedé con mi hermano. —Algo oscuro pasa por su mirada—. Y me dieron un susto de muerte. Luego se quejan de las putadas, pero a veces me pregunto dónde está la línea que nos separa.

—He visto de todo aquí. Sobre todo, mucha falsedad. Gente que rogaba que parásemos y luego me seguían el juego para besarme. —Se remueve inquieta—. Tengo un pasado...

—Y yo —dice entre dientes.

—Al final, todos estamos atrapados, pero siempre he sentido que los becados podían elegir, decir basta. Yo no, pero trataba de que no se fuera todo a la mierda y a veces, cuando los ayudaba, me preguntaba si servía de algo porque ellos, en vez de huir, seguían aquí.

—Por eso los odias.

—Los odio porque envidio su libertad —admito al fin algo incómodo.

—¿Por eso me llamas becada?

—Es de forma cariñosa. —Alza una ceja—. Tenemos unas reglas, para no intimar con los becados más de lo necesario. Era mi forma de recordarme que tú estabas prohibida y ahora..., bueno, es mi forma de recordarme que me la suda todo.

—¿Y si eso es lo que soy para ti? ¿Un desafío para joder a tu abuelo? —Me mira inquieta—. Tal vez soy como ese cigarrillo que ves consumirse lentamente...

—¿Tanto te cuesta creer que puedes gustarme de verdad? ¿Tan raro sería que alguien te quisiera? —No dice nada—. Yo estoy jodido, pero tú también. Tu pasado te ha dejado huellas que tal vez ignorabas. —Su mirada es dolida.

—Vete a la mierda, Dorian. Al menos yo tuve una infancia buena...

—Con un hombre que te dejó ir con un psicópata. —Viene hacia mí y la cojo. Forcejeamos hasta que me

mira con lágrimas en los ojos—. Lo nuestro es una putada de las gordas. Me complicas la puta vida y a pesar de
todo estoy aquí. Deja de dudar de mí y si tienes un puto
problema, háblalo conmigo en vez de dejarme fuera de
todo o lo que estamos construyendo se irá a la mierda.

—Como si tú quisieras que esto fuera a más. Huyes
de mí.

—Matiza eso: intento huir de ti..., pero no puedo.
—Miro su boca y ella la mía—. No puedo huir de ti y
eso a veces duele.

Entro en ella, esta vez sin prisa, tras ponerme un
condón. Sin nada que no sea sentirnos. Y acojona mucho lo ligado que estoy a ella. Lo mucho que me gusta
estar aquí, sin que nada más importe excepto tenerla
conmigo un poco más.

Capítulo 24

ABBI

Antes de volver a mi cuarto, Dorian me preguntó por la cita con mi hermano y le conté todo.

—Tal vez deberías apostar por ellos.

—No voy a ir contra ti. —Vi algo muy tierno en su mirada. Como ese niño que espera ser querido—. Aunque es cierto que a veces dudo de esto... y puede que lo vivido con mi abuelo y mis hermanos me dejara huella.

—Sin olvidar al capullo que casi te viola.

—Vale. ¿Alguna mierda más?

—No. —Sonrió.

—Aparte de eso..., yo tampoco sé cómo escapar de esto. Ni quiero. —Noté cómo me sonrojaba y me sentí más expuesta que cuando teníamos sexo—. Y ahora me marcho. —Le doy un beso—. Por si vienen a putearme...

—No sé nada. No cuentan conmigo para estas putadas. Y si te ayudo, eso te haría más daño. —Lo volví a besar.

—Nos vemos. Piensa en mí.

Me marché corriendo antes de ceder a la tentación de quedarme a su lado y mandar todo a la mierda. Ahora estoy en mi cama sin poder dejar de pensar en todo. En lo que somos. Tal vez solo un nosotros sin apelativos porque ponerle un nombre ahora asusta mucho.

Estoy casi dormida cuando entran al cuarto y me sacan tras ponerme una capucha. A ver qué mierda me espera ahora.

Hace mucho frío e ir descalza es una putada; no me acordé de ponerme los pies de goma falsos. Y a estos becados encapuchados que tiran de mí les da igual. Cada vez quedamos menos becados que no hayamos aceptado sus exigencias. Es decir, o irse, o sacar una nota media baja. Veo un plástico azul extendido en el suelo que seguramente esté mojado.

—Tenéis que bajar la pendiente. —Idelia me mira altiva—. A ver cuánto aguantáis.

Nos dan un cubo de agua para llevarlo cargado de una zona a otra. El agua está helada y, como nos resbalamos por el plástico mojado del suelo, cae sobre nosotros. Estoy helada y me va a venir la regla, lo que hace que esté más sensible.

Tras varias carreras no puedo más. Caigo al suelo y noto cómo se me raspa la barbilla. Idelia me coge de la cara y me aprieta la herida.

—¿Te rindes?

—Nunca —le digo enfurecida. Su mirada va de mí a un punto tras ella.

—¿Qué haces aquí, querido?

—¿Acaso no puedo ver cómo los jodéis? —Dorian llega hasta nosotros y se apoya en la mesa donde tienen los cubos uno de los becados, que se ha rendido.

—Bien, has llegado en el mejor momento. Hermes, ven.

Hermes se me acerca y me observa la ropa pegada al cuerpo. Su vista va a mis pezones y odio cómo me mira. Me hace sentir desnuda o volver a ese momento en que ese desgraciado me intimidaba.

—Bésala. —Dorian se levanta fuera de sí y niego de forma imperceptible con la cabeza.

Es una trampa. Idelia lo mira y veo cómo Dorian se esfuerza por no mostrar nada. Tiene los puños apretados y noto cómo tiembla, pero eso solo lo advierto yo. Idelia sonríe ante su indiferencia.

—¿Ahora también me vas a entregar para que me viole? ¿Dónde quedó lo de violaciones no?

—Nos está costando mucho doblegarte..., hay que tomar otras medidas. Bésala.

Hermes no se lo piensa dos veces y viene hacia mí. Voy a huir, pero Edey me sujeta mientras Hermes acerca su boca a la mía. Lo muerdo, pero el cabrón sigue lamiéndome la boca mientras aplastan mi cuerpo tocando donde pueden.

Cuando acaba me siento sucia, usada y asqueada.

Miro a Dorian y parece fuera de sí. Va a saltar. Va a ir contra ellos... y no podemos vengarnos. No aún, o se irá todo a la mierda, ahora que estamos tan cerca.

—Gracias por un beso de mierda. ¿Algo más?

Dafna me espera no muy lejos cuando echo a andar. Me coge la mano con fuerza y vamos juntas hasta nuestro cuarto. No me permito llorar hasta que llego a él y solo entonces dejo salir el dolor, la rabia y el asco. Tiro

144

las cosas de mi escritorio. Lo tiro todo, fuera de mí. Dafna me grita que pare, pero no puedo.

De pronto siento que Dorian me sujeta con fuerza y evita que me haga daño.

—Te tengo, te tengo —dice y me doy cuenta de que no sé ahora mismo quién sujeta a quién. Lo miro y él me contempla la boca—. Bésame, necesito borrarlos de tu mente..., necesito borrar todo eso de ti...

Lo beso con fuerza. Nos besamos como si de verdad quisiéramos borrar todo atisbo de otros besos en el otro. Al acabar, Dorian mira a Dafna.

—Haced lo que tengáis que hacer para destruirlos, aunque eso me lleve a mí por delante.

—¡No!

—He dicho cualquier cosa, o juro que lo haré yo y no sé si podré controlar mis ganas de matarlo. ¡Joder!

Dorian se marcha y Dafna me sujeta.

—Déjalo ir..., estás dentro. —Alza el móvil. Y veo un vídeo mío y de Dorian—. E intentarán que él quede fuera, han creído en mi palabra de que Dorian siempre se queda al margen y trata de que nada se vaya de madre.

Luego me abraza.

—Vamos a hacer justicia —le digo.

Asiente y siento que cuando todo esto acabe me voy a quedar muy tocada. Que todo esto me dejará secuelas mentales mucho más duras de las que ya tengo.

Capítulo 25

DORIAN

No consigo calmarme, por eso me paso toda la noche haciendo deporte en el gimnasio. Ayer vi desde mi cuarto lo que hacían. Bajé, pero no esperaba que Idelia llegara tan lejos.

Ver cómo la forzaban me mató por dentro. Fue peor que cada bofetada de mi padre o de mi abuelo. No hice nada porque, si lo hacía, solo caía yo. Y los dos lo sabemos.

El destino nos ha unido por algo. Y tenemos que usar nuestra inteligencia para hacerlos caer a todos. Poco antes de ir a clase me doy una ducha y al vestirme escribo a Abbi. La sigo teniendo guardada como Psique para que nadie vea su nombre en mi móvil:

> Dorian:
> ¿Cómo estás?

Psique:
Le he dado a Dafna las llaves de mi estudio para que mi hermano vaya a ver todo lo que sé.

Dorian:
Quiero saber cómo estás tú, lo otro ya lo veremos luego.

Psique:
Mal. Pero lo voy a superar. Soy más fuerte, aunque me quedarán secuelas. Tal vez lo pague contigo.

Dorian:
Por esta vez no me importa... No sé cómo superar ese momento..., quería matarlos. ¿En qué me convierte eso?

Psique:
Yo me he imaginado que les arrancaba la cabeza a todos como si fueran gambas...
No pueden quebrarnos. Estamos juntos.

Dorian:
Juntos.

Lo miro y guardo el móvil tras borrar la conversación por miedo a que alguien me robe el móvil y la vea. Voy hasta las clases e Idelia me espera en la puerta. Cuando

147

Abbi entra, no nos mira. Va con el uniforme, pero de nuevo lo usa para destacar su cuerpo perfecto. Se ha maquillado y peinado con esmero. A Idelia le jode su buena imagen. Sobre todo, cuando Abbi se sienta en la silla y la saluda.

Idelia rabia por dentro y va a su sitio mientras yo admiro cada día más a esa mujer de grandes ojos marrones y fuerza inquebrantable.

Voy a mi sitio y, aunque nadie lo nota, yo sí veo cómo la mano de Abbi tiembla al sacar sus cosas.

—Al final no sabe besar tan bien. —Hermes se deja caer a mi lado. No partirle la cara me cuesta mucho.

—Es lo que tiene que nadie soporte besarte y tengas que recurrir a violarlas. —Me mira frío—. ¿También te pone un coño seco en vez de uno húmedo? Aunque, claro, quién te iba a desear a ti..., seguro que pagas por tener sexo...

Me golpea la cara y yo aprovecho para darle un puñetazo tan fuerte que le rompo la nariz. Oímos cómo cruje antes de que nos separen. Me toco la boca mientras Hermes se va, sangrando como un cerdo.

—¿A qué ha venido eso?

—¡Has empezado tú! Yo solo me defiendo —le respondo. Idelia me mira seria—. ¿Acaso quieres que no me defienda? —Ella niega con la cabeza—. Yo no tengo la culpa de que no acepte la verdad.

Idelia me toca el brazo y siento asco. Pero sonrío para que no note nada. Miro a Abbi de reojo y la veo preocupada. No hago nada. Solo sigo con mi papel. Pero al menos me he desquitado con Hermes.

Como era de esperar, mi abuelo me llama al móvil en el cambio de clase.

—Se pica muy rápido y me ha partido la boca. A mí nadie me toca.

Al menos ahora.

—Bien, que sepa quién manda, últimamente los Scott me están tocando las narices de más..., cuando todo lo que tienen...

Se queda callado, pero yo sé lo que quiere decir: todo lo que tienen es por mí. Suficiente para tirar de ese hilo. Cuelga y voy a la siguiente clase. De camino me cruzo con Abbi. Como llego tarde, no hay nadie en los pasillos. Tiro de ella hasta una clase vacía.

—¡Si faltamos los dos van a sospechar! —La beso y lame mi labio partido—. ¿Le diste fuerte?

—Muy fuerte. —Me besa la boca—. ¿Estás bien?

—Mejor después de verte pegarle. —Coge mi mano y la toca—. Tal vez luego pueda darte un masaje.

—Tal vez algo más.

—Lo dudo, me ha venido la regla y estoy hecha una mierda.

—Tú sí sabes cómo joderme la fiesta. —Le acaricio la cara—. Tengo un hilo del que tirar. Ve a mi cuarto y luego nos vemos.

Asiente y me marcho sin ser visto. Entro a clase y Abbi no viene. Me escribe para decirme que se va a su cuarto a tumbarse, que hoy le duele mucho la regla. Idelia no me deja en paz. Y cada vez que me toca tengo que recordarme por qué sigo representando este papel.

Antes de la comida voy al cuarto de Abbi con una bolsa térmica del mío, pero hay demasiada gente. Dafna me ve y se me acerca.

—¿Todo bien, Dorian? —Le doy la bolsa y me marcho. No hablo nada porque dudo que haga falta explicarle nada.

Abbi no sube por la tarde. Tampoco contesta a mis mensajes hasta las diez de la noche.

Psique:
Me acabo de despertar. Dafna me ha dicho que la bolsa térmica es cosa tuya. Gracias. No he podido subir, estoy agotada.

Dorian:
Mañana estarás mejor.

Psique:
Si esta noche hay putadas no sé cómo voy a sobrevivir a ellas.

Dorian:
Voy a implicarme más en todo, a ver si así puedo avisaros con tiempo de lo que va a suceder.

Psique:
Estaría bien..., pero tendrías que pasar más tiempo con tu prometida.

Dorian:
No sé si te lo he dicho, pero no pienso casarme con ella.

Psique:
No. Me gusta leer eso, aunque tampoco sé qué somos tú y yo.

Dorian:
Eros y Psique. ¿No lo sabías? Nos hemos reencarnado para encontrarnos en esta vida.

Psique:
Qué gracioso eres..., pero estaría bien saber que no solo somos dos almas que se atraen, sino dos almas que se reencuentran. Voy a ponerme a soñar con eso. Aunque ahora pensar en cosas mitológicas me hace daño. No supero lo de mi abuelo Hadrian.

Dorian:
Nunca se termina de conocer a una persona.

Psique:
Nunca.

Dorian:
Descansa, becada, si me entero de algo te escribo.

Psique:
Gracias. Espero que tu mano esté bien.

Dorian:
No está rota. Y ha merecido la pena.

Psique:
Me alegro. Nos vemos mañana.

Borro todo, odio hacerlo, pero no quiero correr riesgos, y después escribo a Idelia. No me responde, lo que solo puede significar que está liándose con alguien. Me miro la mano y no me arrepiento del color lila que está cogiendo. Solo me arrepiento de no haberle golpeado más fuerte.

Capítulo 26

ABBI

Cojo el móvil para irme a clase, ya más repuesta y con menos dolor de todo, y veo que me están llamando. Descuelgo.

—Hola, Abbi, soy Kiefer.

—Hola.

No digo nada y espero que hable.

—Hemos estado investigando todas tus notas. Necesitamos saber la liquidez que tienen ahora las familias.

—O sea, que quieres la ayuda de Dorian. Antes no lo necesitabas, pero ahora sí...

—Vi que le importas. Quiero darle una oportunidad. Todos podemos cambiar.

—Dorian no ha cambiado, solo está aprendiendo a no dejarse llevar. Le diré lo que quieres.

—Bien. Ten cuidado, Abbi, este año las cosas son peores que nunca. Y si descubren de quién eres nieta van a ir a muerte.

—Como si te importara...

—Eres mi hermana pequeña, claro que me importas. Aunque me educaron para no querer a nadie, conmigo no lo lograron.

—Lo dejaste claro cuando me secuestraste.

—Lo hice por mi mujer, no quiero correr riesgos, Abbi. Por ella voy a muerte. Es lo más importante para mí, junto con mi hija.

—Puedo entenderlo, pero necesito más tiempo para confiar en ti. Me ha fallado alguien importante para mí...

—Tu abuelo Hadrian. Lo vi en las notas. Tal vez te falló porque no creía que ibas a estar tan mal. Y porque tampoco sabe quién ser sin el gran Hadrian el mago.

Noto lágrimas en los ojos.

—Lo sé, pero lo tenía en un pedestal y ahora...

—Ninguna persona merece que la pongas en un pedestal porque al fin y al cabo somos humanos y cometemos errores. Y creer que lo haremos todo perfecto nos convierte en alguien que no somos.

—Lo estoy viendo ahora.

—Tú tuviste una familia que te quería, Abbi, yo una madre que trató de cuidarme, aunque no le dejaron. Pero la quiero. No eches todo eso por la borda porque tuvimos más que muchos.

Me seco las lágrimas y cuelgo. Tomo aire y salgo del cuarto. Dafna me espera con varias personas.

—Hola, Abbi, estos son algunos de los becados de este lugar que están de nuestra parte.

Los miro impresionada. Sobre todo, cuando me dicen que son muchos más. Que están listos para iniciar una revolución contra los dioses. Madre mía, la que vamos a liar. Piden ideas para joder a Idelia y tengo unas cuantas.

Voy a clase algo más animada. Hasta que entro y

veo a Hermes con la nariz rota al lado de Edey. Dorian no está. Y eso me extraña. Voy hasta mi sitio y le escribo para ver si todo va bien.

No responde y eso me inquieta. A tercera hora hablan del baile que darán. Y piden que propongamos temas. Levanto la mano.

—Ya que en este lugar hay muchos dioses, ¿y si se hace de seres mitológicos? Aunque, claro, tal vez algunos no sean tan inteligentes como para saber qué es eso. —Miro a Idelia, que rabia.

—Pues claro que lo sé, y sería una preciosa Afrodita. Siempre fue la más bella.

Mejor no le digo que su nacimiento tuvo lugar de la espuma que surgió cuando Cronos tiró al mar los huevos mutilados de Urano, su padre.

La gente se emociona con la idea. E Idelia me mira.

—En realidad, yo ya propuse este tema. Abbi lo ha debido de leer en la mesa del profesor y ha querido quitarme la idea.

Cómo no, algo tan bueno solo puede ocurrírsele a ella. La gente que le hace la pelota me mira como si de verdad hubiera hecho eso. Me da igual. Voy a gozar esta fiesta viendo cómo Idelia se transforma en Afrodita y Dorian y yo en Eros y Psique, sin que tal vez nadie conozca nuestra unión.

Escribo a Eros para contarle todo de camino a la siguiente clase. Antes de guardar el móvil me llega un mensaje de mi abuelo Hadrian.

Hadrian:
Estoy en la ciudad, cerca del internado. ¿Podemos vernos?

No dudo porque a pesar de todo lo quiero como a un padre. Lo quiero mucho y quiero saber si él a mí también.

Acabo las clases nerviosa y antes de coger mi coche escribo a Dorian para contarle adónde voy. No me responde y tampoco lee nada. Escribo a Dafna para ver si sabe algo:

Mierda. A saber qué está pasando. Conduzco hasta donde me espera mi abuelo Hadrian inquieta. Me pregunto cuántos frentes abiertos puede soportar una persona.

Capítulo 27

ABBI

Llego a la pizzería donde me espera mi abuelo. Está lloviendo un montón y me ha costado aparcar porque había mucho tráfico. Entro y lo veo al fondo. Parece nervioso y de repente lo veo más mayor y menos poderoso. Alza la cabeza y sus ojos se encuentran con los míos. Veo amor en ellos y también dolor. Tal vez por el miedo a que todo haya cambiado entre los dos.

Llego hasta su lado con un nudo en la garganta y se levanta al verme. Es grande y veo que algunas personas lo han reconocido y le hacen fotos. A mi abuelo parece no importarle. Él, a quien siempre le encanta estar pendiente de los fans, hoy solo tiene ojos para mí.

Abre los brazos, voy hasta él y lo abrazo con fuerza. Y tiemblo porque sabe a hogar. A protección y, a pesar de todo, me recuerda a cuando era pequeña y tenía miedo por la noche y se metía en mi cama para contarme historias de seres mitológicos y ayudarme a crear cosas hermosas con mi mente:

—Nadie podrá nunca manipular tus sueños. Juega con ellos. Es lo que yo hago.

Lo creí y eso hago desde niña.

Nos separamos y pedimos algo para comer. La gente no deja de mirarnos.

—No pensé que iba a llamar la atención.

—Ya, bueno, eso nunca se te olvida. —Veo dolor en sus ojos por el dardo.

—Era joven y estúpido. Pensé que sin todo eso no tendría nada. Y había visto a tu madre no sacar partido a todo lo que sabía por seguirme en el circo... No es excusa, pero en aquel entonces pensé que era bueno para ti que estudiaras en internados, para que un día supieras quién querías ser.

Nos traen una *focaccia* recién hecha, con romero por encima y aceite de oliva. Cojo un poco y pienso qué decirle ahora.

—¿Qué sabes de mi abuelo Uriel y de lo que quiere de mí?

Clava sus ojos en mí. Pero aparta la mirada. Y eso me mosquea.

—Que tienes una misión y para ello te harán novatadas.

—¿Qué clase de novatadas?

—No lo sé —admite sincero—. Supongo que las normales, Abbi, las que hubieras pasado en cualquier universidad.

No digo nada porque lo veo claro. Me quiere, y mucho, pero ha justificado sus acciones sin querer ahondar en la realidad para poder vivir tranquilo con ellas.

—Claro —le respondo.

—Eres una chica muy lista. Gracias a todo esto puedes ser algo más que tu madre.

—Mi madre es feliz. ¿Qué hay mejor que eso? —Se muerde la boca.

—Solo espero que tú logres ser mucho más feliz que ella.

—¿Qué no me estás contando?

—No me corresponde a mí decirte más. Es cosa de tu madre. Y de aquello a lo que renunció... por ser mi hija. —Veo dolor en sus ojos—. No quería cometer los mismos errores contigo, por eso te dejé ir.

—Para que fuera feliz lejos de vosotros.

—Para que tuvieras más mundo que el mío y no vivieras a mi sombra. Tu madre es una gran bailarina, pero en el circo solo es mi hija... y quería algo más para ti. Y pensaba que, si tú tenías más mundo lejos de todo eso, el día de mañana nadie podría engañarte.

No respondo porque todo lo que dice tiene su lógica.

—Elegiste por mí.

«Me dejaste con un monstruo», pienso..., pero tal vez no lo sabe. Tal vez no sabe lo horrible que puede ser Uriel, o mi padre, bueno, esto sí lo sabe, sí sabe que era un maltratador... No sé cómo mirarlo, cómo borrar que me dejó con solo seis años en manos de ellos. Que les cedieron mi tutela...

—Era lo mejor para todos. —Para todos. Así yo no era una carga. Saca de su bolsillo un regalo—. El jueves es tu veinte cumpleaños. Mamá te manda esto. Yo tengo que volver si no quiero perderme el espectáculo, pero al menos he podido estar contigo hoy.

Abro la caja y veo una pulsera preciosa con mi nombre.

—Me encanta, gracias. —Mi abuelo sonríe.

—Feliz cumpleaños, pequeña. —Lo miro y parece el de siempre, pero no lo es.

Nos traen la comida y me pregunto si estoy viendo cosas donde no las hay. Este hombre me quiere. Me ha cuidado. Me ha dado pautas en la vida para ser fuerte. Odio dudar de él, pero siento que algo no me está contando.

Acabamos de comer y la gente se le acerca. Están deseando que les haga caso. Mi abuelo, entonces, se pierde con ellos y solo tiene ojos para sus fans. Voy hasta la puerta y lo miro desde lejos.

No veo al mago, veo al hombre que hay detrás y que disfruta de la fama. De los elogios. Parece otro. Diferente, o tal vez siempre ha sido así, pero yo lo admiraba.

Alza la cabeza y me ve, le digo adiós con la mano y me devuelve el saludo. Espero que me siga, pero se queda haciendo trucos sin darme un último abrazo. Salgo a la calle tras ponerme el abrigo y me subo la capucha. Llueve mucho. Al llegar al coche estoy muy mojada y la vuelta va a ser horrible. Está tan nublado que parece de noche.

Miro el móvil mientras la lluvia cae con fuerza y veo un mensaje de Dorian:

> Dorian:
> Mi abuelo ha venido a darme la charla por el puñetazo de ayer. Y de nuevo me han hecho pruebas por si me meto algo... Estoy harto. ¿Qué tal te ha ido con Hadrian?

Lo llamo, me lo coge enseguida y oigo su voz en el manos libres.

—Hola, voy de vuelta y llueve mucho.

—Lo estoy viendo. Estoy en mi cuarto. Podrías hacer noche allí.

—He mirado la previsión, no va a parar de llover en mucho tiempo. ¿Puedes quedarte al otro lado de la línea hasta que llegue?

—Puedo. —Me relajo y empiezo a conducir—. ¿Qué tal todo con el gran Hadrian? He visto vídeos vuestros en la pizzería en redes. Se te veía agitada.

—No sé qué pensar, la verdad. Mi abuelo dice que quería algo mejor para mí que la vida que lleva mi madre a su sombra. Y puedo entender eso. Pero cuando acabamos de comer lo vi disfrutar de los fans. Y cómo le gustaban los elogios y la fama. No dejo de pensar si de verdad lo hizo por mí, porque no sabe lo cabrón que es Uriel, o si justificó todo con tal de no perder lo que tiene.

—Pueden ser ambas cosas. Piensa que, a pesar de todo, ha cogido un avión para venir a verte. Eso ya es más de lo que haría alguien a quien no le importaras nada. —Miro el semáforo en rojo mientras pienso en ello—. Mi madre solo me manda postales, no la he visto desde que murió mi padre... y la odio porque la echo de menos. O al menos echo de menos lo que sería tener una madre a la que le importas.

Me escuecen los ojos por las lágrimas. Y entiendo lo que quiere decirme. Hadrian es mi abuelo y también el mago, e intenta hacerlo todo lo mejor que puede. Y, aunque se haya equivocado, si no le importara no habría venido a verme. Y eso es más de lo que Dorian ha tenido nunca con nadie.

Se me parte el alma por él. No sé cómo ha podido sobrevivir sin amor. Y esto hace que entienda más cómo al descubrir mi verdad, y el diario, se sintió tan dolido y

161

me mandó ese mensaje. Tal vez yo sea la primera persona en todo este mundo que le ha dado cariño.

Qué triste.

—El otro día vi un vídeo sobre la importancia de los abrazos en la infancia..., bueno, en toda la vida. —Se queda callado para que siga hablando—. Generan felicidad, mejoran el estado de ánimo...

—Por eso yo siempre estoy de mal humor. —Sonrío mientras entro en la carretera que va al internado.

—Refuerza nuestra autoestima..., aunque en esto tú ya te crees un dios. —Se ríe—. Relaja los músculos.

—A mí eso solo me lo relaja follar contigo. ¿Cuánto tiempo me vas a tener castigado por la regla?

—Idiota. Lo que quiero decir es que, si me dejas... —muerdo mi boca. Cada vez llueve más y más—, si me dejas me encantaría abrazarte mucho.

—Solo si esos abrazos tienen final feliz, tú desnuda sobre mí con tus tetas rebotando.

—¡Puedes dejar de joder mis momentos románticos! —Lo imagino sonriendo.

—Me encantaría..., pero que no se te suba a la cabeza, becada.

Voy a decir algo, pero pierdo el control del coche por la lluvia y la gravilla del suelo. Trato de dominarlo, pero se me va. Estoy haciendo *aquaplaning*. No puedo sostenerlo bien. Dorian me pregunta qué pasa, pero estoy tan nerviosa que solo emito sonidos sin sentido hasta que el morro del coche se estampa contra un árbol.

—¡Joder, Abbi! Te ordeno que me respondas. —Sonrío antes de perder el conocimiento por el golpe que me ha dado el airbag contra la cabeza.

Capítulo 28

DORIAN

Bajo a por mi coche, pero han cerrado la cochera para no dejar salir ninguno por la que está cayendo. Trato de que me permitan marcharme, pero ni puñetero caso. Salgo por la puerta del internado decidido a ir andando hasta donde esté Abbi.

Con lo feliz que estaba antes. Sin preocuparme por nadie. Sin desear abrazos de mierda y sin sentir que la vida se me escapa si le pasa algo a ella.

Voy andando hacia la carretera cuando veo que el director y el rector están echando tierra bajo el gran sauce. No entiendo qué mierda hacen con esta lluvia y por qué no han mandado a nadie a hacer esto.

Ya lo investigaré. Ando por la carretera hasta que veo las luces de un coche estrellado. Voy hasta allí corriendo, temiendo que haya tenido un accidente y esté dentro muerta. La idea me destroza y me hiela la sangre más que esta lluvia incesante que me cala los huesos, hasta que la veo salir del coche agitada.

Joder, nunca en mi vida he sentido tanto alivio. La sola idea de perderla me mata.

—¡Acaso estás loco! —dice al verme empapado por la lluvia.

—No dejan sacar los coches. ¿Estás bien?

—Sí, el coche perdió el control por la lluvia. Por suerte no iba demasiado deprisa, pero los airbags me dieron una buena leche y me ha costado un poco salir del coche...

Veo su ceja partida y la toco, agitado al ver la sangre.

—¡Joder! No debiste volver con esta puta lluvia...

—Ya, hasta ahí llego. —Andamos de vuelta, la sujeto y la veo bien, pero eso no me quita el miedo de los huesos por todo lo que imaginé que le había pasado. Al llegar al internado sé que debemos separarnos y, reticente, la dejo ir.

—Sube a mi cuarto ahora.

La veo alejarse con el alivio latiéndome en el pecho y odiando esto, y espero un poco antes de seguirla. Al volver me fijo de nuevo en la escena del padre de Idelia y el director: echan sacos de tierra y los pisan con los pies. Me quedo entre las sombras viendo qué narices hacen. Al cabo de unos veinte minutos el móvil me avisa de que Abbi está en la puerta de la azotea, probablemente fue a cambiarse de ropa antes de subir. La dejo pasar y hago un vídeo de lo que estoy viendo para analizarlo más tarde. Pero con esta lluvia lo mismo no sirve de nada.

Subo a mi cuarto calado hasta los huesos. Cuando entro, Abbi está sentada en la cama y viene hacia mí.

—Estás empapado, no debiste salir... —La callo cogiéndole la cabeza para besarla.

—Voy a la ducha. Ahora salgo.

164

Asiente. No tardo mucho. Vuelvo solo con un bóxer y voy hasta ella. Miro el corte de la ceja.

—No es profundo.

—Lo sé.

Nos miramos a los ojos y mi idea era ser bueno y no hacer nada, pero acabo por besarla porque soy muy débil cuando se trata de ella. Nos enrollamos sin poder dejar de tocarnos. Sus caricias hacen que poco a poco el miedo se disipe. No hacemos más que besarnos, pero me duelen las pelotas por mi deseo de entrar en ella con fuerza. Por eso me separo jadeante, cuando sé que si no paro esto se nos irá de las manos, y voy a por mi móvil para buscar algo que me distraiga.

—He visto algo raro al volver. —Se lo enseño—. No sé por qué narices echaban tierra ahí, ellos, que odian mancharse.

—Y no mandan a otros... Tenemos que investigar. —Su mirada se ilumina.

Y de nuevo miro la herida. Odio ver el dolor reflejado en su cuerpo en forma de cicatrices.

—Estoy bien. —Su mirada se desvía a mi mesita de noche—. ¿Otra vez leyendo a Mario Benedetti?

Lo abre y lee el poema que he marcado. Me muevo algo incómodo:

—«Me perdí en su mirada, es que el color de sus ojos me encantaba; no eran ni azules ni verdes. Eran color café, café que quita el sueño, café que me produce desvelos».

Nos miramos y veo su pecho subir y bajar de forma agitada. Lee lo que puse al margen:

—«Nunca podré olvidar lo que es perderme en su mirada». —Voy hacia el ordenador mientras ella busca un boli y escribe algo.

Luego me abraza por detrás y, por suerte para la

vergüenza que siento, no dice nada. Tenía ese libro desde hace años. Pero nunca entendí los poemas de amor hasta que la conocí a ella. ¿Cómo se va a comprender algo que nunca has experimentado hacia ninguna persona de tu vida? Ella hizo que dejara de ver solo letras preciosas en un papel y viera trozos de poemas que me llegan al alma.

—Tengo que ir a mi cuarto. Por si esta noche vienen a buscarme.

Está agotada y odio que hagan esto.

—¿Por qué seguir adelante por un hombre que te ha fallado?

—Porque no quiero ser yo la que lo condene. Lo quiero, Dorian, a pesar de todos sus defectos, porque mi infancia a su lado fue feliz. No puedo condenarlo porque, aunque estaría bien que pagara por sus propios errores, yo nunca me lo perdonaría y no podría vivir con esa culpa.

Le acaricio las manos y la giro para verla.

—Un día acabará todo esto. Y entonces podrás pedir explicaciones a todos. —Apoyo su frente en la mía.

La vuelvo a besar y me cuesta mucho separarme de ella. Cuando la dejo ir estoy ardiendo y a la vez muy preocupado. Busco el libro que ha dejado sobre la cama y leo lo que ha puesto:

Aunque los tuyos no sean color café, giras en mi mente sin parar desde que te vi. Eres y siempre serás mi Eros.

Sonrío y noto algo cálido en mi pecho. Algo que me carga de energía y a la vez me llena de terror, el terror a perderla.

Capítulo 29

ABBI

No deja de llover. Entro a clase casi de las últimas tras otra noche sin putadas. Miedo me da lo que puedan estar tramando. Voy hasta mi mesa y el profesor entra y avisa de examen sorpresa. Miro a Dorian y noto cómo se aceleran los latidos de mi corazón.

Me guiña un ojo y veo el reto en sus ojos.

Le gusta poder ganarme.

Pues va listo si espera que le vaya a dejar.

El reto de ganarle me da vida. Me gusta esta sana competición. Acabamos a la vez y me observa como si le molestara. Pero cuando lo miro a los ojos veo orgullo en ellos. Ese orgullo me calienta. Por dentro. Salgo de clase y ando por los solitarios pasillos. Quiero encontrarlo. Perderme con él. Lo veo doblar una esquina y corro hasta allí. Al llegar me está esperando.

—¿Me seguías, becada?

—No... —Duda, pero me besa y lo aparto—. Alguien puede vernos.

—No haberme seguido. En el fondo te pone el peligro. —Me besa de nuevo y solo nos separamos porque oímos unas voces.

Me muerde la boca antes de irse. Lo veo alejarse con el corazón acelerado y la piel caliente por sus besos. Voy a tomar algo antes de la siguiente clase. Y trato de no mirar a Dorian en toda la mañana porque siento que si lo hago alguien podrá ver en mi mirada cómo me muero por comérmelo a besos.

Voy hacia el comedor a la hora de la comida, pero Dafna tira de mí hasta fuera y vamos a la cabaña donde Ville trató de forzarnos. Está lejos de aquí. Lo expulsaron, no dijeron más, pero me alegré.

—Lo bueno de que se fuera esa escoria es que ahora tenemos un sitio increíble de reuniones para nosotros.

—¿Nosotros? —Abre la puerta y veo a varios estudiantes que se han instalado aquí.

—Abbi, te presento a los becados.

—Somos los que vamos a bajar a esos putos dioses del paraíso. Soy Robin. De cuarto —me tiende una mano galante, que acepto— y antes de acabar la carrera quiero ver cómo se pudren.

Me presenta al resto: su mejor amigo es Holden. Una chica está instalando un ordenador y hay varias botellas de alcohol. Deben de ser todos del último curso porque me parecen mucho mayores que yo. Incluso más que Dorian, que me saca tres años.

—Esto es para disimular —me comenta.

Lara se me acerca y me mira de arriba abajo.

—Soy fan de tu abuelo Hadrian —añade.

Me presentan al resto y me dicen que a ellos ahora los dejan en paz, pero que en su primer año los hicieron sufrir. Todos han pasado por las manos de Idelia y no la soportan. Al menos no soy la única. Y sí, todos son de último curso.

Robin viene conmigo de vuelta a los dormitorios y antes de subir a mi cuarto vemos a Dorian y al resto en la sala de descanso. La mirada de Dorian se cruza con la mía un segundo antes de fulminar a Robin.

—Nos vemos pronto —me dice este entrando a hablar con sus amigos.

Yo voy hasta la biblioteca a por un libro de Mario Benedetti. Abro una página al azar y me impresiona lo mucho que habla de nosotros. Como si estos textos hubieran estado aquí a la espera de ser descubiertos en este momento. Dudo, pero subo la frase a mis redes sabiendo que él, o ellos, sabrá a quién se refiere y de quién es el texto:

> He visto lealtad en quien menos esperaba y la traición en quien más confiaba.

Que mi madre me llame al poco en el fondo lo esperaba. Lo cojo sabiendo que esta conversación puede doler.

—Hola, mamá.

—Hola, hija, el abuelo acaba de llegar... Siento mucho que te hayas enterado de todo así.

—Bueno, algún día la verdad tenía que salir a la luz. Verdad solo hay una.

—Ya... —se queda callada y de nuevo tengo la sensación de que algo me oculta—, pero tienes que entender que el abuelo quería también lo mejor para ti. Y yo había deseado estudiar, pero él me dijo que para que yo estudiara él tenía que dejar el circo. Así que estudié lo que pude y me obligué a amar ser solo la artista. Creo que quería enmendar eso contigo.

—Eso puedo entenderlo, pero...

—Tal vez nunca lo entiendas, pero tu abuelo sabe que me habría encantado ser algo más que todo esto. Amo bailar, pero... ¿y si hubiera podido ser algo más? Nunca lo sabremos.

—Eres joven, mamá, puedes estudiar ahora.

—No, es tarde para mí, pero tu hermano merece estabilidad. Vamos a dejar el circo. Queremos una casa en un barrio pequeño... No quiero separarme de Defin y sé que, a pesar de todo, tú estabas mejor en el internado estudiando que viajando por medio mundo sin poder tener opción a ser algo más.

Me doy cuenta de que mi madre apoya a mi abuelo a muerte y de que no tienen ni idea del infierno que he pasado por sus decisiones. Pienso si decírselo o no, si contarles que Uriel es un monstruo, pero no lo hago porque no quiero hacerles daño. Pero me duele que no asuman que me dejaron con mi abuelo y que mi padre podía venir a verme cuando quisiera. No lo hizo mucho, pero ellos no lo saben, no saben nada, al parecer.

—Cuéntame cosas de Defin —le pido para cambiar de tema porque ahora mismo sé que cargo demasiados secretos que nos separan.

Mi madre me habla de mi hermano y me manda fotos de la casa que han estado mirando para vivir en un barrio tranquilo. Se me va a hacer raro ir a visitar a mi madre a una casa y no a la caravana que usamos para viajar. Está emocionada y se nota.

—Y, cuéntame, ¿hay alguien en tu corazón? —Dudo solo un segundo.

—Hay alguien. Pero todo es complicado entre nosotros.

—Si tiene que ser, será.

170

Esa es la clara verdad. Cuando cuelgo voy al mostrador de la biblioteca y me apuntan que saco el libro de Mario Benedetti. Al llegar a mi cuarto, Dorian me escribe para decirme que está con Idelia y no puede verme hoy.

Odio que ella lo monopolice, pero al fin y al cabo es su prometida. ¿Cómo puede tener un futuro nuestra historia ante esto? ¿Acabará con ella cuando todo termine?

Inquieta, busco cosas de esta mansión y de las familias en la red. Porque quiero saber si estamos buscando una quimera o algo que puede ser posible a pesar de las adversidades.

Capítulo 30

DORIAN

Me suena el móvil cuando estaba a punto de escribir a Abbi porque estamos a jueves y casi no nos hemos visto esta semana a solas, ya que Idelia y el resto me han tenido muy ocupado y sé que todo es cosa de mi abuelo, que cree que me meto algo y quiere que me controlen.

Lo miro, es Idelia. Hay reunión, nada como tener que verlos para joderme la noche. Entro a la sala de reuniones. Veo que no solo estamos los cuatro nietos; también el director y el rector, y parecen muy nerviosos.

—El otro día se hizo un examen sorpresa y Abbi Morris sacó más nota que tú. —El rector tira sobre la mesa mi examen y el de Abbi—. ¿Se puede saber qué te está pasando?

—Cómo os jode que los exámenes sean siempre revisados por un comité externo al campus...

Hace años, un estudiante los denunció con pruebas y no pudieron hacer nada. Había muchos errores en las calificaciones de sus exámenes y por eso, desde entonces, los revisan desde fuera para que todo sea legal.

—¡Dorian! —estalla el señor Harris—. ¿Se puede saber qué mierdas te está pasando? Como la tal Abbi sea nieta de Uriel Nelson, estamos jodidos.

—Pero si Nelson estará muerto. —Miro los dos exámenes—. Solo me ha ganado por dos décimas. Os estáis alarmando por nada.

—Y yo creo que tú te estás dejando ganar —apunta Idelia—. ¿No será que te sigues viendo con ella?

—No, no me veo con ella —respondo frío—. Es imposible verse con alguien cuando no me dejáis ni respirar. —Idelia sonríe porque sabe que es obra suya—. Pero esto solo es un examen de prueba y si no os gusta mi inteligencia podéis poner a vuestros hijos a estudiar, en vez de dejar que se toquen las narices todo el curso y luego darles las preguntas para que al menos saquen un cinco en el examen.

—Nosotros nos encargamos de joder a los becados para que tú tengas el camino despejado —apunta Hermes—. Tendremos que subir el nivel de las putadas.

—He encontrado algo que parece un pozo, que se usaba antes para los presos. Los encerraban allí y si se portaban mal, lo llenaban de agua y los ahogaban —añade Idelia de forma sádica—. Se puede usar el agua de la piscina, que está cerca. ¿Verdad? —Su padre asiente—. ¿Y si la metemos ahí y le hacemos creer que la vamos a ahogar?

—Ahora no funciona —añade su padre y aparta la mirada como si ese lugar ocultara algo. Antes fue amigo de mi padre y sé que en su promoción putearon bastante a los becados, a saber qué mierda hicieron en ese pozo—. No podemos permitiros matar a alguien y no poder esconder su muerte. Y menos a la nieta del gran Hadrian; investigaría..., no, descartado.

Los miro aterrado: solo lo descartan porque su muerte no se puede borrar, no porque matar sea horrible. ¿Qué clase de monstruos son estas personas? ¿Qué hicieron en ese pozo para estropearlo?

Lo dice con tal frialdad que me hiela la sangre y siento que, si pudieran matar a alguien sin que eso les pasara factura, lo harían, con tal de no perder su dinero.

—Ya tratamos de usar el pozo cuando nos tocó a nosotros hacer las novatadas —apunta el director del internado—. No salió bien... No lo uséis. Eso queda descartado.

Aprieto los puños bajo la mesa, no queriendo que se me note la rabia que siento ahora mismo. Idelia hace pucheros como una niña caprichosa por no poder matar a nadie..., madre mía. Están todos locos. ¿Qué ha estado pasando en este lugar mientras yo miraba hacia otro lado para poder sobrevivir? Pienso ayudar a Abbi en todo, este lugar tiene que caer, y la verdad, salir a la luz.

—La tierra del sauce está inestable por estos días de lluvia —dice el padre de Idelia—. No hagáis nada ahí. Tememos que le pueda pasar algo al árbol y es un símbolo de nuestra universidad.

Miro al director del internado y lo veo nervioso. Luego pestañea e Idelia piensa ideas para joder a los becados. No tienen muchas, por lo que no harán nada esta noche. Escribo a Abbi de camino a mi cuarto y se lo comunico.

No me responde; debe de estar dormida.

Voy hasta mi cuarto, pero antes paso por la cocina para coger algo de comer. Estoy llegando cuando veo a varios becados moverse por los pasillos mirando a todos lados. Me escondo y veo a Dafna llevando a Abbi con una máscara que le tapa los ojos.

Quiero fiarme de Dafna, pero por norma general no confío en nadie, así que los sigo sin que se den cuenta. Van hasta la cabaña donde Ville casi abusó de ellas. Entran dentro y cierran la puerta, de modo que no puedo entrar. No como cuando Ville las atrapó. ¿Qué narices pasa aquí?

Quiero confiar, pero lo siento, no puedo. Me quedo cerca para, si pasa algo, entrar como sea. La putada es que empieza a llover de nuevo. Cuando oigo a Abbi reírse sé que no va mal la cosa.

—¡Feliz cumpleaños! —le dicen y me quedo paralizado. No sabía que era su cumpleaños. Cuando memoricé sus datos solo leí su edad, sin fijarme en qué día había nacido.

Miro el reloj: son las doce en punto. ¿Cómo no sabía algo tan esencial? Tal vez porque nunca han celebrado mis cumpleaños y para mí solo son una fecha señalada con la que sumar años, sin más. Pero ella se ríe de nuevo y parece feliz.

Me alejo de este lugar porque no corre peligro. Y porque quiero pensar qué regalarle. Será el primer regalo de cumpleaños que compre.

Voy hacia la zona del sauce y veo al director con su hijo, diciéndole que eche más tierra. Edey protesta, pero lo hace. Ahí tiene que haber algo gordo. De vuelta en mi cuarto me pongo a buscar noticias de hace cincuenta años de las cinco familias. Cualquier pista puede valer. No es complicado buscar cosas de ellos porque sus apellidos son altamente reconocidos. También busco desapariciones de becados que hayan estudiado en esta universidad. No sale nada, pero es raro; me da la impresión de que han borrado los datos de todos los becados de la universidad que desaparecieron sin dejar rastro. Joder, lo mismo estoy yendo demasiado lejos. Pero intuyo que no.

Anoto todo lo que encuentro, por pequeño que sea, incapaz de dormir porque quiero algo que me ayude a destruirlos por Abbi.

Cuando llega el alba me marcho a la ciudad. Quiero elegir el regalo perfecto para ella. Y eso me hace sentir algo incómodo. Pero me muero por ver su sonrisa cuando lo abra. Tiene que ser bonito regalar algo de corazón a alguien.

Mi traicionera mente me trae un recuerdo dormido.

—Es para ti, mamá. —Mi madre miró las flores y se agachó para cogerlas, vi su cara de felicidad, pero luego miró tras de mí y las tiró al suelo.

—Son horribles.

Miré las flores destrozado. Mi abuelo se acercó y las pisó con sus zapatos caros.

—Deja de hacer tonterías, Dorian.

Regreso al presente y noto la ansiedad crecer en mi pecho. Había olvidado ese momento, pero ahora no tengo tan claro que deba arriesgarme con mi regalo.

Capítulo 31

ABBI

Ayer Dafna me organizó una fiesta sorpresa con sus aliados becados. Aprovechó para presentarme a los que van a apoyarnos para ir contra los dioses de este lugar. Porque podíamos justificar la reunión alegando que era por mi cumpleaños. Cortamos la tarta y bebimos un poco más de la cuenta.

Fue algo raro porque comíamos tarta mientras hablábamos de cómo luchar contra ellos.

—La información es poder —dije con la boca llena de chocolate—. Tenemos que viajar en el tiempo. Descubrir todo lo que pasaba aquí hace cincuenta años. Y eso nos dará una pista.

Al volver a mi cuarto estaba riéndome y no podía dormir. Miré el móvil y pensé en Dorian. Dudo que sepa cuándo es mi cumpleaños. No tenía pensado celebrarlo, por eso no se lo dije a nadie.

Al entrar a clase espero ver a Dorian. Ayer me escribió que no iban a hacer novatadas, pero no vi el mensaje hasta esta mañana al despertar. Porque Dafna no me dejó llevar el móvil. Llevo la pulsera de mi madre. Me ha felicitado el cumpleaños.

—Ojalá pronto podamos pasar tiempo juntas. —Se le quebró la voz—. Te echo de menos. No sabes cuánto.

—Yo también. —Tomé aire para contener las lágrimas y le pregunté por las travesuras de Defin. Es un trasto al que adoro.

No me pasa desapercibido que mi abuelo me trajo el regalo de mi madre, pero ninguno suyo. Esperaba algo, como cuando era pequeña y me regalaba un truco de magia. Algo está cambiando entre los dos.

La clase empieza y Dorian no está. No lo veo tampoco en las otras clases, pero sí al resto de sus amigos. Idelia me aborda al final de la última clase.

—Vamos. Dadle su sorpresa de cumpleaños. —Sus amigas, las pelotas de categoría, se acercan y me tiran sobre la cabeza una tarta de barro—. Felicidades, Abbi, ojalá te pudras pronto. Ese es mi deseo de cumpleaños. —Saca una vela del bolso y la enciende antes de ponerla sobre mi cabeza, donde hay un montón de barro. Sopla ella y se marcha, no sin antes hacerme una foto.

Me quito el barro y miro al profesor, que recoge todo como si nada.

—Aunque mire para otro lado, permitir esto lo hace igual de desgraciado.

—Solo son novatadas.

—Solo son putadas. A la verdad por su nombre.

Me ignora y se marcha como si nada. Recojo mis cosas y salgo de clase. La gente me felicita y se ríe. Cabrones. Yo tomo aire, sonrío como si fuera la mismísima reina y saludo. Por dentro me estoy rompiendo.

Voy hasta mi cuarto y Dafna corre tras de mí.

—Lo acabo de ver en redes. Pienso pisotearla cuando los hagamos caer al suelo.

—Da igual. Voy a ducharme.

—¿Quieres que vayamos a la ciudad para celebrarlo lejos de esto? —Dudo, pero asiento.

—Conozco un lugar muy chulo, podemos ir allí.

Miro el móvil y no hay noticias de Dorian. Cuando regrese y le lleguen los mensajes del centro lo sabrá. Tras una larga ducha elijo ropa cómoda y vamos hasta mi coche. Marvin, al vernos, se nos acerca.

—¿Adónde vais?

—Cosas de chicas.

—¿Y por qué no va Mina? —Dafna lo mira y noto que se pone nerviosa.

—Porque ella no vive en nuestro cuarto. Eligió irse. Ahora nosotras elegimos ir adonde queramos sin ella —le digo y me quedo a gusto.

Dafna me pellizca porque si queremos que nos cuenten cosas tenemos que tenerlos contentos.

—Es broma. —Me río—. Vamos al ginecólogo. Me tiene que recetar la píldora de nuevo.

—Ah, claro. Qué bromista. —«Y tú qué idiota», pero esto no se lo digo, claro.

Vamos hasta mi nuevo coche y nos marchamos a la ciudad. Recogieron el otro y mi abuelo me mandó otro igual. Por suerte ni hizo preguntas.

Llegamos a la nave a la que me llevó Dorian, le hago una foto y se la mando preguntando:

Abbi:
¿Va todo bien?

Lo lee, pero no me responde. A saber qué mosca le ha picado ahora. Sea como sea, no quiero que me joda el cumpleaños más de lo que me lo ha jodido Idelia.

Entramos y dejamos el móvil y las chaquetas junto con las llaves del coche. Vamos hasta la zona de actividades y Dafna quiere hacer escalada.

—Así que es tu cumpleaños. —Kiefer se pone a mi lado llevando un *muffin* con una vela—. Tal vez esto compense la mierda de esta mañana y ojalá sea el primero de muchos cumpleaños que pasemos juntos. —Lo miro y parece sincero.

Dafna se nos acerca y soplo la vela. Pido un único deseo.

Ser libre.

Algo que cuesta mucho cuando eres esclava de los deseos de otros. Parto un trozo de dulce para cada uno y les digo que me sigan.

Lo hacen y subo a la barra tras quitarme la sudadera y quedarme solo con los *leggings* y el sujetador deportivo. Cuando vine con Dorian me aterraba mostrar mi cuerpo, pero ahora he tenido que hacerlo, a pesar del dolor. He sido más fuerte que mis miedos.

Kiefer y Dafna me miran a la espera. Voy a empezar cuando veo acercarse a alguien que acelera todos mis latidos. Dorian. Le sonrío y me devuelve la sonrisa, inquieto. Se apoya en la pared alejado del resto, pero al menos está aquí. Esta semana casi no nos hemos visto por culpa de Idelia. Quiero estar a solas con él. Echo de menos tener esos momentos en que parece que podremos con todo.

Ando por la barra y me recuerda las veces que lo hice en la azotea y él me miraba alarmado. Piso con seguridad en todo momento y luego hago un salto en el aire y caigo sobre la tabla. Poco a poco cojo más seguridad y me muevo por ella sin miedo. Y mientras lo hago me acuerdo de mi madre, al otro lado, dándome ánimos. Nunca seré como ella, tampoco lo quiero. Pero me gusta saber que compartimos esto.

Al acabar salgo y me caigo de culo. Como siempre, se me da fatal la salida. Me río feliz, a pesar de todo. Dorian se me acerca y me tiende una mano.

—Feliz cumpleaños, becada —me dice al oído antes de dejarme un beso en la mejilla.

—Vamos a tomar algo —apunta Dafna.

Kiefer se acerca a Dorian y se estudian. Luego le tiende una mano y Dorian se la estrecha.

—Tenemos mucho de qué hablar —dice Dorian—. Pero no hoy. —Me mira y lo prefiero. Hoy no quiero pensar en venganzas.

Me pongo la sudadera y vamos hasta una mesa. Pedimos algo para beber. Dorian trata de integrarse, bueno, lo intenta poco. Y más porque Kiefer lo mira como si en cualquier momento fuera a saltar sobre él. Luego, mi hermano me da un regalo.

—Dafna me dijo que te gustaba. —Abro el paquete y veo una novela de Mario Benedetti—. Ayer te quejaste delante de ella de no tener el libro para anotar cosas y me dijo que sería un buen regalo.

Lo miro feliz.

—Muchas gracias. —Se lo enseño a Dorian, que parece más tenso al verlo. Sin decir nada, se levanta y se marcha. Está claro que le pasa algo. Lo sigo y lo alcanzo antes de que se vaya tras coger las llaves de su coche.

—¿Se puede saber qué te pasa?

—No... Necesito irme. —Saca algo del bolsillo—. Es una mierda de regalo. Entenderé que no te guste.

Y sin más se va y siento que está viendo fantasmas que solo él entiende. Lo sigo, pero es más rápido y entra en su coche antes de que pueda hacerlo yo. Cierra las puertas y me aparto cuando lo pone en marcha.

Genial, mi cumpleaños mejora por momentos.

Abro el regalo de Dorian y veo el colgante de un corazón rojo atravesado por una flecha. Como la flecha de Eros. Y sé qué significa. Él debía matarla, atravesar su corazón con una flecha, pero, en vez de eso, le entregó su corazón cuando se enamoró de ella.

Regreso con mis amigos tras ponerme el collar. Hablamos de todo un poco antes de regresar. Por suerte conduce Dafna de vuelta. Mañana iré a mi estudio, pero tenía que traerla al internado. Llegamos y me quito la ropa. Luego me miro al espejo con el colgante plateado brillando en mi cuello. Me quito el top deportivo y busco el móvil para hacerme una foto sugerente. Se la mando a Dorian, confiando en él, con un mensaje:

> Abbi:
> Me encanta cómo queda, es precioso.
> Gracias.

Al poco, Dorian manda una foto de una tarta con un mensaje: «Feliz cumpleaños, becada». No dice más, pero sé lo que tengo que hacer. Voy hasta la azotea y ando hasta su cuarto cuando me abre la puerta.

Capítulo 32

DORIAN

Espero nervioso a Abbi. Pensando en que mi regalo es una mierda. Tengo otro, pero no sé si podré dárselo. Le abro la puerta de la azotea y luego la oigo bajar por las escaleras. Lleva una sudadera y nada más.

—¿Acaso no ves el frío que hace?

—No creo que tenga frío contigo. —Me mira la boca y me muero por besarla. Esta semana ha sido una mierda sin poder perderme en ella a todas horas.

—El regalo de tu hermano ha sido bueno. —Va hasta su tarta.

—¿Quieres ver cómo me queda el tuyo? Para eso tendrás que dejar esa cara de gruñón y quitarme la sudadera.

Me mira coqueta mientras mete un dedo en la tarta y la prueba, luego gime y sé que, o hago pronto lo que tengo en mente, o la follaré con fuerza sobre mi cama o donde pille.

Voy hasta ella cuando se quita los zapatos y tiro de

su sudadera, que le llega por los muslos, mandando todo a la mierda menos lo mucho que la deseo.

La subo acariciando su cuerpo desnudo y viendo cómo la piel se le pone de gallina, y no por el frío. Cuando le paso la sudadera por la cabeza veo su cuerpo listo para mis atenciones. Pechos grandes y rosados, pezones duros y el sexo ya perlado por el deseo.

—¿Sabes que tienes el mismo color de labios que tus pezones? —Le beso la boca mientras toco su sexo—. Y cuando están mojados por mis besos me recuerdan a tu sexo.

—Eres un guarro. —Me río, pero noto cuánto le ponen mis palabras.

—No he traído cucharas para tomar la tarta. —Cojo un poco con el dedo y lo llevo a su boca.

Lame mis dedos mientras veo cómo el collar le brilla en el cuello. Me encanta verla con él. Me hace sentir que algo mío está junto a ella en todo momento.

Lo toco con los dedos.

—No es muy caro..., podría haberte comprado la tienda entera...

—No quería la tienda, Dorian, este regalo es perfecto, y no por su valor en el mercado. Es porque significa algo para nosotros. Habla de nuestra historia.

Paso los dedos por el collar. Cuando lo vi, nos vi a nosotros, y que ella piense lo mismo hace que me relaje. Busco más crema de chocolate y la paso por sus pechos. Pienso darme un festín con ella.

La subo a la mesa y le abro las piernas.

—¿Nada de regla?

—Sin regla, sin dolores y sin haberme tomado pastillas raras que anulen la píldora. —Lo está dejando en mi tejado. Me da la opción de confiar en ella de nuevo con los ojos cerrados—. No ha habido nadie desde que estuve contigo. Era imposible porque solo te deseaba a ti, a pesar del odio.

—No pienso negar que me gusta saber que ningún capullo ha tenido tu cuerpo después de mí.

Llevo las manos a su sexo y lo toco con los dedos mientras lamo el dulce en sus montículos. Sus gemidos me vuelven loco mientras mi lengua se da un festín con ella. Meto los dedos dentro y dejo caer el dulce en su sexo rasurado. Me gusta ver lo mojado que está y sus labios sonrojados por el deseo.

Abro las piernas cuando me agacho hasta ella y meto la cabeza entre sus cremosos muslos. La beso cerca de donde se muere por sentir mi lengua antes de lamer el dulce en su sensible carne.

Me tira del pelo mientras lamo su sexo con gula.

La llevo al límite una y otra vez. Miro su cuerpo sonrojado, sus pezones duros y sus tetas rebotando por sus movimientos de caderas.

Sonríe y siento que aquí, con ella, lo tengo todo.

Y es raro sentir que al lado de una persona eres feliz y dejas de sentirte tan solo.

Tengo miedo...

Estoy aterrado...

Quererla me destruye y a la vez me da paz mientras no recuerdo un tiempo en que no la amara.

Subo hasta su boca y la beso dejando que se saboree en mis labios. Restriega su cuerpo contra mí y casi se corre. La cojo en volandas para tirarla en mi cama y me quito toda la ropa hasta que no llevo nada en mi piel salvo la tinta de mis tatuajes. Mira mi cuerpo con deseo y se toca mientras yo dudo si coger un condón o no.

Al final no lo hago porque a pesar de todo confío en ella más que en nadie en esta vida.

Entro en ella mientras nos miramos a los ojos y veo cómo los de ella se humedecen por el gesto. Por confiar a ciegas en su palabra. La beso lentamente mientras meto hasta el fondo mi polla. Cuando está todo instalado dentro de su menudo cuerpo salgo y entro con fuerza.

—¿Te gusta?

—Me encanta sentirte de nuevo sin nada. —Le beso el cuello y lamo sus pechos mientras la embisto con fiereza.

Sus gritos y gemidos resuenan por el cuarto, pero insonoricé el lugar en Navidades para que nada pueda oírse y tampoco yo pueda oír nada de fuera. Apoyo la mano en el cabecero y me muevo dentro de ella sintiendo sus uñas en mi piel. Nos besamos reclamando al otro y veo cómo el collar se mueve en su cuello, rojo como la sangre.

Cuando estoy cerca llevo la mano a su sexo y le froto el clítoris hasta que se corre. La sigo y me derramo dentro de ella con fuerza. Al acabar caemos sobre la cama abrazados. No hace amago de irse. Ni yo de dejarla ir.

—Tengo un regalo más. —Abbi está de espaldas a mí, mirando en mi biblioteca qué libro robarme porque dice que no me lo va a devolver.

Lleva una de mis camisetas, que se ha puesto tras la ducha que nos hemos dado juntos, donde volví a entrar en ella sin poder separar las manos de su cuerpo. Luego salí a coger algo de cena y vimos una película en mi cama. Su cumpleaños está a punto de acabarse y es ahora o nunca.

Se gira y me mira con la ilusión brillando en sus grandes ojos marrones.

Dudo, dudo mucho, porque ahora, con ella delante, me parece estúpido e infantil. Tengo miedo de ver el rechazo en sus ojos, pero sé que hacerlo es un golpe de fe aún mayor en que hasta alguien como yo tiene derecho a ser amado.

Alguien a quien le hicieron creer que podía vivir sin amor.

Llevo la mano a su oreja y hago un truco como si de su pelo hubieran salido flores, que tengo cogidas ahora.

—Nunca dejes de creer en la magia pase lo que pase. —Soplo y sale purpurina. Lo mira emocionada y feliz. Joder, parece más feliz que nunca—. No es nieve...

—Pero podría ser polvo de hadas. —Muerde su boca. Coge las flores y se tira a mis brazos—. Te quiero, Dorian. Te quiero mucho.

Sus palabras me dejan paralizado. Nunca nadie me ha dicho «te quiero» de verdad. Nunca he sabido lo que se siente al estar al lado de una persona que te quiere. Es una mierda porque me siento un tonto que no sabe qué hacer o qué decir. Pero sé que podría morir en este instante y lo haría feliz. Que ella me quiera es lo más bonito que me ha pasado en la vida y ahora mismo me aterra no saber qué hacer con sus sentimientos sin estropearlo todo.

—¿Qué te pasa? —Me mira a los ojos.

—No sé ni qué debo responderte, ni qué debo hacer ahora. —En vez de ofenderse se ríe y me besa con dulzura.

—Solo sé tú mismo, Dorian, porque eso es lo que me gusta de ti. Y por lo que he llegado a amarte.

Ahora mismo pienso que no la merezco, pero veo

la verdad en sus ojos. Me quiere de verdad y sé que quien tiene el problema de no creerse esto soy yo, por lo roto que me siento.

La quiero, joder, la quiero como nunca he querido a nadie, pero no sé cómo dar voz a lo que siento y que entienda que la palabra se me queda corta por lo mucho que me importa.

Por eso abro la boca y digo cualquier estupidez que rompa este momento.

—Tendrás que demostrarme cuánto me quieres, becada. Y se me ocurren varias cosas que puedes hacer con esa boquita.

—Por suerte para ti, a mí también.

No espera nada, no comenta nada de mi cambio de tema. Solo me hace el amor mientras lo disfrazamos de sexo del bueno para no explicar todo lo que siento. No la dejo ir a su cuarto. No protesta mientras cae rendida en mis brazos.

Y cuando creo que se ha dormido me permito decirle lo que siento:

—Te amo a pesar de que creí que yo era incapaz de volver a sentir nada.

—Lo sé —responde la jodida y me mira divertida.

—Ahora mismo te odio un poco.

—Te jodes, era mi regalo de cumpleaños.

Ella es así, natural e inesperada. Se abraza a mí y esta vez se duerme de verdad. O eso creo, pero la verdad es que no me importa. Porque yo estoy demasiado feliz para poder dormir y demasiado aterrado por ello.

Porque estoy soñando que puedo de verdad tenerlo todo y quiero todo con ella.

Estoy aterrado, me da un miedo atroz volver a perderla...

Capítulo 33

ABBI

Preparo el café para cuando venga mi hermano con su mujer y su bebé. Dorian dijo que tenía una comida y que si podía escaparse se pasaba. Me ha dejado su ordenador con las claves puestas para poder revisar cosas de la universidad y los desfalcos de dinero que hayan podido hacer. De momento lo que más me mosquea, aparte de lo de los becados, es que el abuelo de Dorian repartía las ganancias a partes iguales sin que ni los Scott, los Adams o los Harris hayan aportado algo para la causa en todos estos años. Cuando hace falta liquidez, quien pone el dinero es la familia de Dorian. ¿Por qué tener a esas otras familias gorroneando una fortuna? Algo debió de pasar cuando mi abuelo lo olvidó todo. Como si con ese dinero pagara su silencio...

Tocan al timbre y les abro el portal. Espero en la puerta y veo salir del ascensor a la hermana de Dafna con una niña en brazos.

—Hola, Abbi, esta es tu sobrina Alma.

Le doy dos besos mientras oigo a mi hermano subir por las escaleras. Aparece con el capazo de la pequeña. Entramos en la casa y lo colocan en mi cuarto con la niña dormida dentro. No puedo parar de mirarla, me pasó lo mismo con Defin; de golpe sentía que no había vida antes de él. Como si siempre hubiera sido parte de mis momentos.

Dejo a la niña dormida y voy al salón. Les cuento a mi hermano y a su mujer lo que he encontrado.

—Está claro que si les están dando ese dinero sin aportar nada... —empieza él y mira a Ineta.

—Les están pagando por su silencio —acaba ella.

—Exacto —digo yo—. Esa noche debió de pasar algo que explique la pérdida de memoria de nuestro abuelo. Y su golpe en la cabeza. Y por qué firmó ese acuerdo.

—Yo he pensado en algún asesinato. —Kiefer mira los informes. Me recorre un escalofrío—. Esa gente está loca y se rumorea que alguno de los becados no sobrevivió. Ya vimos lo que pasó con Ineta. Y había más..., gente de la que no se sabe nada una vez que han pasado por allí. —Mi hermano habla como para sí mismo, como si supiera algo que yo ignoro.

La puerta se abre y aparece Dorian. Al ver a mi hermano dice un frío «hola», pero cuando ve a Ineta se pone pálido. Luego duda y entra. ¿Qué me he perdido?

—Hola, Dorian, pensé que nunca compartiría cuarto contigo tras lo que pasó. —Ella va hasta él—. ¿Ella lo sabe? —Dorian le sostiene la mirada y niega con la cabeza—. Merece saberlo. Merece saber lo que pasó.

Dorian me mira nervioso y noto cómo sus ojos se vuelven letales.

—No sé de qué mierdas hablas.

190

—Claro, porque estabas demasiado borracho para acordarte, ¿no? Y como no te acuerdas, no pasó nada, ¿verdad?

Noto cómo se aceleran los latidos de mi pecho. Miro a mi hermano y está disfrutando de esto como si hubiera esperado este encontronazo.

—Pude acabar muerta. ¿Acaso no hay límite? —le dice Ineta a Dorian, que cada vez se retrae más en sí mismo. Su mirada ahora es glacial y sé que lo hace para protegerse.

—¡Basta! —digo y me pongo junto a Dorian, pero este rechaza mi mano y va hasta la puerta—. Dorian...

—Ella tiene razón. Hay un límite y tú no deberías haberlo cruzado conmigo.

Miro a mi hermano y a su mujer mientras Dorian se marcha. No me lo pienso dos veces y lo sigo con zapatillas de estar por casa y sin abrigo. Voy por la calle y, aunque lo llamo, no me hace caso. No se detiene hasta llegar a un banco y sentarse. Apoya la cabeza en sus piernas. Está teniendo un ataque de ansiedad.

Voy a una tienda cerca y les pido una bolsa de papel. Me ven tan mal que ni me la cobran.

Salgo y se la tiendo a Dorian.

—Estoy... de... puta... madre.

—Coge la bolsa o te la meto yo en la boca.

—Eres mi sirvienta...

—Y tú mi capullo. ¡Que cojas la puta bolsa! —Alza una ceja rubia y la coge.

Veo cómo toma aire. Las manos le tiemblan y se me hace raro verlo así. Le acaricio la espalda y me quedo a su lado. Me da igual lo que pasara esa noche, conozco a Dorian lo suficiente para saber que tiene que haber una explicación.

191

—¿No quieres saber cómo le jodí la vida? Casi muere por mi culpa —me ataca.

—¿Puedes dejar de apartarme de tu lado? Estoy aquí.

Se pasa la mano por el pelo.

—¡No lo recuerdo, Abbi! —Mierda, si usa mi nombre la cosa pinta mal—. ¡No recuerdo esa puta noche! Pero, aun así, me perseguirá toda la vida. —Se remueve agitado—. Aparecí en mi cama en el internado y mi abuelo me dijo que cogí el coche borracho y hubo un accidente. Pero que él se había encargado de todo. —Se remueve inquieto—. No he olvidado nada de toda mi vida. Salvo esa noche. Recuerdo cada palabra de odio de mi padre. Sus miradas de asco. Sus desplantes. Pero esa noche... no la recuerdo y desconoces lo que daría por saber por qué cogí un coche borracho y por qué ella estaba en mi coche. Luego vi los vídeos... y, joder, yo le jodí la vida..., pero no sé cómo lo hice, por qué...

Me mira nervioso.

—Seguro que hay una explicación.

—Me fugué del internado unos días antes. Y cuando mi abuelo me encontró me dio una paliza..., me llevó de vuelta y de la rabia bebí sin parar... Es la última vez que he bebido, pero mientras lo hacía veía a mi padre en mí. Tengo una adicción...

—No, no la tienes, dijiste basta.

—¡Porque me enteré de que dejé en silla de ruedas a una joven! ¡A esa joven de tu piso! —Se pasa la mano por el pelo—. Mi abuelo tiene pruebas que me llevan a esa noche, a ese coche, y si voy contra él me meterá en la cárcel y se las dará a ella para que declare en mi contra. Y no me importaría pagar por algo que he hecho, pero no por algo que no recuerdo.

—Dudas que fuera cierto. —Lo veo en sus ojos.

—No tengo la certeza de que no sea una trampa de mi abuelo. Pero no recuerdo esa puta noche. No recuerdo nada, pero él sí tiene pruebas y un vídeo en el que se me ve saliendo del coche con sangre en la ceja y sacando a Ineta antes de desplomarme en el suelo. Si ese vídeo ve la luz, darán por hecho que ella dijo la verdad y que, aunque estaba borracha, era cierto.

—¿Y crees que tu abuelo sería capaz de ir contra ti?

—Sí, tiene dos hijos más y nietos a los que adora. Pero, por alguna extraña razón, siempre ha dejado claro que yo era su heredero. Pero si no hago lo que quiere me sacará de la ecuación.

—Y si vamos contra él y lo cabreamos, publicará ese vídeo para destruirte la vida.

—Sí.

—¡¿Y por qué te has unido a esta cruzada?! ¡Puede acabar contigo, Dorian! Y te conozco lo suficiente para saber que podrías mirar hacia otro lado... —Entonces caigo en la cuenta—. Por eso conoces ese sitio antialcohol de gente en rehabilitación.

Tensa la mandíbula.

—Es mi forma de pedir perdón.

—¿Es tuyo? —Aparta la mirada—. ¿Es tuyo, Dorian?

—¡Entiendo a esa gente porque yo soy un puto adicto! —Esto confirma mis sospechas de que lo creó para darles otra salida.

—¡No lo eres! Solo fallaste una vez...

—¡Y casi la mato! —Se pasa la mano por el pelo y me besa con ternura en la frente—. Necesito estar solo.

—No me dejes de lado.

—No lo hago, solo quiero ordenar mis ideas. Ahora iré a tu casa.

Lo dejo irse porque comprendo que necesita fuerza para dejar de sentir que se ahoga. Asimilo toda esta nueva información mientras regreso a la casa.

Capítulo 34

DORIAN

Doy vueltas sin rumbo hasta regresar a la casa de Abbi. Cuando entro, Ineta y su hija se han marchado. Solo están aquí Kiefer y Dafna. Ambos me miran.

—¿Y Abbi?

—Salió a por algo de cena —me responde su hermano.

Asiento y dejo las llaves. Luego me quito la chaqueta y lo miro. Él me devuelve la mirada. No sé qué decir, me estoy ahogando. No recuerdo esa puta noche.

—Hay un vídeo que mi abuelo tiene en la caja fuerte. Salgo yo sacando del coche a Ineta. No recuerdo qué pasó, no sé cómo acabé en ese coche con ella..., pero cuando todo acabe te lo daré para que Ineta pueda hacer justicia. Estoy cansado de que mi abuelo me presione con eso... y de no buscar una explicación que me diga si merezco ese castigo o no.

—Te lo agradezco, pero no sabemos qué pasó esa noche y si hay un vídeo, es que alguien más estaba allí para grabarlo... —dice Kiefer—. No vamos a culpar a nadie que no lo merezca. Y te juro que antes me daba igual, solo pensaba en hacer justicia cayera quien cayera..., pero antes no conocía a Abbi.

—Ojalá supiera más de esa noche. O quién lo grabó.

—¿No os suena raro que en toda esta historia dos personas hayan perdido la memoria y eso cambiara el curso de sus vidas? —Dafna se da golpes en el labio—. Lo que quiero decir es que tal vez sabían qué hacer para presionarte. Para tenerte donde querían y, mira tú por dónde, la que más sale ganando con todo esto es Idelia, si se convierte en tu mujer y heredera de una gran fortuna.

Miro a Dafna y noto algo agitarse dentro de mí. No puedo descartar que sea una trampa porque mi abuelo consiguió con esto que mis ganas de escapar desaparecieran. Y empecé a odiar a los becados porque ellos podían dejar todo esto. Y se rebajaban con tal de ser algo en la vida, cuando ya lo eran todo.

E Idelia sabe todo esto, lo sabe porque tal vez ella estaba allí. O mandó a alguien a conducir ese coche...

Di por sentado que alguien, al ver el accidente, se acercó y lo grabó. Y ese vídeo llegó a mi abuelo. Pero tal vez todo estaba planeado, o lo planearon para tener ese vídeo. ¿Y si yo nunca estuve en ese coche? ¿Y si me pusieron ahí y mi abuelo se aprovechó de eso?

Mi abuelo sabía qué hacer o qué decir para retenerme. Tenía tanto miedo de mí mismo... De ser un adicto como mi padre, de ser peligroso..., que dejé que me encerraran en este internado.

Voy a la ventana y la abro para tomar aire. Oigo la puerta y Abbi entra con la cena. Se pone a mi lado y me coge la mano.

196

—Sea lo que sea, lo solucionaremos. Ya no estás solo. —Sonríe sin darse cuenta de que hasta que llegó ella me sentía tan solo que prefería pensar que me sobraba todo el mundo para poder vivir con la añoranza de dejar de sentirme así.

No digo nada, me siento con los demás a cenar y los veo hablar y comentar cosas entre ellos. Yo no sé cómo hacer eso. Cómo dejar de ser un capullo que mira a todo el mundo por encima del hombro. Se me dan mejor los libros que las personas.

—Tenemos que averiguar qué hay oculto bajo el sauce llorón —apunta Dafna—. La semana que viene tienes una fiesta con tu prometida y todos los del Olimpo —bromea. Asiento—. Ese día no habrá nadie importante en el internado. Podríamos aprovechar para ir a escarbar un poco.

—Por mí bien —se apunta Abbi.

—Es peligroso —le digo agitado.

—No menos que lidiar con los celos de tu prometida. —Me mira fijamente—. Podremos con ello y tenemos aliados.

—No, no metamos a nadie más en esto —dice Kiefer con voz autoritaria y Dafna asiente enseguida—. Cuanta menos gente sepa lo que descubramos, mejor.

—¿Y hacerles alguna putada por todo lo que nos han hecho? —dice Abbi, y Kiefer y Dafna comparten una mirada cómplice. O se quieren mucho como cuñados, o aquí se me escapa algo.

—No, mejor no hacer nada —tercia Kiefer—. Si hacemos algo, irán más contra ti y eso puede joder toda la investigación que tenemos entre manos.

—Se merecen pagar. Tenemos gente lista para hacerles guarradas. —Abbi los mira.

—Es mejor así —apunta Dafna—. Si creen que tienen el poder... será más fácil quitárselo.

Me mira y asiento porque tienen razón, aunque me encantaría ver a Idelia recibir su propia medicina. Pero hacer algo es seguramente despertar a una bestia peor. Abbi no parece convencida. Quería hacérselo pagar. Devolverles la jugada. Solo asiente y mira a cualquier parte menos a nosotros.

Es mejor así.

Hablamos de lo que van a hacer mientras estamos fuera y cuando se marchan me quedo recogiendo las cosas en la cocina, agitado.

—Si tienes prometida, ¿eso me convierte en tu amante?

—A la amante se la folla con más fuerza que a la esposa —bromeo y la pongo sobre la encimera. Me atrapa con sus piernas.

—No, en serio..., ¿qué soy para ti?

—Todo, lo eres todo y no lo ves.

—Tú tampoco te crees que te quiera. —Muerde su boca y no la desmiento—. Me gusta el plan en que follamos como locos.

—A mí también.

La cojo en brazos y vamos hasta su cuarto para hacer eso, follar como locos toda la noche. Y sé que lo hago porque quedarme quieto y pensar me acojona. Pero al final ella cae rendida y yo, preso de mis pensamientos.

¿Me hizo mi abuelo lo mismo que al abuelo de Abbi? ¿Qué nos hizo a ambos? No se puede ir contra lo que no conoces. Él sabía que yo dudaría tanto de mí, que me creería tan parecido a mi padre, que eso me llevaría a no hacer nada.

¿Qué es lo que sabía de Uriel para que se lo diera todo?

No consigo dormirme y es aún de noche. Y salgo de la cama. Escribo una nota a Abbi y me marcho de vuelta al internado, nervioso y agitado. Al llegar dejo el coche y voy al sauce llorón con una pala que he encontrado en mi cabaña. Y empiezo a cavar como si no hubiera un mañana. Lo hago hasta que empiezo a creer que no habrá nada. Hasta que temo que el alba me encuentre. Y entonces doy con una bolsa.

Tiro de ella y lo que veo me hace sentir miedo. Pavor...

En el fondo lo esperaba...

Pero ahora sé que no estaba preparado para ver la verdad.

Capítulo 35

No he sabido nada de Dorian en todo el domingo, salvo la nota que me dejó para decirme que se tenía que marchar. Vino mi hermano y hemos seguido investigando, hasta sacar en claro que la universidad da mucho dinero, pero no tanto como se esperaba. De hecho, parece que no tienen tanto poder económico como aparentan. Solo los Wilson tienen una economía holgada.

Si yo sacara mejor nota que Dorian, los Scott, los Harris y los Adams se verían en la calle. Tal vez por eso son los que más se aplican en esto de las novatadas. Porque son los que más tienen que perder.

He hablado con mi hermano de la noche del accidente.

—Dorian llegó y se puso a beber. Solo tenía dieciséis años. Y era su primer año en la universidad. Nos miraba con odio mientras bebía. De golpe perdí de vista a mi novia y lo siguiente que supe es que, supuestamente, se había caído y vi a Dorian volver al internado con heridas y un corte en la ceja. Luego ella me contó que iba en un coche, que no sabía cómo llegó, pero que allí estaba Dorian.

—Creo que fue una trampa para Dorian. Y que, al despertar tras el accidente, él la sacó del coche para salvarla y eso es lo que grabaron.

—A ver, sinceramente, hasta ahora no lo había pensado. Porque todos son odiosos. Pero ahora ya no lo tengo tan claro.

—¿Crees que alguna vez sabremos lo que pasó esa noche?

—Creo que sí y, pase lo que pase, estamos juntos. No te voy a dejar sola.

Nos miramos a los ojos y vi las semejanzas y algo que no he visto en el resto de los hijos de mi padre. Bondad.

Ahora me estoy preparando para ir a clase. Estoy algo tensa porque esta noche no me han hecho ninguna putada y, cuando las esperas, que no lleguen te crea ansiedad.

Entro a la clase y no veo a Dorian. Le he mandado varios mensajes, que ha leído, pero no ha respondido.

La primera clase es horrible y el resto no mejora. Voy a ir a comer cuando veo que Dorian ha actualizado su historia en Instagram. Curiosa, voy a ver qué pone. Como yo, ha puesto una frase de Benedetti:

Te quiero como para leerte cada noche, como mi libro favorito quiero leerte, línea tras línea, letra por letra, espacio por espacio.

Lo leo una y otra vez y hago una captura. Sé que es su forma de expresar lo que siente y de que el mundo lo sepa. Pero, cómo no, Idelia se cree que es por ella y la gente la felicita por tanto amor de su prometido.

Dafna me hace señas para que vaya a su mesa, donde también están Robin y Holden. Me da la impresión de que a Robin le gusta mi amiga: la mira de una forma dulce, como si le encantara todo lo que ve de ella. Gesto que cambia cuando Marvin se sienta a la mesa con Mina y Elías detrás. Dudo, pero tras coger algo de comer me siento con ellos por guardar las apariencias.

—Este viernes haremos una fiesta —dice Marvin—. No podéis faltar.

—No tengo ganas de pasar mi fin de semana aquí —añado mientras como.

—Vamos, Abbi, lo pasaremos bien. —Marvin me pasa el brazo por encima y lo aparto.

—No, gracias.

—Lo mismo no viene porque esconde algo o a alguien. —Mina se hace la interesante—. Vamos, estamos entre amigos, ¿alguien por ahí?

—Mi consolador. ¿Alguna pregunta más o me dejáis comer en paz?

—Vamos, vamos, no te pongas así. —Mina pone morritos. Me fijo en que cada vez se parece más a Idelia y sus amigas. Como si, al aceptar ser una de sus fieles pelotas, se hubiera perdido por el camino.

Marvin mira a Robin.

—¿Eres nuevo de este curso? No me suena tu cara.

Robin le sostiene la mirada a Marvin y observa al resto.

—Tampoco a mí la vuestra.

—Eso será porque hay más de cien estudiantes en este sitio y no te has fijado en ellos porque no tienen un par de tetas —dice Dafna y eso hace reír a Marvin.

—Sí, eso, eso. —Se levanta y se va sin darle mayor importancia, por eso yo tampoco se la doy.

No miro el móvil por si alguien ve a quién escribo. Solo cuando estoy en mi cuarto llamo a Dorian. Me lo coge a los tres tonos.

—¿Por qué me ignoras?

—Estoy tratando de procesar lo que encontré en el sauce... Ven a mi casita, donde te curé la herida de la cabeza.

—Vale... ¿Lo de la historia iba por mí?

—¿Por quién si no? Deja de dudar.

—Deja de hacerlo tú. —Lo imagino sonriendo—. Voy ahora.

—Trae a Dafna... Sí, mejor. Dile que venga.

Parece muy tenso y agitado, su voz sonaba nerviosa. Le cuento a Dafna todo y, por supuesto, se apunta a venir conmigo, a ver qué narices pasa. Vamos sin que nadie nos vea. Al llegar, Dorian nos abre la puerta y parece como si no hubiera dormido.

—¿Qué te pasa?

—Que no sé qué narices hacer... Venid, pero es muy fuerte. Os va a impresionar.

Dafna y yo nos miramos agitadas. Lo seguimos hasta la parte trasera y vamos hasta una caseta de trastos. Entramos y siento que se me ponen los pelos de punta. Y más cuando mueve varias cosas y deja a la vista una bolsa negra atada, tendida en el suelo, que solo puede significar una cosa.

Salgo fuera a vomitar por el impacto. ¡Es un cadáver!

Dorian sale tras de mí y me acaricia la espalda. Luego vamos a la casa y entro al aseo a lavarme los dientes y asimilar lo que he visto. Estoy temblando. No esperaba que en este lugar llegaran tan lejos con las novatadas. Estoy aterrada.

Al salir, Dorian me aguarda con una manzanilla.

—Tengo que esperar media hora a que el estómago se asiente. —Acepta sin más. Parece ido—. ¿Qué es eso?

—Creo que ya lo sabes.

—¿Tan lejos han llegado con las novatadas?

—Por el estado en que se encuentra, tiene muchos años. Y estaba bajo el sauce llorón. El árbol que se plantó como primera semilla de esta universidad. La bolsa tenía raíces. Las raíces del árbol la expulsaron lejos.

Siento ganas de vomitar de nuevo.

—Debemos ir a la policía.

—Dudo que alguien nos haga caso. Ellos harán algo. Tenemos que hacerlos confesar.

—Y ¡¿quién puede ser?!

—No lo sé. Pero si tu abuelo mató a alguien esa noche, todo encaja. Pagó con su herencia el silencio de todos.

—Eso no explica por qué tu abuelo pagó y sigue pagando dinero a los otros tres. Lo evidente es que mi abuelo lo mató y por eso tenía ese golpe en la cabeza de una pelea previa. Tal vez tu abuelo trató de defenderse. Pero no me fío de ellos. Y, además, querían ocultar ese cadáver. Si supuestamente mi abuelo está muerto y encuentran el cuerpo, pueden alegar que no sabían nada.

—Está en las tierras de mi familia. Esto los salpicaría y los Wilson cuidan mucho su imagen.

—O tal vez porque, si van a la policía y hablan de este cadáver, se descubra que no es el único. —Se me pone la carne de gallina y Dorian me mira de una forma que deja claro que ya lo ha pensado.

Yo creía que solo eran novatadas, pero esto va mucho más allá. Me pregunto si, en el caso de que Ineta hubiera muerto en este accidente, habrían ocultado su cuerpo sin más. O el mío, cuando casi caí por el acantilado.

Joder, esto va mucho más allá de lo que yo imaginaba. No estaba preparada para esto. Toda esa mierda me va a dejar muy tocada.

—Respira, Abbi. —Dorian me acaricia la mejilla.

—¿Y por qué lo dejaron ahí? —digo con un hilo de voz.

—Seguramente para, si tu abuelo regresaba, tenerlo preparado para ir contra él, o recordarle por qué firmó, ya que lo ha olvidado.

—¿Y mi abuelo era el estúpido? ¡Lo han dejado a la vista de todos!

—Porque lo que está a la vista no siempre es fácil de ver. —Se pasa la mano por el pelo—. Voy a hablar con Dafna. Quédate aquí.

Asiento porque no estoy preparada para volver allí. Doy vueltas por la cabaña y siento miedo. Miedo real a que esta gente, para ocultar eso, vayan a por todas. Claro que mi abuelo puede estar implicado. Toda la información da vueltas en mi cabeza hasta que oigo pasos.

—Hablaré de esto solo con mi cuñado y mi hermana... —Dafna aparta la mirada y luego sonríe como si nada, pero siento que me esconde algo. O tal vez solo sean imaginaciones mías, porque ahora mismo estoy muy nerviosa y de golpe me parece otra persona, hasta que sonríe como siempre.

Ya veo cosas raras por todos lados. Estoy jodida, mierda, estoy tocada por todo esto. Mi abuelo me instruyó para las pruebas físicas. Pero no para las mentales. Mi mente podía viajar mientras mi cuerpo aguantaba las pruebas, pero nadie me preparó para esto.

No puedo dejar de temblar. Me cuesta centrarme en algo que sea positivo.

Dorian le dice «vale» a Dafna por algo y ella va hasta la puerta.

—Vamos, becada, tú puedes con esto.

—Mi abuelo es un monstruo. Es un ser horrible, no sabes las putadas que me hacía de niña para que fuera fuerte ante las novatadas. —Lo miro nerviosa—. Me obligaba a estar a oscuras porque sabía que me aterraba y luego los que viven con él me asustaban o me tocaban para que pudiera superarlo... Esta Navidad me ha tenido bajo la lluvia un día tras otro, cargando pesos y destrozándome. Me daba fuerza el odio que le tenía. —Lo miro y parece a punto de matar a alguien—. Pero le supliqué que parara cuando me puse enferma... Nada lo detiene, quiere su dinero. Mi abuelo no sabe de ese cadáver. Pero nosotros sí y tenemos que saber qué pasó esa noche e ir contra todos, porque si lo estaban ocultando significa que aquí hay más de un culpable.

—No sé cómo resolver este misterio, pero te juro que, como vea que corres peligro, yo mismo te sacaré de aquí.

—No te corresponde a ti decidir eso.

—¡No puedo quedarme mirando cómo te matan! ¡No puedo! ¡Y ahora ya sabemos de lo que son capaces, Abbi! —Se me acerca—. ¿Sabes en qué llevo pensando desde que encontré eso? En que, si te pasara lo mismo, no podría vivir con ello..., no si no hago nada para evitarlo. Sería culpable porque soy uno de ellos. Yo te juro que no sabía nada de esto... o si ha ocurrido algo más. —Se pasa la mano por el pelo, cansado—. Pero sí sé que no quiero que de ti solo me queden los recuerdos. ¿Qué diría de mí si dejo que te hagan lo mismo?

—Tú no tienes la culpa. —Pongo las manos en su pecho—. A ti te importo, por ello has puesto eso en redes.

—Me importas, Abbi, y te juro que, como corras peligro..., tomaré medidas.

Su mirada es fiera y letal, y me enfada que no me deje hacer esto a mi manera, pero también entiendo que quiera protegerme.

—Tenemos que hacer esto juntos.

—No a cambio de que el próximo cadáver que entierren sea el tuyo. ¿Acaso no lo ves? No hay un mañana sin ti... ¡Joder! —Se pasea nervioso por este lugar—. ¿Y si fuera al revés? ¿Tú podrías mirar para otro lado?

—¡No, joder! Pero ahora, con más razón, tenemos que ser fuertes.

—Lo seré, pero si corres peligro, lo siento, Abbi, pero aunque me odies te protegeré por encima de todo, hasta de ti misma.

Y tras decir esto se marcha, agitado y nervioso. Todo esto se nos está yendo de las manos. Todo esto es más grande que nosotros mismos. Quería la verdad, pero la verdad, ahora mismo, está empañada de sangre y muerte.

Capítulo 36

DORIAN

Abbi me ha escrito para preguntarme cómo estoy. Estoy mal, hecho una puta mierda. Porque no dejo de verla a ella en esa bolsa. Me aterra hasta dónde serían capaces de llegar para no perder todo el dinero que tienen. Y no dejo de preguntarme si hay más cadáveres bajo este suelo. He buscado información de desaparecidos, pero nada los ata a este lugar en redes. Lo que me hace pensar que tal vez alguien borró el rastro, o no ha habido desaparecidos desde que se abrió la universidad, cosa que, sabiendo cómo son, me extraña.

Y, mientras lo hago, no dejo de pensar en Abbi, en el odio de Idelia hacia ella porque Abbi tiene algo mío que ella nunca tendrá: mi corazón. Y, para una mimada malcriada, que otro posea algo que ella ansía es una ofensa.

Idelia no va a consentir dejarla en paz. No va a parar hasta destruirla. Y no sé cómo mantenerme al margen.

Llego a mi cuarto y veo las notificaciones. Hay una postal de mi madre. Voy a romperla, pero la giro. Gran error porque mi mirada va a su firma:

Te quiero.

¿Que me quiere? ¿Que me quiere? ¿Cómo se puede querer a alguien a quien dejaste solo con un loco? Me tiemblan las manos, no puedo respirar. No soy capaz de pensar con claridad. Destruyo la postal. ¿Cómo puede ser tan hipócrita? ¡Ella debió salvarme! Es tan egoísta como el abuelo de Abbi; a la hora de la verdad, el gran Hadrian solo pensó en él.

Estoy tan agitado que cuando me llega un mensaje de Idelia me cuesta verlo:

> Idelia:
> Noche de novatadas, se va a cagar esa zorra.

No estoy preparado para ver cómo joden a Abbi sin hacer nada. La aviso y me quedo al margen. Si voy y veo cómo le hacen daño, ahora mismo dudo que pueda mostrarme impasible.

Abbi me responde con un «vale, estoy preparada» y me quedo en mi cuarto agitado y nervioso.

> Psique:
> ¿Estás bien?

> Dorian:
> Lo estaré cuando acabe todo esto.

> **Psique:**
> Te quiero, mi Eros. ¿Vas a bajar a los infiernos por mí si me muero?

> **Dorian:**
> Vete a la mierda, becada. ¡No bromees con eso!

> **Psique:**
> Solo quiero saber que sí. ¿No dijiste que no dejara de creer en la magia?

> **Dorian:**
> Iría al paraíso por ti, aunque me prohibieran la entrada por lo que hice esa noche.

> **Psique:**
> Alguien tan capullo como tú arde antes de cruzar la puerta. Tranquilo, eso no pasará, nos vemos en el infierno.

Dejo el móvil y miro el cuarto agitado. Bebo agua a tragos pequeños, pero no consigo calmarme. ¡Es una mierda querer a alguien! ¡Joder!

Al final bajo a las prisiones donde han metido a los novatos. Al llegar, Idelia me ve y cree que estoy aquí por ella.

—Querido, no debes faltar a clase. Y gracias por tu mensaje...

210

—No lo he escrito yo, es de un autor.

—Me da igual, ha salido en redes. Se nota que te importo. O al menos ellos lo creen y eso me basta. —Me da un beso en la mejilla y oímos un grito desgarrador. Sé que procede de Abbi—. Mira, lo mismo hoy cede.

Se mira las uñas y se quita una pelusa inexistente de ellas.

—¡No me toques! —grita Abbi y aprieto los puños para no ir.

—Tápale la puta boca —dice Hermes—. ¡Vamos!

—¿Y si se la tapo con mi polla? —Miro a Idelia tras las palabras de Edey.

—¿Acaso la van a violar?

—No van a penetrarla... Si no hay penetración...

¡Hijos de puta!

La aparto y saco el móvil. Voy hasta la luz y, cuando entro, grabo cómo Hermes abre el sujetador de Abbi y le toca las tetas mientras Edey la sujeta y le tapa la boca. Me cuesta procesar lo que veo. Lo lejos que estos cabrones han llegado. Me cuesta asimilar la escena. Dejo caer el móvil y voy hasta Hermes. Le doy un puñetazo, que lo estampa contra la pared.

—¡Que no la he tocado! ¡Solo la estaba asustando! —Le doy en la cara y veo que sale despedido un diente—. ¡Estás loco! ¿Tanto te importa?

Edey se tira a por mí y me sujeta. Trato de golpearlo, pero no puedo. Idelia le desata las manos a Abbi, que tras ponerse el top se marcha corriendo.

—¡Es la hija de alguien importante! ¡Nos van a acusar de violación, capullo! —grito para no salirme de mi papel.

Me cuesta mucho seguir con este juego sin destruirlos. Joder, ahora solo quiero destrozarles la cara por haberla hecho sufrir de esa forma.

—Vale —dice Hermes—, se me ha ido de las manos, pero quería ver si sus tetas eran tan grandes como parecía.

—¡Vais a conseguir que nos encierren a todos! —le digo y no lo miro para no golpearlo de nuevo.

Estoy temblando de ira.

—Para eso tenemos a nuestros papás —apunta Edey.

—¡Tu padre no tiene dinero, pedazo de mierda! Y mi abuelo no os va a salvar el culo.

Se miran y no lo niegan. Dependen de mi abuelo.

—Vale, la próxima vez lo pensaremos mejor. —Idelia tira de Hermes para llevarlo a que se cure. Yo estoy fuera de mí.

Busco mi móvil y veo que ha seguido grabando. Se lo mando a Abbi.

Dorian:
Haz lo que tengas que hacer.

No me responde. Edey viene conmigo hasta nuestros cuartos y espera a que entre en el mío. Estoy agitado, nervioso, y sé que habría matado a Hermes. Me llega el aviso de que Abbi está en la puerta de la azotea. La abro y espero en las escaleras a que llegue. Cuando lo hace, tiro de ella y la abrazo con fuerza.

—¿No querías que te siguiera al infierno? Pues ahí hemos estado los dos.

—Tenemos que ser más fuertes.

—¡Casi te viola!

—¿Te crees que no lo sé? Estoy rota. —Me aparto y

212

le seco las lágrimas—. Hazme el amor, Dorian. Hazme que me olvide de sus manos.

—No sé si ahora mismo puedo ser cariñoso...

—Entonces, fóllame con fuerza.

—Será un placer, becada.

Capítulo 37

DORIAN

Vamos hasta mi cama tirando de la ropa del otro. Cuando veo sus pechos recuerdo las manos de Hermes sobre ellos y desearía haberlo matado.

—Un día, cuando todo acabe, lo denunciaré. Pienso hacerlo —dice firme.

—Y yo te apoyaré en todo. —Bajo besos por su cuello hasta llegar a sus sonrojados pezones. Me los meto en la boca y escucho sus gemidos—. Un día pagarán por todo.

—Sí..., pero no sé qué quedará de mí. Todo esto me está destruyendo por dentro.

La miro y yo siento lo mismo, pero no ahora, sino por toda una vida bajo el yugo de mi abuelo.

—Hazme que me olvide de todo —me pide acariciándome la mejilla con sus dedos aún helados por el miedo.

—Será un placer.

Bajo la boca por su cuello y le lamo y chupo la piel.

Soy adicto a su perfume, a ella. Llego hasta sus senos y la imagen de ella gritando de ansiedad por lo que estaban haciendo me rompe por dentro mientras los toco con mis dedos antes de llevarlos a mi boca y lamerlos para borrarle otros amargos recuerdos.

Me doy un festín con sus pechos, no tengo suficiente de ellos, la llevo al límite una y otra vez. Me tira del pelo, se contonea contra mí buscando alivio. Está fuera de sí. Meto la mano dentro del elástico de su pantalón y paso los dedos por su clítoris. Está muy mojada y las yemas se me resbalan por sus jugos.

Se los meto dentro y la follo con ellos sin dejar de devorarle las tetas. Lo hago hasta que casi se corre y solo entonces me aparto y tiro de su ropa. Se sube a la cama y me tiende una mano cuando me quito las prendas. Voy hasta ella y busco su boca mientras le meto la polla hasta el fondo de su apretado coño.

—¿Te gusta sentirme dentro?

—Me encanta..., eres mío.

—Soy todo tuyo.

Giro en la cama y la dejo sobre mí. Sonríe y se apoya en mi pecho para subir y bajar. Veo sus pezones duros y su cuerpo perlado por el sudor. Echa la cabeza hacia atrás, presa del éxtasis.

Llevo las manos a sus caderas y las aprieto mientras se mueve adelante y atrás buscando la fricción perfecta entre su cuerpo y el mío. Es preciosa, una jodida belleza, y es toda mía.

Me alzo y busco su boca para besarla. Llevo mi mano a su clítoris y lo toco hasta que suplica. Lo hago una y otra vez hasta que acaba lloriqueando por no darle el alivio que busca. Noto su apretado coño succionarme. Voy a explotar.

Nos movemos juntos hasta que me corro con fuerza en su interior y ella me sigue.

Luego apoyo mi frente en la suya. Nos miramos jadeantes.

—Lo habría matado...

—Lo sé. Yo también lo deseaba muerto.

—Me estás pidiendo un imposible.

—Merecerá la pena.

—¿De verdad, Abbi? Podemos irnos, dejar todo...

—He llegado demasiado lejos para abandonar ahora. Entiéndeme.

—Lo siento, pero tras lo de esta noche no te entiendo, aunque sigo a tu lado... ¿Qué opción tengo?

La dejo en la cama y salgo nervioso. Noto la ansiedad crecer en mí. Me sigue y me abraza con fuerza.

—Necesito llegar hasta el final.

—Ya te lo dije, Abbi, si corres peligro... no miraré para otro lado y hoy he estado a punto de mandarlo todo a la mierda.

Nos miramos a los ojos y nos quedamos así un rato, hasta que volvemos a la cama. Le cuesta dormirse y tiene pesadillas. Yo no puedo dormir. Por eso me levanto y cojo el ordenador. Y busco todas y cada una de las noticias que se hayan publicado de desaparecidos en Londres hace cincuenta años; decido ampliar las fechas porque ese cuerpo que hemos encontrado creemos que tal vez fue el detonante para que el abuelo de Abbi donara toda su fortuna.

Creo que no voy a encontrar nada hasta que doy con algo que une otra de las piezas que siempre sentí que me faltaba.

Alguien va a tener que darme explicaciones.

Capítulo 38

DORIAN

Mi abuelo me llama al despacho a primera hora. Él y el padre de Idelia me miran fuera de sí.

—¡Hermes está en el hospital! ¡Le jodiste la boca y la nariz! ¿Y todo por una becada?

—No lo hice por ella. Lo hice por esta universidad. Esa becada nos tiene asco y hasta ahora no hemos cruzado la línea, si la cruzamos irá a por nosotros.

—No le tenemos miedo. Ella no tiene tanto dinero.

—No, pero su abuelo es mundialmente conocido. Y vosotros, no. ¿Acaso os la vais a jugar? Una cosa es joder a esos... —Me cuesta insultarlos—. Una cosa son las putadas, pero casi la violó. Tenéis suerte de que yo llegase a tiempo porque, si ella va con el cuento a su abuelo, este puede usar las redes sociales para desprestigiar este lugar y a ver cómo frenáis eso. Hasta ahora habéis ido contra becados que no tenían tanta influencia, pero Abbi es una becada con el poder de una niña rica. Avisad al resto para que no la caguen.

Mi abuelo se acerca y me mira a la cara con sus fríos ojos. Me pregunto mientras lo miro si él fue quien mató a ese hombre que reposaba bajo el sauce llorón.

—Puedes irte, pero más te vale que no te pille con ella o te juro que quien va a tenerlo jodido vas a ser tú.

Por un momento quiero mandarlo todo a la mierda. Pero no sé qué pasó esa noche y empiezo a pensar que usó mi miedo para tenerme donde quería. Salgo del despacho y voy a las clases de primero. Cuando Dafna sale, le hago señas.

Vamos hasta una clase vacía y luego a la puerta secreta en la pared. Entra conmigo y cuando estamos lejos de todos me giro a mirarla.

—¿Qué haces en este internado? Y no me cuentes la historia de tu hermana porque ella también vino por otra razón. ¿Verdad?

Me mira seria hasta que asiente.

—Hace cincuenta años mi abuelo perdió a su hermano, Vicent. Y lo último que sabíamos de él es que iba siempre con sus amigos a esta mansión abandonada. Quiero hacer justicia y he pedido una muestra de ADN para ver si se trata de él o no.

Me paso la mano por el pelo.

En realidad, ya lo sabía. Ayer estuve investigando y descubrí que la familia de Dafna estuvo buscando a un hijo desaparecido. Me costó saber que se trataba de su pariente porque no se apellidan igual. Pero hay fotos de la hermana de su abuelo y era idéntica a Dafna. Se parecen mucho y eso me hizo atar cabos y buscar cosas de la familia. Se mudaron a América y se les perdió la pista. Seguramente fue allí donde cambiaron de apellidos.

—Abbi debe saber esto.

—Se lo contaré. —Siento que me oculta algo más.

De golpe dejo de verla como una joven de primero, por un segundo me parece mayor.

Me apoyo en la pared, aturdido. Ella me sonríe.

—¿Qué pasó?

—Mis bisabuelos tenían dinero, no tanto como vosotros, pero tuvieron un golpe de suerte en la lotería y eso les dio una liquidez holgada. Se compraron una casa en el barrio de tu abuelo y, bueno, quisieron codearse con los hombres ricos de Londres. Sobre todo Vicent, los seguía a todos lados. Y siempre acababan en esta mansión abandonada, donde les gustaba gastarles bromas a él y a otros chicos, y Vicent, con tal de ser uno de ellos, hacía todo lo que le decían. —Suspira y se mira las manos—. Mi abuelo, al principio, también iba con ellos, pero dejó de hacerlo porque no le gustaban las fiestas que se montaban aquí. Decía que eran peligrosas. Sobre todo, para ellos. Les decían: «Si quieres ser de los nuestros, haz esto. Si lo haces te admitiremos en el grupo». Pero nunca tenían suficiente. Mi abuelo se cansó, pero su hermano siguió. Era dos años más joven que él y le podía la codicia. Y de golpe desapareció. —Me mira a los ojos con fiereza—. Tu abuelo y sus amigos dijeron que esa noche no había ido con ellos. Mis bisabuelos pusieron una denuncia. Pero les llegó una postal de su hijo desde Nueva York. Era su letra y decía que se había cansado de la vida aquí. La policía dio por cerrado el caso.

—Pero tu bisabuela nunca creyó esa historia.

—No. Se gastaron todo el dinero en buscarlo y acabaron en Nueva York intentando seguir la pista. Pero todo les hacía pensar que aquí pasó algo esa noche. Mi abuelo no pudo olvidarlo y nos contó la historia a mi hermana y a mí desde que éramos pequeñas.

—Tuvisteis la oportunidad de entrar al internado y quisisteis buscar la verdad.

—Sí, pero mi hermana no acabó bien y yo, de momento, me estoy librando, pero este jodido sitio es un infierno. Y no es de ahora. Tu abuelo y sus amigos eran sádicos y retorcidos. Estoy segura de que mi antepasado murió en una de esas putadas que les obligaban a hacer para ser uno de los suyos y luego se encargaron de enviar esa postal con su letra.

La miro y lo peor de todo es que no me sorprende. Porque ellos empezaron esto. Obligaron a sus hijos a hacer esta mierda y antes de ello pagaban a personas para que lo hicieran, para que asustaran a los becados. Y les decían qué tenían que hacer.

Cada vez sabemos más de esa noche. De qué pudo pasar para que los hechos se desarrollaran de esa forma.

Siento que Dafna va a contarme algo más, pero sonríe y dice que luego hablará con Abbi.

Le digo por dónde puede irse y me quedo pensando en todo esto. Abbi me manda un mensaje para decirme que se va con Dafna a comprar el vestido para el baile. Espero que Dafna se lo cuente todo. No me gusta tener secretos con Abbi, porque fueron los secretos los que nos separaron.

Me llega otro mensaje de Idelia y dice que hay reunión. Lo que me faltaba.

Capítulo 39

ABBI

Entro a clase agitada. Ayer Dafna me contó lo de su antepasado y me agobió, porque yo quería saber la verdad, pero ahora tengo miedo. Miedo porque en esta verdad hay personas muertas y me aterra que las cosas vayan a más y esta gente loca acabe conmigo. Sobre todo, porque Dorian está igual de preocupado con el tema.

Por eso no quiero pensar mucho en ello. Quiero centrarme en los estudios. Y acabar cuanto antes con esta pesadilla. Siento que estoy dejando para luego demasiadas cosas que me angustian; lo que pasó el otro día, cuando casi me violaron, me hace sentirme sucia. Asqueada. Y cuando miro a Dorian y lo veo al lado de Edey, siento ganas de gritarles a todos.

Por eso lo aparto de mis pensamientos y me centro en los estudios. Temiendo que esta experiencia me deje más tocada mentalmente de lo que esperaba.

Me rasco el brazo sin poder evitarlo. Porque después de aquello no han vuelto a hacer nada contra mí.

Y eso causa que sienta que la próxima vez será muy gorda. Ayer, Dorian me dijo que habían ido de cena y que hablaron de qué más hacer, pero sin sacar nada en claro. No saben por dónde moverse y, tras lo que pasó, no quieren que esto acabe haciéndose público.

Voy a la biblioteca por la tarde y Marvin, al verme, se me acerca.

—Podríamos ir juntos al baile. ¿De qué vas a ir?

—De Psique —le respondo—. Y prefiero ir con Dafna, espero que no te importe.

—Solo si bailas conmigo. —Tira de mí y me gira.

Sonrío, pero sé que no es de fiar. Le digo que bailaré con él y me marcho al fondo a colgar libros, aunque ya no trabajo aquí. A Marvin le gusta que haga su trabajo y yo necesito estar distraída.

Me vibra el móvil en el vaquero. Lo saco y veo que es Dorian. Descuelgo.

—¿Dónde estás?

—En la biblioteca, ordenando libros.

—¿Donde siempre?

—Sí. —Cuelga.

Al poco aparece y me mira serio. Viene hacia mí y me besa. Lo abrazo con fuerza y siento que me voy a romper en cientos de pedazos. Dorian se separa y veo dolor en sus ojos aguamarina.

—Odio ver cómo te rascas el brazo y saber que es porque estás al límite. —Tira de mi jersey y traza caricias donde me he herido—. Joder. Está fatal.

—Puedo con esto.

—No pasa nada si dices basta, no pasa nada si dejas que yo me ocupe de todo...

—No, quiero estar aquí.

—Joder. —Apoya su frente en la mía—. Vámonos

de este lugar apestado de gente horrible. —Tira de mí hasta la puerta secreta y lo dejo hacer.

Cuando llegamos a la cochera me dice que lo espere tras un muro. Lo hago y detiene el coche de forma que nadie me vea entrar. Entro y agacho el cuerpo hasta que estamos en la carretera que separa la mansión de la ciudad. Solo entonces me recuesto en el asiento y tomo aire, como si salir de ese lugar me hiciera de golpe respirar mejor.

Sé adónde vamos, por eso, cuando detiene el coche frente a la nave, lo agradezco. Entramos de la mano y voy hasta la zona de barras. Me quito el jersey y me quedo solo con los pantalones y una camiseta fina. Por suerte, los vaqueros que llevo son muy elásticos.

Ando por la barra y hago giros peligrosos. Lo bueno es que mientras estoy centrada en esto, en no caerme, no pienso en nada más y mi mente se libera de la carga que llevo sobre los hombros.

Todo va bien hasta que al salir me caigo de culo sobre las colchonetas. Dorian aplaude y por un segundo su mirada no está llena de odio y tormentas. Llego hasta él jadeante y me hago un hueco entre sus piernas. Me pasa el jersey por la cabeza y me lo pongo. Me llega casi hasta las rodillas. Nos besamos sabiendo que se nos va a ir de las manos y así es. Tiro de él hacia fuera, donde tuvimos nuestro primer encuentro sexual. Nos besamos hambrientos del otro. Está atardeciendo y el cielo tiene un color rojizo. Cualquiera podría vernos, pero no me importa. Estoy cansada de esconder quién soy, lo que siento y a quién amo.

Tiro de mis pantalones y lo hago sentarse en la escalera. Libero su polla y aparto mi ropa interior para que me penetre.

Apoyo mi frente en la suya y luego nos besamos mientras hacemos el amor en la hora mágica. Al acabar tiemblo por el orgasmo y me dejo caer sobre él.

—Vas a coger frío —dice acariciándome la espalda.

—No. Estás muy caliente. —Lo siento sonreír contra mi pelo.

—Podríamos irnos, desaparecer..., podríamos...

—Si no acabo con todo, una parte de mí se quedará anclada en este sitio. —Lo miro a los ojos—. Si no llego hasta el final, todo mi dolor no habrá servido de nada.

—A veces en la vida hay que saber decir basta.

Tiene razón, pero no sé si en caso de dejarlo todo aquí podré vivir en paz con el odio que siento en mi pecho. Quiero acabar con todo para poder pasar página para siempre. Para poder mirar al futuro sin que el pasado tire de mí.

Dorian no dice nada, solo me abraza con fuerza. Nos arreglamos la ropa antes de entrar y echamos un billar. Él es muy bueno, pero yo también. Nos picamos y al final lo dejamos en empate. Todo va bien hasta que llega la hora de volver.

No hablamos durante el trayecto porque yo quiero seguir adelante y Dorian odia tener que apoyarme en esto.

—No sé si podré verte a solas antes del baile. Idelia ha contratado una sesión de fotos y algunas cenas.

—Nos veremos en el baile. Aunque dudo que puedas bailar conmigo.

—Encontraré la forma. Este lugar está lleno de escondites. —Llegamos y me agacho. Detiene el coche donde antes—. Te voy a admirar igual, aunque tengas la fuerza de decir basta.

—Lo sé, pero no puedo dejarlo.

No dice nada, solo me mira tenso. Salgo del coche y lo veo irse mientras regreso a mi cuarto para que nadie vea que Dorian y yo somos algo más que enemigos. Al entrar, Dafna me espera y me pregunta qué tal. Me contó todo, pero siento que calla algo. O tal vez no confío en ella. La entiendo, pero son demasiados secretos y demasiadas personas que no son lo que parecen. Por eso necesito tiempo para confiar de nuevo en ella y dejar de sentir que en esta historia aún quedan cosas por contar.

Capítulo 40

Abbi

No puedo ver mucho a Dorian antes del baile. Las cosas con Dafna están tensas y más cuando la veo hablar con sus amigos becados de cuarto. Su mirada es rara y hablan tapándose la boca. Yo no me he juntado más con ellos porque no quieren hacer nada contra los dioses. Yo quería ir contra ellos, destruirlos, pero ahora sé que mi mejor baza es ganar. Hacer algo antes solo me pondrá en peligro.

Eso no evita que me imagine a Idelia y al resto llenos de mierda de caballo o bajando a los infiernos. Lo peor es que siento que ni puedo imaginar como antes ni recordar datos curiosos. Como si el estrés y la ansiedad me tuvieran embotado el cerebro y me costara centrarme. Solo soy capaz de estudiar y poco más.

Estoy jodida, lo siento.

Nadie me preparó para esto.

Ahora nos estamos arreglando para el baile.

Mina se ha metido en nuestro cuarto como si fuéramos amigas del alma. Llevo un vestido en tonos morados, inspirado en un cuadro que se llama *El rapto de Psique*, de William-Adolphe Bouguereau. Dorian no me ha dicho nada de su traje, solo que Idelia no sabe que Eros era en realidad hijo de Afrodita.

Miro en el espejo mi vestido de gasa y mi pelo con trenzas, como si fuera una diosa griega. En medio de mi escote está el collar de Dorian. Estoy nerviosa ante la idea de verlo disfrazado de Eros, ya que, desde que lo conozco, ese mito siempre me hace pensar en él.

—Estás preciosa. —Mina me abraza como si todo fuera genial y luego dice que lleva alcohol en el bolso.

Salimos de nuestro cuarto y vemos a mucha gente disfrazada. Hay muchos que van de Eros, pero sé que ninguno como el mío.

Llegamos al salón y no le falta detalle. Parece el Olimpo y, cómo no, ahí están los tronos.

Vamos a por algo de beber mientras el DJ pone la música. Hasta que se detiene y los focos iluminan la puerta. Miro hacia ella y veo a Idelia como Afrodita. Llega hasta su trono y se le acercan los pelotas para pedirle favores o bailes. Al poco llegan Hermes y Edey. Este último va de Hefesto, por eso lleva toques de fuego. El dios de la forja y el fuego. Y Hermes, de Ares, el dios de la guerra. Verlo me produce escalofríos y me tensa. Me recuerda aquel angustioso momento en que creí que me iban a forzar de verdad. Cuando me quitó la ropa sentí morirse algo dentro de mí. Algo que reprimo para poder sobrevivir.

No puedo pensar en eso ahora o me quebraré.

Cierro los ojos y tomo aire. Cuando los abro, las luces están cambiando. Y miro a la puerta. En ella está Dorian vestido de Eros, solo con un bóxer negro y una gasa de color dorado.

Lleva unas alas y el pelo más ondulado que de costumbre. Se ha puesto brillo en la piel y luce un arco y flechas.

Creo que nos quedamos todos mudos por el asombro. Es como si de verdad estuviéramos contemplando a Eros. Va hasta su asiento y se sienta de mala forma, como si estar aquí le aburriera.

No puedo dejar de mirarlo. Ni yo ni nadie. Lo que hace que Idelia se hinche como un pavo cuando le coge la mano marcándolo como suyo. Me duele ver cómo lo toca. La mirada de Dorian se cruza con la mía. Por sus ojos sé que le gusta mucho lo que ve. Me dijo que bailaríamos una pieza. Pero no sé cómo ni cuándo.

Aparta la mirada.

—¿Te recojo las bragas? —bromea Dafna.

Le doy en el brazo.

Miro a sus amigos y los veo a un lado, observando todo tensos. Ni siquiera van disfrazados, parecen fuera de lugar.

—¿Qué les pasa? —le digo a Dafna.

—Que son idiotas y así van a destacar más. —No entiendo esto y sonríe—. Si quieres pasar desapercibido, ve como el resto. Ellos verán.

—Sí.

Mina nos pasa algo para beber que seguro tendrá alcohol. Lo bebo por si alguien me jode la noche. Creía que estaba fuerte para todo esto. Pero soportar este tipo de abusos al final te va rompiendo. Solo saber que voy a destruirlos me da fuerzas. Por eso no puedo dejarlo todo a medias, porque si lo hago sería como si todo este dolor no hubiera servido para nada.

En la venganza está mi consuelo.

Idelia tira de Dorian para bailar. Él baila sin ganas.

Dafna me arrastra a la pista y bailamos hasta que mi espalda se pega con la de Dorian. Lo siento tras de mí mientras nos movemos y cuando su mano busca la mía entre toda esta gente es como si por un segundo pudiéramos ser nosotros, juntos, en este mundo.

Me muevo con Dafna mientras todos mis sentidos están puestos en él hasta que Idelia se lo lleva lejos de mí.

Sigo en la pista y Marvin se me acerca, me coge y me obliga a bailar pegados. Apesta a alcohol.

—Si no quieres que te retuerza los huevos, que corra el aire. —Se ríe y se aparta un poco.

No sé ni de qué va vestido. A saber. Le pega Dioniso, el dios de la diversión, el vino y el teatro. Sobre todo, por esto último. Es un teatrero.

—¿De qué vas? —pregunto.

—Ni puta idea. ¿De quién podría ir?

—Dioniso. Por lo de la diversión. —Se ríe y asiente mientras bailamos.

Luego se marcha y Mina se nos acerca. Busco a Dorian y lo veo cerca de la puerta. Cuando ve que lo observo me hace señas para que lo siga y desaparece. Vale, ahora tengo que llegar hasta allí sin que nadie me siga. Lo hago en cuanto ponen una canción que gusta mucho y entre la gente me voy escapando hasta el lugar por donde se ha perdido Dorian.

No sé qué camino seguir cuando una mano tira de mí. La miro aterrada hasta que veo que se trata de él. Vamos por un pasadizo secreto. Andamos unos metros y acabamos en una sala desde donde se oye la música perfectamente y la luna entra por la gran ventana; es un sitio pequeño y alargado.

—¿Y este lugar?

—Era parte del salón de baile, pero mi antepasado

quería el salón con un perfecto rectángulo y lo cerró, dejando una sala secreta.

—Gracias, así podemos bailar juntos.

Entonces suena una canción de Bruno Mars y Lady Gaga, *Die With a Smile*.

Dorian me tiende la mano y la acepto encantada. Oímos a la gente gritar y la música, pero estamos aislados tras una pared, seguramente de madera, porque deja pasar el sonido.

Lo miro a los ojos mientras acerco mi cuerpo al suyo, perdida en él como nunca creí poder perderme en una persona. Su mano se posa en mi cintura y la mía en su cuello. Nos movemos juntos y, cuando llega el estribillo, nos miramos sintiendo la letra como si estuviera escrita para nosotros:

> *Si el mundo se estuviese acabando, querría estar*
>   *a tu lado.*
> *Si la fiesta hubiese terminado y nuestro tiempo*
>   *en la Tierra hubiese acabado,*
> *querría abrazarte solo un momento*
> *y morir con una sonrisa.*

El corazón me late acelerado mientras siento la letra penetrarme. No dejamos de mirarnos a los ojos mientras bailamos juntos tan cerca de donde están todos. Baja la cabeza para besarme y le devuelvo el beso, perdida en él.

Cada vez hay más urgencia en nuestros besos. Nos devoramos el uno al otro. Mi espalda choca contra la pared y me alzo para enredar las piernas en su cintura. Noto su polla dura chocar contra mi sexo y me froto contra él, ansiosa de más.

—¿Quieres que te haga gritar tan fuerte que todos te oigan sin saber de dónde vienen esos gemidos?

—Sí.

Nos frotamos mientras aparta mi vestido de los pechos y los libera. Los toca mientras nuestros cuerpos no dejan de calentarse. Sube las manos por mis muslos y rompe mi fino tanga. Sonríe en mi boca, descarado, antes de morderme el labio, provocador. Luego se baja su bóxer negro y me penetra con fuerza.

—Tan estrecha..., tan mojada —dice con la voz jadeante.

Me pierdo en sus ojos y le tiro del pelo cuando se mueve y entra más fuerte. Gimo con fuerza y digo su nombre mientras se mueve para salir y entrar. Mi espalda golpea con la pared y nuestros jadeos y gemidos resuenan por todo el cuarto, a pesar de la música alta.

Lo miro, con el pelo revuelto, las alas en la espalda y el cuerpo reluciente por los brillos que se ha puesto para dar a su piel tostada por el sol ese aspecto de dios y se me aceleran los latidos por lo sexi que me parece en este momento.

Parece que de verdad estamos viviendo en un mundo mágico.

Le cojo la cara y lo beso mientras siento cómo me llena. Luego le apoyo las manos en los hombros y acaricio con los dedos las plumas mientras nos movemos juntos.

—¿Te gusta sentirme dentro?

—Me encanta..., estoy a punto...

Muerdo mi boca y luego él me la libera y me la muerde a su vez. Nos movemos con fuerza hasta que noto cómo el orgasmo se anida en mi sexo y me froto contra él ansiando la liberación.

—Dorian... —le suplico.

Lleva su mano a nuestros sexos y me acaricia el clítoris con movimientos circulares. Esto precipita mi orgasmo y me corro con fuerza sintiéndolo dentro, con mis pechos rozando su duro torso y sus dedos jugando con mi sexo. Se deja llevar y se mueve más fuerte hasta que se corre dentro de mí con un gemido.

Nos miramos jadeantes y felices. Parece mentira que estemos cerca de gente que solo nos desea lo peor.

—Ven a mi cuarto.

—Vale.

No dudo, porque estoy cansada de seguir las normas de todo el mundo. Quiero estar con él. El resto ahora mismo no me importa. Nos arreglamos la ropa entre miradas y caricias cómplices y luego salimos de este lugar de la mano sin que nadie nos vea. Vamos hasta otro pasadizo y subimos a la planta de Dorian. Entro en su cuarto por la puerta, sin subir a la azotea. Por suerte no hay nadie.

Nos quitamos la ropa el uno al otro y luego vamos a la ducha a quitarnos todo el brillo de nuestros cuerpos.

—Y lo que te ha gustado brillar —digo cuando lavo su perfecta tableta.

—Me ha gustado ver tu cara. Las del resto me la sudan, sinceramente.

Sonrío y nos besamos entre el jabón y el chorro incesante de la ducha. Estoy locamente enamorada de él y me da miedo el futuro, porque soy incapaz de hacer que mi presente no se me escape de los dedos, con tantos frentes abiertos.

Capítulo 41

ABBI

Dorian y yo dormimos juntos y luego nos fuimos a la ciudad, a mi piso. Me escondí donde el otro día y detuvo el coche para que subiera. Nadie nos ha visto. Dafna y mi hermano estuvieron en el piso. Aún no les han dado las pruebas de ADN, pero todo apunta a que es el antepasado de Dafna y mi abuelo lo conocía porque en sus sueños lo llamaba. Se lo conté a ella.

—Son sus recuerdos, tratando de decirle algo.

—El médico le recomendó que no lo forzara. Pero si yo sacara la mejor nota, sé que vendría.

—Porque ya no tendría razones para temer que los recuerdos lo destrocen.

—Sí. Lo que está claro es que, si en sueños lo llama, es porque, la noche que murió el hermano de tu abuelo, el mío estaba ahí y sabe algo. Y odia tanto a sus antiguos amigos que tal vez no tenga miedo de ir contra ellos.

—Estaría bien encontrar el detonante que haga

233

despertar su mente. Tal vez una obra de teatro. —Se rio y tomó notas. La miré y vi algo raro.

—Ya, claro, eso sería insólito.

—Ya..., sí. —Dafna se fue algo pensativa a la cocina.

Y de nuevo sentí que oculta algo. Joder, me da miedo estar confiando en quien no debo. Se me hace raro ver a Dafna hablar con mi hermano; cuando comentan el caso es como si no conociera a mi amiga. Hay algo extraño en la forma en que se miran o comparten cosas. Algo que va más allá de una relación entre cuñados. Tal vez estén liados. Aunque he visto a mi hermano con su mujer y sé que la adora. Dorian también ha notado una complicidad especial. Los dos creemos que Dafna oculta algo.

Hemos sacado en claro que las putadas las empezaron nuestros abuelos y que lo de la universidad fue una idea improvisada de hombres jóvenes que no habían trabajado en su vida y no sabían qué hacer con el dinero.

Lo mejor del fin de semana ha sido cuando me quedaba a solas con Dorian, pedíamos comida basura y la disfrutábamos tirados en la cama viendo pelis en mi tableta. Estando solos no hemos hablado del misterio que rodea a nuestras familias porque hacerlo duele. No le cuento cómo me siento con todo esto porque él tampoco está bien. Si le explico mis miedos querrá convencerme para que desaparezcamos juntos y cada vez me tienta más esa idea. Sobre todo, cuando lo abrazo y me deja besos en el cuello y siento su calor despejar el frío de mis huesos.

Y solo quiero una vida que sea mía... con él.

Tengo que ser fuerte para acabar con todo esto, aunque eso me destruya.

Me encanta hablar con él y contarle todo lo que he vivido. Él también me ha contado su vida. Siempre ha sido muy solitario. Como yo, al ir a cursos con gente mayor nunca ha encontrado su sitio. Y cuando llegó a la universidad trató de escaparse, pero lo encontraron y fue cuando bebió desesperado por no poder huir y comenzó a odiar a los becados, que pudiendo marcharse no lo hacían.

—Los miraba como si fueran idiotas —me dijo pasándome los dedos por la espalda—. ¿Qué persona en su sano juicio soporta humillaciones solo por conseguir más dinero?

—Algunos no tenían más opciones.

—Sí, pero no lo entendí hasta que me hiciste cruzar la línea. Hasta ese momento justificaba la mierda que hacían diciendo que, si quisieran, podrían irse. Pero aquí seguían.

Me alcé y lo besé, gran error, o no, porque acabamos follando y nos olvidamos de la película.

Soy incapaz de apartar las manos de él y de buscarlo para acariciarlo. No quería irme. Hemos vuelto al internado a primera hora de la mañana con el tiempo justo de cambiarnos e ir a clase. No he mirado a Dorian en todo el día porque temo que se note demasiado que estoy loca por él y por lo que siento cuando estamos juntos. Esta mañana me costó vestirme para volver aquí. Y, cuando nos despedimos, Dorian me dijo:

—Tengo un mal presentimiento. —No me miró. Apretaba las manos sobre el volante—. No sé cuánto tiempo podré soportarlo.

No respondí y me marché a mi cuarto, pero yo también siento que algo no va bien. Sobre todo porque, de camino a clase, Mina me salió al paso. Como si me hubiera estado esperando para contárselo todo a Idelia.

Por eso he pasado el día tensa. Y ahora estoy en la cama, agitada y nerviosa. No puedo más, no paro de rascarme el brazo, tengo muchas pupas y no sé cómo controlar mi ansiedad. Estoy agotada..., quiero que todo pase. Que dejen de humillarme. Quiero que se detengan las novatadas. Quiero ser solo una estudiante más, sin una diana en la espalda.

Me sacan de la cama cuando me estaba quedando profundamente dormida. Voy desorientada. Por un momento no sé quién soy, qué hago aquí. Tengo frío. Estoy cansada, no puedo más. Es como si hubiera llegado al límite. Solo quiero llorar, escapar, aceptar la propuesta de Dorian de irnos lejos. Pero sé que luego me arrepentiría.

Tiran de mí hasta el sótano. Lo reconozco por el olor. Ese olor a humedad.

Me dejan caer sobre el suelo y cuando me quitan la capucha veo a Idelia.

—Se te ve agotada, querida. —Me fijo en que no hay nadie más. Esto es solo contra mí.

—No, para nada. Estoy mejor que nunca —miento porque no me encuentro nada bien.

—La verdad es que me das pena. —Se agacha a mi altura—. No, en realidad no. Me encanta esto. Me encanta ver cómo caéis uno tras otro... No, en verdad solo quiero ver cómo caes tú. Cómo te hundes. —Veo celos en su mirada—. Dorian es mío y tú no eres más que una puta en su camino... Pienso destruirte hasta que caigas.

Me da la impresión de que nos ha visto, que no hemos tomado suficientes precauciones. Ya no me importa. En el fondo sé que quería que todos lo supieran.

—Hasta que un día caigas tú.

—Eso no pasará nunca. —Sonríe dejando claro que sabe que, a golpe de talonario, puede salirse con la suya—. Odias la oscuridad... y creo que te vendrá bien dormir aquí. A oscuras, para mejorar tu cara de mierda.

Miro el lugar: es raro, tiene el techo abovedado. Como si antes hubiera sido un pozo y luego lo hubiesen transformado en una habitación. Al fondo hay una claraboya de cristal. Las paredes son en forma volada y no hay esquinas. ¿Qué narices es este lugar? Veo un catre tirado en un rincón y una mesita de madera. Seguro que este lugar lo usaban para castigos. La puerta es pesada y tiene como ventosas. Para no dejar pasar nada...

Apagan las luces sin que pueda apreciar más dónde estoy.

—Ah, se me olvidaba decirte que estás en un antiguo pozo..., lo mismo aparecen los fantasmas de la gente que murió aquí... —Lo peor es que tal vez sí haya aquí varios de esos. ¡Joder!—. Salúdalos de mi parte y ponte cómoda... si puedes y si mueres, tranquila, nadie lo sabrá... Al final yo he acabado con una zorra como tú y no al revés.

Cierra la puerta y oigo el agua caer. Al poco, los pies se me mojan. Voy hasta la parte más alta tanteando con las manos hasta encontrar la cama y la mesita. Me subo a ellas notando cómo el agua asciende demasiado rápido. Huele a cloro. Lo mismo esta loca ha vaciado la piscina para ahogarme.

Hasta ahora pensaba que no eran capaces de llegar tan lejos, pero ya no lo tengo claro tras saber lo de Dafna y su hermana. El agua me empieza a cubrir y nado hacia arriba, hasta llegar al cristal donde antes quizá estuviera la boca del pozo en el que recogían agua de lluvia antes de transformarlo en un cuarto siniestro.

¿Me van a matar?

Siento el miedo apoderarse de mí. Pienso en el cadáver que vi y sé que son capaces, muy capaces. Nunca en mi vida he sentido tanto miedo. Empiezo a gritar cuando casi me quedo sin espacio para respirar y golpeo el cristal sin éxito. Pido que me saquen, grito que me rindo, pero mis palabras rebotan en el agua y nadie me oye.

Tomo aire y regreso al abrazo de Dorian sabiendo que, a pesar de todo, lo amo contra todo, hasta contra la cordura.

Por un momento me permito pensar en él sin miedo. Me permito solo amarlo con fuerza y rogar por que esta mañana, cuando nos miramos, no haya sido nuestro último momento juntos.

Siento que el cuerpo me pesa y entro en un sueño profundo..., ojalá no sea un sueño eterno.

Quería vivir un amor como el de Psique, pero nunca creí que amar me hiciera de verdad morir en los infiernos.

DORIAN

Hermes me ha mandado un mensaje preguntando si les ayudo a enterrar un cadáver. Creería que está de broma si no supiera que Idelia es muy capaz de todo. Me visto y voy a buscarlo al sótano.

Cuando llego, veo a Abbi en el suelo, como si estuviera muerta, y a Idelia gritando que se les ha ido de las manos. Hay agua por todas partes. Edey, que está mo-

238

jado, como Abbi, le toca el cuello. Hermes mira la escena sin hacer nada.

Me quedo paralizado; esto no puede ser cierto. Estoy viviendo una pesadilla. Quiero gritar. Llorar. Quiero matarlos a todos por hacer esto. Algo que sabía que pasaría. No hice caso a mi instinto porque la amo tanto que quería que fuera libre para elegir y apoyarla en sus decisiones, ya que nadie nunca me ha apoyado a mí hasta que llegó ella.

Pero, por no oponerme a ella, ahora yace en el frío suelo del sótano.

—¡¿Qué mierdas ha pasado aquí?! —Lo digo aterrado y aparto a Edey cuando trata de tocar a Abbi para reanimarla.

—Usamos el pozo... y tenían razón nuestros padres, no va. Cuando quisimos retirar el agua... se quedó atascado, y nos ha costado mucho que el agua saliera de ese lugar. —Idelia mira a Abbi mientras yo le busco el pulso.

Intento mantener la calma para salvar a Abbi, pero por dentro me estoy muriendo; es como si alguien hubiera detenido el tiempo. Solo quiero que ella respire. Que esté viva. Sacarla de este puto infierno.

No puede morir...

Ella no... ¡Joder!

—Luego la puerta se atascó y, bueno, ha palmado, una zorra menos. ¿Vas a por una pala? —le dice a Hermes, y por cómo lo dice siento que esto no es la primera vez que pasa—. Como si fuera la primera becada que se pierde en este lugar.

Su frigidez me da escalofríos. Levanto la camiseta de Abbi y le hago un masaje cardiaco para traerla de vuelta. No quiero entrar en pánico o dejarme llevar por el miedo. No quiero siquiera pensar que ella deje de existir en este mundo.

Acerco mi boca a la suya y le doy mi aire. Siento que ahora mismo podría darle hasta mi vida por verla sonreír de nuevo. No funciona, aunque lo hago varias veces mientras le ruego que despierte. Joder, si esto fuera una puta fantasía mitológica ella solo necesitaría el roce de mis labios.

Este no puede ser nuestro último beso, un beso de muerte y despedida. ¡No, joder!

«Céntrate, Dorian», me digo cuando noto el escozor de las lágrimas en los ojos y las manos temblorosas por la posibilidad de no volver a ver su sonrisa.

No me rindo hasta que Abbi tose y la giro para que expulse toda el agua de dentro.

El alivio me hace temblar mientras la furia me ciega.

—Vale, no vamos a necesitar la pala —apunta Idelia como si nada—. Una cosa menos porque los cadáveres nos toca enterrarlos a nosotros —la miro pensando que está loca—, no podemos hacer que lo hagan los becados. Luego cuesta mucho dinero tenerlos callados.

Su frialdad me recuerda a mi abuelo. Nada le importa salvo sus fines, como si conseguirlos lo justificara todo. ¿A quién mató Idelia? ¿O sus padres? ¿Cuántos cadáveres más oculta este lugar?

Acaricio la mano de Abbi aterrado, porque ella habría podido ser uno de ellos. El miedo no se me pasa. La he visto muerta. Era aterrador pensar en una vida sin ella. Sin saber que este mundo la tiene para regalarle sus sonrisas cada día.

Abbi tose y me mira. Hay terror en sus ojos, seguramente el mismo que en los míos. Idelia está loca. Está llevando esto muy lejos.

Abbi me contempla, aún ida. No está bien y mando un mensaje a Dafna para que venga a por ella. La cojo en brazos y la llevo hasta la enfermería. Ella se refugia en mi pecho y la escucho llorar. Cada sollozo me rompe el alma, pero también me recuerda que está viva y que sus pulmones están bien. La acaricio mientras entramos en la enfermería y la enfermera, que duerme en un cuarto cerca, sale en pijama.

—Perdóname, Abbi. —Le acaricio la mejilla.

—Dorian...

—Perdóname, joder —le susurro al oído—, pero te amo demasiado para verte morir. —La beso en la frente—. Tal vez en otra vida podamos ser Eros y Psique —le susurro al oído. Sus ojos se llenan de lágrimas antes de que los párpados le pesen demasiado.

Verla de nuevo con los ojos cerrados me hace temblar. No puedo seguir con esto, he tocado fondo.

La enfermera me saca de este lugar y mando un mensaje a Dafna para que esté con ella. Yo tengo que tomar medidas, aunque eso nos separe para siempre. Aunque ella me odie.

Dafna llega agitada. Mientras espero fuera, veo cerca a Idelia y el resto.

—¿Qué has hecho? —mi amiga parece fuera de sí.

—Una novatada —dice Idelia—. Sigue viva, ¿no?

Ahora mismo me planteo seriamente si podría vivir con la muerte de alguien. Porque quiero matarlos a todos mientras veo cómo Dafna se cuela dentro para estar con su amiga.

—¿Acaso estás loca? —le digo a Idelia cuando estamos solos.

—¿Acaso crees que puedes follarte a alguien y que no haga nada? ¡Os vi juntos en el baile! ¡Te has enamo-

241

rado de una puta becada! Y eso tiene consecuencias y no voy a parar hasta destruirla porque tú eres mío.

—Veo que a ella le importa más tenerme que todo lo demás.

Y siento asco. Siento acoso, siento que ella me quiere como una posesión: su forma de mirarme es enfermiza.

—¿Y si hago que ella me odie, a cambio la dejáis en paz?

—¿Y crees que puedes lograrlo?

—Puedo. Pero tenemos que firmar un contrato que deje claro que ninguna de vuestras familias le pondrá un dedo encima. Tampoco la mía.

—¿De verdad sabes algo gordo de ella? —pregunta Idelia.

—Algo muy muy gordo y si os lo cuento, me odiará.

Asiente y el resto dicen que de acuerdo porque Idelia es la cabecilla del grupo. Vamos al despacho del director. Redacto el contrato con las manos temblorosas, sabiendo que Abbi no me perdonará. Pero prefiero que me odie a que la maten. Lo imprimo y les digo que lo lean.

Idelia lo firma la primera y el resto la siguen. Yo hago lo mismo.

—Y ahora dinos qué vas a hacer para que te odie —pregunta Idelia.

—Contaros de quién es nieta.

—Eso ya lo sabemos —apunta Hermes.

—Pero tiene dos abuelos: uno es el gran Hadrian y el otro... es Uriel Nelson.

Procesan la información e Idelia viene hacia mí hecha una furia.

—¡Nos la has jugado! ¡Ahora nos lo va a quitar todo!

—No si yo saco más nota que ella. Pero ya sin guarradas. Como le hagáis algo, me dejaré vencer y ella ganará.

Saben que los tengo en mis manos. Que dependen de mí para que Abbi no les quite todo. Salgo del despacho sabiendo que van a ir con el cuento a todos y que esto hará que Abbi me odie. Voy a la enfermería y me informan de que Abbi ha sido trasladada al hospital en ambulancia. Este lugar tiene ambulancias, por si llega el caso de que se necesiten.

Voy a la ciudad y busco a Dafna en la sala de espera. El hermano de Abbi está también aquí.

—Debí sacarla de allí —dice este, agobiado.

—Yo he tomado medidas..., pero Abbi no las va a entender.

—¿Qué has hecho, Dorian? —pregunta Dafna.

—Ya os enteraréis. —No insisten más, pero comparten una mirada cómplice. Otra puta mirada que me hace pensar que estos dos saben algo que yo ignoro.

Mira, que les jodan a todos. Solo me importa que Abbi esté bien. Miro el móvil y me sale en redes una frase de Mario Benedetti. Es lo malo de quedarte mirando algo, que luego no paran de salirte estas cosas.

La comparto en mis historias:

Hay amores que duran para siempre,
aunque no se besen, aunque no se toquen,
aunque no se vean.

Al poco salen a decirnos que Abbi está bien. Que le salvé la vida con lo que le hice. Lo aprendí de pequeño porque uno de los trabajadores de mi padre se cayó en la piscina sin saber nadar y lo salvó el jardinero. Yo le pedí que me enseñara. Nunca creí que eso, hoy, le salvaría la vida a la persona que más quiero.

—Se ha publicado algo en redes —me dice Dafna—. Intuyo que eso es lo que has hecho para salvarla y para condenarte.

—Aquí no se puede ver.

—No, pero no necesito leerlo para saber que ese aviso contiene el precio a pagar para que la dejen en paz.

—Me marcho.

—Dorian. Si le dices por qué lo has hecho...

—Ella me conoce mejor que nadie, sabrá que lo he hecho por egoísmo. Porque prefiero que me odie a vivir en este mundo sin ella. Ella quería que la apoyara y yo solo quería salvarla. Ya sabe que lo he hecho porque no quiero perderla, a pesar de todo...

Dafna va a decir algo, pero su cuñado le dice que no con la cabeza. A la mierda todos y sus putos secretos. Ya no puedo confiar en nadie.

Voy hasta mi coche escuchando el móvil sonar y a medio camino veo los coches de mi abuelo, que han salido a buscarme. A hacerme volver. Voy al despacho y mi abuelo está fuera de sí.

—Si la tocáis os juro que suspendo. Soy vuestra mejor baza y lo mejor es que a mí tampoco me toquéis los huevos o lo perderéis todo.

Mi abuelo va a decir algo, pero por una vez yo tengo la sartén por el mango. Solo me arrepiento de no haber hecho todo esto antes y haber llegado a ver a Abbi muerta entre mis brazos. Nunca olvidaré ese instante, ese momento en que sentí que la vida sin ella solo podría llamarse infierno.

Capítulo 42

ABBI

Estoy aturdida por lo que ha pasado. Intento afrontar el hecho de que estuve muerta. De que llegaron al límite de matarme. Mi madre vino en cuanto se enteró. Han dicho que me caí en la piscina de madrugada y me sacaron del agua. Dafna dice que han cercado esa área y puesto carteles de «prohibido pasar». A saber qué hay ahí para que nadie pueda pasar. La policía me ha preguntado por mi versión, pero no estoy lista para contar toda la verdad y destruirlos.

Dafna y mi hermano han estado cerca. Pero de Dorian no he sabido nada. Y me duele que en un momento así no haga nada por estar conmigo. Que no mande todo a la mierda por mí.

Tengo recuerdos fugaces de lo que pasó. Veo en mi mente a Dorian y escucho sus palabras en la lejanía:

—Tal vez en otra vida podamos ser Eros y Psique.

Pero no sé si lo soñé o fue real. Lo que sí fue real es

245

la historia que publicó. Le hice captura con el corazón encogido por no entender a qué venía eso.

Tras hacerme varias pruebas, hoy me dan el alta, después de varios días ingresada.

—Ten, te he comprado ropa. —Mi madre la deja en la silla—. ¿Vas a contarme la verdad? Porque sé que lo que has dicho es mentira y estoy harta de que todo el mundo me mienta.

—Está todo bien.

Ella miró para otro lado cuando me dejó con mi padre, que la había agredido. Decirle ahora nada es tontería. Y tal vez solo la haría sufrir y no quiero. Porque ya sufro yo por todos.

Cojo la ropa y entro al aseo a cambiarme. Al salir, oigo que mi madre le dice a alguien que se vaya. Cuando alzo la mirada veo a mi abuelo Uriel. Tiemblo. Tiemblo de miedo. Porque todo esto es por su culpa.

—¡Casi muere! Largo de aquí —grita mi madre.

—No está muerta, ¿no? Es hora de que vuelva a la universidad, pero ahora como la nieta del fundador.

—¿De qué hablas? —le digo temblando como una hoja.

—Dorian te ha vendido, ha contado quién eres. —Lo miro sin dar crédito a sus palabras—. Pero yo tenía un plan B. La prensa me ha pagado mucho dinero por contar mi historia. Por contar que, si tú apruebas, yo lo recupero todo. Vamos, nieta querida, tenemos a la prensa en la puerta. Te he comprado toda la ropa que ahora necesitas como una de los dioses.

Mi madre lo mira enfurecida y va a decir algo, pero mi abuelo alza la mano.

—No olvides que me la vendiste de niña. Ella ha sido criada por mí. —Mi madre aparta la mirada.

—¿Por qué dejas que te hable así? —digo. Mi madre calla y mi abuelo se ríe.

—No se lo has contado todo, ¿verdad? —Mi abuelo se sigue riendo como el desgraciado que es—. Les di mucho dinero por ti; a cambio no denunciaba a tu abuelo por la paliza que le dio a tu padre y te permitía volver con ellos. Tu madre tenía problemas de drogas... y eso metió a tu abuelo en pérdidas. Ella dice que tu padre trató de violarla..., pero como estaba drogada hasta las cejas nadie la creyó. Solo a mí... porque yo sé qué hilos mover.

—¿Mamá?

Mi madre llora en silencio, avergonzada, y toda la historia cobra un sentido diferente.

—El abuelo Hadrian asumió toda la culpa porque no quería que me miraras diferente. Te quiero, hija, pero cuando te tuve no estaba pasando por mi mejor momento y el dinero para drogas me atraía más que ser madre. Y entonces tu padre quiso tener más hijos y yo no quise. Se puso como una fiera y tu abuelo, al verlo, le dio una paliza. Acabó en el calabozo. Retiraron la denuncia a cambio de darnos dinero para salvar todas las deudas y de que le diéramos tu tutela a tu abuelo Uriel para que tú pudieras estudiar lejos de todo eso..., lejos de mí. Firmé y el abuelo Hadrian convenció a Uriel de que pudieras vernos de vez en cuando.

Llora sin consuelo mientras mi abuelo disfruta de esto. Le doy una bofetada, que no se esperaba.

—Eres un monstruo. Al menos ella estaba enferma, era adicta, pero tú... tú solo eres un monstruo. Ahora saldré. —Duda, pero me deja sola con mi madre—. Mamá..., ¿me quieres? —Me mira y asiente.

—Te quiero mucho, hija, pero no estaba bien, no

247

estaba bien... No sabía lo que hacía, era muy joven cuando tu padre se acercó a mí, era débil y el blanco perfecto para alguien que quería un hijo con una super-dotada para conseguir un premio mayor, y cuando lo supe ya era tarde. El abuelo no fue quien te dejó ir, él quería ocultarte, pero yo... yo firmé. Él habría cambiado todo su mundo por no perderte. Dejarte ir le destrozó y eso hizo que invirtiera todo su esfuerzo en traerme a mí de vuelta.

—Creía que el abuelo prefería la fama a mí.

—Tu abuelo te quiere con locura, y a mí también. Por mí calló y te contó esa versión. Vino a verte por-que necesitaba comprobar que estabas bien, pero te dejó ir porque le oprimía en el pecho no poder decir-te la verdad. Sabe que ahora mismo no lo quieres ver, por eso he venido yo sola. Él te conoce mejor que nadie.

Saco las lágrimas de dentro y la abrazo porque la quiero. Porque ella estaba enferma. Y no era capaz de ver más allá de eso. Pero me ha demostrado en todos estos años lo mucho que me quiere.

—Por eso yo no estudié más. No fue por culpa del abuelo, fue por tontear con las drogas demasiado joven, nadie me enseñó a ser fuerte para decir que no.

Parece tan pequeña entre mis brazos que ahora mis-mo no sé quién consuela a quién. En la vida solo hay una verdad, pero un sinfín de versiones de esta. Lo bueno es que la verdad siempre sale a la luz.

—Voy a estar bien y cuando acabe el curso iré a es-tudiar a otro sitio y podremos vernos más.

Asiente y vamos a reunirnos con mi abuelo para salir juntos. La prensa me hace fotos de camino al coche de Uriel. Escribo a mi abuelo Hadrian y le digo que lo sé todo y que lo quiero. Al poco me escribe y me dice que espera verme pronto y que me quiere.

Esto me lleva a pensar en Dorian, en su truco de magia, cuando me dijo que no dejara de creer. Pero por su culpa estoy en este lío. Por su culpa ahora todos saben quién soy y tal vez eso me mate de verdad.

Aunque algo me dice que no, que Dorian ha hecho esto para protegerme aun en contra de mis decisiones. Ha ido contra mí y contra mis deseos y eso hace que lo odie por dejarme al margen de algo que era decisión de los dos.

Ahora mismo estoy muy dolida, pero en el fondo sé que yo haría lo mismo. El problema es que tengo miedo. Me aterra de lo que es capaz Idelia si acorta la distancia con Dorian. Veo mis manos temblar. Estoy muy asustada.

—Vamos, la prensa nos espera.

Los periodistas se acercan a la verja de entrada. No los dejan entrar, pero mi abuelo sale del coche y tira de mí para que vayamos a responder preguntas. Veo a lo lejos a varios estudiantes mirando todo curiosos, y en las escaleras, a Dorian y el resto de los dioses de esta generación.

Noto alivio en la mirada de Dorian al verme. Sé que hizo todo esto para salvarme, pero no debió tomar una decisión así por mí. Tal vez yo no quería que la gente supiera que tenía algo que ver con Uriel, tal vez yo no quería que cuando este cayera eso salpicase a mi familia. No lo hablamos, no me dio la oportunidad de negarme. No me dio opción, me ha vendido y eso hace que no pueda confiar en él ahora mismo.

—¿Es cierto que les cedió su fortuna solo a cambio de poder recuperarla si alguien de su familia sacaba la mejor nota de su promoción?

—Sí, claro, éramos jóvenes. Estábamos aburridos —dice mi abuelo mirando la mansión y veo cómo se queda callado y luego se lleva la mano a la cabeza. Los recuerdos le hacen daño, lo veo en sus ojos. Aparta la mirada y se centra en la prensa— y, bueno, yo quería jugar. —Mi abuelo mira el sauce llorón y su piel se vuelve mortecina—. Yo quería jugar... —Se toca la cabeza aturdido—. Perdonen, hace poco tuve un infarto y aún me estoy recuperando. —Los periodistas asienten—. Tengo mucho más dinero que todos ellos juntos, pero ahora toca ver si recupero lo que perdí para que se fundara esta gran universidad tan prestigiosa. Aunque no dudo que luego lo donaré de nuevo a la causa. —Mi abuelo se ríe y los de la prensa lo adoran.

Le hacen preguntas y mi abuelo va de nuevo hasta el coche. Me hace entrar con él.

—No puedo ir contigo. No hasta el final. —Cierra los ojos y toma aire—. Gana y devuélveme lo que es mío.

—A cambio de mi vida.

—Me da igual..., solo quiero mi dinero.

—¿Y la verdad? Porque tal vez entrar y estar ahí te haga saber qué pasó para que les dieras todo.

—Tiempo al tiempo..., no antes de que recupere lo que me pertenece —lo susurra y sé que está mal. Y siento que cree que la verdad puede matarlo, por eso no quiere arriesgarse—. Volveré el día que den las notas. No me falles, no olvides que eres una Nelson, compórtate como tal.

—Para eso debería no tener corazón. —Salgo del coche y doy un portazo.

Entro al internado, ahora como la nieta del fundador. Como la nieta de Uriel Nelson. La gente me mira diferente, ya no soy una becada. Soy una de los cinco dioses. Soy una de ellos. Alzo la mirada y veo a Idelia mirarme con el odio velado en su mirada. Entonces coge a Dorian y lo besa, y él no se aparta. No la repudia. No se aleja. Como si a cambio de mi vida él hubiera entregado la suya.

Qué has hecho, Dorian...

Dafna viene hacia mí y los dejo con este *show* para irme a mi cuarto. Pero mi amiga me lleva a la planta de los ricos y de los dioses, y abre una puerta enfrente de la de Dorian.

—¿Qué haces?

—Ahora tú duermes aquí porque eres la nieta del fundador y la prensa quiere ver tu cuarto, están esperando que les mande un vídeo.

Mi abuelo me llama.

—Te han dado un buen cuarto, ¿verdad?

—Sí, en su planta.

—Tienes ropa cara y uniformes en el armario. Ahora lucirás como ellos. Alza la cabeza y disfruta del placer de haber ascendido.

—Como si eso me importara.

—Tal vez eso no. Pero sé que te traías un lío con Dorian Wilson... y antes te mato que dejar que mi sangre se mezcle con la de ellos.

—Si sigo en este lugar dudo que salga con vida, lo mismo me matan antes de que acabe los exámenes.

—Yo voy a estar por la ciudad y te he puesto un guardaespaldas para evitar que se te acerquen y te vuelvas a caer a la piscina.

—¿Y lo han permitido?

—Tengo a la prensa pagada, están a mi favor, no les interesa tenerme de malas.

—¿Y por qué no hiciste todo esto antes?

—Porque en todos estos años has sido la única que puede hacerles frente. Por ti he sacado mi plan B.

—Pero solo porque me han delatado, no porque casi me matan.

—Es por las dos cosas, porque si mueres yo no recuperaré nada.

Cuelga y me siento en la cama muy nerviosa. Al poco llega Dafna y no dice nada, solo se queda conmigo y, aunque lo agradezco, ahora mismo solo pienso en Dorian y en que todo esto es su culpa.

Mi abuelo Uriel ahora tiene más poder sobre mí que nunca.

Capítulo 43

DORIAN

Idelia no me deja solo ni un instante. Han quitado la escalera de mi balcón y mi abuelo me ha puesto vigilancia veinticuatro horas alegando que solo el que consumiera drogas explica cómo pude salir con la becada y después obligarlos a firmar eso. El contrato firmado lo mandé a un abogado y no saben a cuál, para que no puedan sobornarlo.

Es agotador tener a alguien todo el rato cerca de mí. Me van a volver loco.

Salgo de mi cuarto para ir a clase seguido del hombre que incluso duerme en mi habitación y lo hago al mismo tiempo que Abbi. Va vestida con el uniforme reservado para nosotros, con ribetes en oro, porque ahora es una de los nuestros. Nos miramos a los ojos y veo dolor en los suyos, mucho dolor y añoranza. Necesito hablar con ella, explicarme, que me entienda... Hay tantas cosas que quiero explicarle. Tanto que quiero que entienda... Pero ella, ahora, no está mucho

253

mejor que yo. Su abuelo Uriel, al que odia, controla aún más su vida. Todo se ha salido de madre. No esperaba esto. Tampoco lo pensé. Me aterraba verla muerta. No le di la opción de elegir y sé que ella me detesta por eso. Y, como no puedo acercarme a ella, tampoco puedo decirle que prefería su odio a un mundo sin ella.

Tiran de mí hacia un lado y de ella hacia otro.

Ya no tengo el poder de elegir adónde voy o qué hago; mi abuelo dice que es porque le preocupa que me pase lo mismo que a mi padre. Y yo me pregunto si mi padre no se dejó llevar porque le era imposible vivir siendo hijo de alguien como Benicio Wilson.

No puedo hablar con ella y paso los días con una ansiedad enorme. Por eso le dejo textos en redes que, como no los he escrito yo, la gente no entiende que los uso para poder expresar mis sentimientos sin que parezca que son míos.

Te quiero tanto que aprendí a amarte desde lejos, mientras mis manos ansían tocarte.

MARIO BENEDETTI

No sube nada los siguientes días en sus redes. Pero un día subo algo que sí es mío. Una imagen de Eros y Psique a la que añado:

Tal vez en otra vida.

Y entonces ella sube:

254

Eres un eco que no se apaga en mi mente, un pensamiento que insiste en vivir incluso cuando intento olvidarte.

MARIO BENEDETTI

Lo leo varias veces y cuando al cabo de unos días vuelve a subir algo, es una imagen del beso de Eros a Psique para hacerla despertar de la muerte y pone debajo:

Tal vez en otra vida.

¡No quiero otra puta vida para tenerla!

Entro al aseo agitado y nervioso y, cuando salgo, examinan todo para ver si me meto algo. Ha pasado un mes desde que todo ocurrió. El abuelo de Abbi se fue, pero ella continúa con guardaespaldas que la siguen a todas partes. Come sola, cena sola, no dejan ni que Dafna se le acerque. Y, cuando me mira, sus grandes ojos marrones parecen dos pozos sin vida. Se está hundiendo y no puedo hacer nada para salvarla. Y todo es mi culpa.

Por eso una noche, cansado de esta mierda, espero a que se duerma mi guardaespaldas y salgo de mi cuarto. El de Abbi está medio dormido en un sillón, cerca. Voy hasta su puerta y toco con los nudillos. Espero que abra antes de que nos pillen. Y sí, la puerta se abre, pero eso despierta a su guardaespaldas y solo tengo unos segundos porque también oigo los pasos del mío.

—Te quiero, Abbi. Y no quiero otra vida, quiero que sea en esta. Perdóname. Por favor, perdóname.

—Tiran de mí y de Abbi para alejarnos. Y entonces entreabre su pijama y veo mi collar.

Seguimos en esto juntos. Entro al cuarto sintiéndome más vivo que nunca.

Ella me conoce y, a pesar de todo, sabe que solo hice esto porque es lo único bueno que tengo y porque mi miedo a perderla me hizo protegerla.

Tiemblo de miedo, de felicidad, y, tras unas semanas horribles, pienso cómo darle la vuelta a todo esto. Solo tenemos una oportunidad de ser felices.

Que nuestros abuelos caigan juntos.

Capítulo 44

ABBI

Estoy muy agobiada y eso hace que no pare de estudiar y de leer. No puedo hacer nada sin el permiso de mi abuelo Uriel. No puedo hablar con nadie. Y, aunque al principio odié a Dorian, poco a poco lo he ido entendiendo. Me vio muerta..., creyó que me perdía y soy la única persona en el mundo que lo quiere. Se aterró. No lo hizo de forma egoísta, lo hizo perdido, asustado. Como aquel niño que lloraba cuando su padre lo golpeaba o cuando se fue su madre. Dorian estaba aterrado ante la idea de que me mataran y lo cierto es que tal vez lo habrían acabado haciendo.

Verlo en la distancia es horrible, ver cómo Idelia lo besa o lo acaricia me mata. Por suerte, solo los vi besarse una vez. Cuando apareció ante mi puerta desesperado, fuera de sí, entendí que volver a ponerme su collar había sido mi mejor decisión.

Van a empezar los exámenes y todos los focos están puestos en Dorian y en mí. La prensa se lo ha tomado como la historia del año y los nervios se perciben en los pasillos.

Por eso sé que tengo que hacer algo para verlo antes de que acaben los exámenes y se lo lleven lejos. Su abuelo se pasea por aquí y me mira como si quisiera destruirme.

Bajo con mi escolta por las escaleras y sé que Dorian irá detrás, por otra. Siempre nos bajan por escaleras separadas. Miro la alarma de incendios. Y, sin pensarlo mucho, la acciono y los antifuego de la escalera se encienden y se desata el caos. Varios estudiantes salen corriendo, asustados por la sirena, y yo también corro, perdiendo al de seguridad, hacia donde bajan a Dorian. Noto cómo el uniforme se me pega a la piel mientras lo busco entre el caos. Alguien tira de mí y lo veo. Con el pelo rubio mojado y la ropa empapada.

Tira de mí hasta una puerta secreta y entramos juntos.

—Pensé que algo así solo podía ser obra de Idelia, pero la vi gritar asqueada porque se le había corrido el maquillaje y supe que era cosa tuya.

—Al final he aprendido a hacer novatadas. Aunque habría preferido ver a Idelia llena de mierda que de agua.

Andamos por la escalera hasta el antiguo invernadero al que me trajo hace meses. Parece que ha pasado toda una vida desde aquello. Nos miramos agitados y jadeantes. No decimos nada, solo nos observamos perdidos en nuestra propia burbuja. Sintiendo al fin al otro cerca y no a pocos metros que parecen océanos de distancia.

—Lo siento. —Me acaricia la mejilla y me aparta el pelo mojado de la cara—. Solo quería...

—Salvarme. Me enfadé, pero sé que yo en tu lugar habría hecho lo mismo.

Apoya su frente en la mía, aliviado.

—No sabes lo que fue para mí ese día, aún tengo pesadillas que evocan ese momento. Te creí muerta..., nunca he vivido nada tan aterrador.

El dolor en sus ojos me mata. Y veo el tormento que ha pasado. Lo abrazo, lo abrazo con fuerza y él a mí. Lloro entre sus brazos y él tiembla sin miedo a que vea su vulnerabilidad.

—Estamos en esto juntos —dice y me besa, me besa lentamente como si tuviera todo el tiempo del mundo.

Lo hace hasta que oímos voces y sabemos que nos han encontrado. Corre conmigo hasta una pared y me dice que siga todo recto. Me marcho agitada y nerviosa. Y sabiendo que voy a contar los días hasta que todo acabe.

Ahora voy por la universidad con dos guardaespaldas. Cada vez lo tengo más difícil para escapar. No me dicen nada mientras no vaya tras Dorian. Debería estar estudiando, pero estoy llenando cubos de barro. Varios estudiantes me ven, pero me ignoran porque paso de ellos. Algunos becados trataron de hacerme la pelota. Entre ellos, Marvin y Mina. Ahora soy una de los dioses y querían mi protección, pero los ignoré.

Llevo los cubos a mi cuarto. Uno a uno. Con paciencia. Notando el uniforme manchado. Lo hago y espero. Y, cuando todos están cenando, pongo en marcha mi plan. En último lugar voy hasta el cuarto de Idelia y tiro uno a uno los cubos dentro de su armario. Por su cama y en todo su cuarto.

Observo mi obra de arte y me siento en una silla limpia a esperar.

Idelia entra, enciende la luz y grita de puro terror. Hermes y Edey se acercan a ver qué pasa y se ríen.

—¡Eres una zorra!

—Muy zorra. Y, como nieta de Uriel Nelson, he pedido que nadie te ayude a limpiar... De nada. Al fin sabrás de primera mano lo que es vivir una novatada.

Salgo de aquí y espero a que Hermes y Edey vayan a sus cuartos. Entran y ven que no hay nada. He tirado todo por la ventana, menos los ordenadores.

—¿Dónde está mi ordenador? —exclama Hermes. La puerta de Dorian se abre y me mira. No le dejan acercarse sus guardaespaldas, pero veo admiración en sus ojos.

—Los he escondido. Porque me daba en la nariz que necesitaban una limpieza.

Vienen hacia mí, pero me pongo detrás de los pedazo armarios que tengo como guardaespaldas y esto los contiene.

—¡Zorra! —Están fuera de sí.

—Están bajo el grifo de la ducha. De nada.

Por supuesto, saqué la información antes de hacerlo. Ser la nieta de un escapista tiene sus ventajas y saber que ahora no pueden tocarme, más. Al ir a mi cuarto, Dorian me guiña un ojo. Sonrío y pienso en la próxima vez que podamos estar juntos.

Lo peor es estar sola por la noche, cuando las pesadillas me asfixian y la ansiedad me mata. Pensé que vengarme me devolvería algo de paz, pero no es así. Solo me ha aliviado un poco; tal vez cuando los destruya pueda dejar de temblar.

Capítulo 45

ABBI

Llego a la clase del primer examen y al entrar mi mirada se cruza con la de Dorian; se lo ve más tranquilo, pero sus ojos parecen aún tormentas. Por su media sonrisa sé que me está diciendo que gane el mejor.

Quiero que acabe esta pesadilla y, aunque puedo sacar un diez, no lo hago. Contesto de forma que no me quede un examen perfecto. Siento que, si mi abuelo pierde los papeles, sabremos la verdad y más cuando venga a este lugar, cuando se reencuentre con su pasado. Me estoy dejando guiar por mi instinto. Pero hago lo mismo en todos y cada uno de los exámenes sabiendo que Dorian dará el máximo porque siento que él cree que así me protege. Al fin y al cabo, esto es entre él y yo.

El último examen lo hago perfecto para darme el gusto de saber quién habría ganado de los dos. Para dar las notas van a hacer una fiesta que aportará dinero a la causa. Y a la que van a venir todos los primeros miembros. Mi abuelo ha dicho que, en caso de ganar, cederá todo a la universidad, dejando claro que no hace esto por dinero, solo por recuperar lo que perdió, pero previamente ellos tienen que ingresarle su parte y luego ese dinero irá a parar a la universidad.

Y, por supuesto, mi abuelo vendrá. Al fin, tras tantos años, regresará a pesar de que estar aquí le hace daño.

La ceremonia tendrá lugar al aire libre, cerca del sauce llorón. Ando hasta allí. El aire se respira denso. Veo a Dafna con sus amigos. Parece tensa y habla en susurros. Al verme sonríe, pero es como si no fuera ella.

Luego le dicen algo, como que todo está listo, y se marcha. ¿Qué está pasando?

Mi abuelo se acerca. Mira todo como ido. Se lleva las manos a la cabeza. Y una periodista a la que han dejado entrar le pregunta si está bien y él asiente. Cerca están los que fueron sus amigos y se miran retadores. Los cinco amigos de nuevo juntos.

Uriel se sienta y mira el sauce y luego la casa. De nuevo parece dolerle mucho la cabeza. Centra su mirada en mí. Y, aunque no dice nada, lo veo claro: «No me falles».

Lo ignoro, pero siento que estamos cerca de la verdad. Que se está tirando del hilo de sus recuerdos.

Ando hasta el sauce.

Dorian ya está junto a él. Me acerco y quedamos a pocos metros. Nuestras miradas se cruzan un instante mientras el notario abre el sobre de las notas. Espero que digan el nombre de Dorian, pero todo se paraliza cuando dicen:

—Abbi Nelson. —Dorian me mira con una media sonrisa, lo ha hecho aposta—. Y Dorian Wilson. Hay un empate.

Se hace el silencio y nadie sabe qué hacer en este caso. Dorian y yo nos miramos sabiendo que, a pesar de todo, pensamos lo mismo: él quería perder y yo también.

—¿Qué se hará ahora? —dice la prensa.

Mi abuelo habla tranquilo:

—Creo que lo mejor es no dejar a esta universidad sin dinero. Lo suyo sería que, como hay un empate claro, se la jueguen el curso siguiente.

Miro a Dorian y ambos sabemos que no podremos soportar otro curso en estas condiciones.

—Me parece bien —responde el abuelo de Dorian—. Es lo justo.

Se me nubla la vista, esto no debía pasar así. Yo quería que mi abuelo recordara al venir, perder y ser libre, y ahora estoy condenada a un curso más.

No puedo respirar.

Me estoy ahogando.

—Abbi, respira. —Dorian se acerca y me coge la mano sin que le importe nadie más.

Como no reacciono, me coge la cara entre sus manos y me obliga a mirarlo.

—Dorian..., no...

Su abuelo lo llama. Como está la prensa, no puede hacerlo de otra forma.

—Te elijo a ti, a ti siempre. Me da igual lo que me hagan, pero se ve que mi meta en la vida es no dejar que te pierdas en tus propios infiernos.

Entonces me besa y se oye el asombro de la gente mientras mi Eros me elige a mí por encima de todo y de todos.

Al final la vida son elecciones, te toca elegir bando, aunque esto te condene. Le devuelvo el beso y noto cómo poco a poco entro de nuevo en calor.

Idelia grita fuera de sí y se hace la ofendida. Apartan a Dorian de mí. ¿Qué narices va a pasarnos ahora?

Los veo irse, rojos de ira, y les dicen que hay que ir a una zona especial. Eso lo dice Dafna. ¿Qué narices está tramando? Voy hasta mi abuelo, que mira la casa fuera de sí.

—Vicent —susurra y Dafna agranda los ojos.

Mi abuelo está recordando cosas, como yo imaginaba; tal vez no haya que esperar un curso, tal vez hoy se sepa la verdad y acabe esta pesadilla. Dafna me mira, saca el móvil para hablar con alguien y leo en sus labios: «Pon el plan en marcha, los tenemos a todos donde queríamos».

¿Qué plan?

Capítulo 46

Abbi

Tiran de mí y de mi abuelo hasta un salón de la casa. Dafna me dice que luego me lo explicará todo y se marcha. Entro al salón confundida. No me gusta un pelo esto. Ahora mismo no me fío nada de Dafna.

Ahí vemos que nos han traído a una zona de la mansión que no está reformada. Estamos solo los miembros de las cinco familias y este lugar da miedo. Hay ventanas y muebles rotos. Parece como si hubiéramos viajado en el tiempo. Idelia no deja de gritar a su padre que le haga algo a Dorian por humillarla. Dorian la mira cansado hasta que me ve llegar. Luego, las luces se apagan.

Es una trampa.

Algo no va bien.

—¿Quién narices ha hecho esto? —El abuelo de Dorian pierde los nervios. Y más cuando entra alguien con la cabeza gacha y la ropa rasgada apenas iluminado por una luz proyectada tras él.

—Vicent —dice mi abuelo, pálido—. ¿No estaba muerto? —Uriel parece ido. Fuera de sí.

—¿Qué mierda está pasando? —pregunta Idelia asustada.

—No tengo ni idea —responde Hermes—. Pero, como sea otra putada de Abbi, espero que no me joda el móvil, que es nuevo. —Joder, las neuronas no le dan para más.

Busco a Dorian y lo veo lejos, tratando de llegar hasta mí, pero el guardaespaldas no le deja moverse mientras asistimos a este teatro. A esta obra macabra que quieren que veamos las cinco familias.

La cosa no mejora cuando Dafna y mi hermano entran y van hasta mi abuelo. Mientras, este solo mira a Vicent.

—Este lugar de la casa no se reformó —apunta mi hermano Kiefer—. Porque os traía recuerdos. ¿Verdad, Uriel? Tu mente está despertando. Abbi le dijo a Dafna que tenías miedo a volver y que los recuerdos te mataran. Pues ya estás aquí. ¿Qué puedes perder? Tú sabes qué pasó con Vicent y eso los puede hundir más que quitarles su dinero. Es hora de que hagas justicia o caigas con todos. Tú eliges.

Mi abuelo mira al que hace de Vicent; lleva ropas antiguas. Se parece a Dafna, pero mucho más joven.

—Yo lo quería..., lo quería mucho... —Mi abuelo cierra los ojos con fuerza, preso del dolor de recordar, y cuando los abre mira al joven—. No supe amarte porque no soy capaz de amar a nadie más que a mí mismo..., pero tú no merecías lo que pasó.

El abuelo de Dorian trata de escapar, pero aparecen hombres armados, que le cierran el paso. Oigo el crujir de una nariz rota y cuando miro en la dirección de donde procede veo a Dorian tocándose el puño mientras viene hacia mí tras golpear a su guardaespaldas. Me tiende la mano entre los gritos de Idelia, las risas como de ultratumba y el crujir de unos huesos. Cuando miro la escena, el supuesto Vicent yace en el suelo y de su cabeza sale mucha sangre.

Me quedo paralizada y miro a Dorian, aterrada con esta morbosa actuación. Acerco mi mano a la suya al cabo de tantos días y la coge con fuerza mientras vemos este teatro que no esperábamos.

—Esa noche, en este lugar, murió alguien... y toda la culpa cayó sobre Uriel Nelson —dice Dafna. Se rompe un cristal.

Lo que hace que Uriel se pierda más en sus recuerdos. Todo esto es para que él recuerde. Para que cuente la verdad.

—¡Yo no lo maté! ¡Yo no lo maté! —Mi abuelo parece fuera de sí, como si le hubieran dado algo.

No me gusta verlo así, a pesar de todo. Trato de ir hacia él, pero alguien nos lo impide y al mirar su cara veo que se trata de Robin, el becado... o no. Joder. Esto cada vez tiene menos sentido.

—Hay que hacerlo por el bien de todos —me dice.

Me acerco más a Dorian y nos alejamos hasta una esquina. Me acerca a su cuerpo y es como volver a casa.

—Nunca me fie del todo de Dafna y ahora entiendo por qué —me susurra.

—Yo tampoco.

—¡Yo no quería que muriera! —dice mi abuelo, que va hasta el que cree era su amigo—. Yo lo quería..., era mi mejor amigo..., pero él —señala a Benicio Wilson— le obligaba a hacer cosas horribles. Y me peleé con él. —Mi abuelo se golpea la cabeza como si quisiera sacarlo todo. Entonces el supuesto Vicent se le acerca con la sangre falsa corriendo por su cuerpo.

Dafna mira todo feliz, como si al fin se hiciera justicia.

Estamos a punto de saber la verdad.

—Le obligan a hacer cosas así..., yo también —admite mi abuelo—. Porque no quería enfrentarme a mis amigos y que supieran que estaba enamorado de Vicent.

Madre mía, esto no lo esperaba.

—Ahora lo recuerdo. —Mi abuelo se agita nervioso—. Me hicieron creer que yo lo maté... ¡Pero yo nunca lo haría! ¡¡Ellos lo mataron!! —Señala al abuelo de Hermes y al de Edey.

—Os interesa contar la verdad. —Dafna enseña su placa de policía y mi hermano lo mismo.

Aprieto la mano de Dorian. Joder, hemos vivido engañados todo este tiempo y les dimos las pistas para saber qué hacer para arrancarle una confesión a mi abuelo. Y traerlos a todos aquí. Dafna lo tenía todo preparado para hacer justicia. Y, seguramente, el joven que hace de Vicent sea un primo suyo que se le parece mucho. Todo un plan perfecto. Miro a los policías y son todos becados de cuarto... o yo creía que lo eran. Se colaron para poder descubrir todos y cada uno de los fantasmas de este sitio.

Si lo hubiera sabido... tal vez las cosas no se habrían desarrollado así, pero eso no cambia que me siento traicionada por mi hermano y mi amiga.

—¡Has dicho que tú le obligabas a hacer cosas para que no supiéramos que te gustaba! —grita el abuelo de Dorian, sabiendo que ya solo le queda guardarse las espaldas—. ¡Él solo te hacía caso a ti! Por eso esa noche, cuando le dijiste que se subiera a la cornisa del balcón, lo hizo. Porque creía que así lo aceptaríamos. ¡Esa noche tú le pediste eso porque yo te pillé con él! —Mi abuelo se lleva la mano a la cabeza—. Y elegiste burlarte de él.

—No, yo no... Cayó. Había sangre. Mucha sangre y era mi culpa.

Benicio se acerca a mi abuelo.

—Y, a cambio de que nadie contara nada —mira a los otros tres—, ellos te obligaron a firmar eso. Y a mí me obligaron a pagarles porque en ese balcón, con él, solo estábamos tú y yo y podíamos haber sido cualquiera de los dos. Yo no quería un escándalo en la familia. Pero yo no lo hice. Fue él.

El abuelo de Dorian se toca la boca al darse cuenta de todo lo que está confesando.

—Pero mi antepasado no murió por una caída, sino de una pedrada en la cabeza. Un golpe posterior a su caída. —Dafna mira a los otros tres que no estaban en el balcón—. Y, dado que sois los que más ganasteis con esto, uno de los tres fue quien lo hizo.

El señor Scott y el señor Harris señalan al señor Adams.

—Dijimos hasta el final —dice este.

—No pienso comerme la muerte de nadie —responde el señor Harris, dejando claro que solo le importa él mismo.

—Esa muerte ya ha prescrito —añade el señor Adams—. Sí, lo hice yo. ¿Y qué? Ya han pasado muchos años, no podéis meterme en la cárcel por ello.

—Creo que lo mejor es que lo dejemos aquí —dice el abuelo de Dorian—. Nosotros no lo matamos. Y sí, tras esto me vi obligado a ceder mi mansión y Uriel, a ceder todo su dinero, pero ¿para qué remover la mierda?

—¿Para qué remover la mierda? —dice Dafna—. Hace años acusaste a tu nieto de coger un coche borracho y provocar un accidente. —Dorian se tensa a mi lado—. En ese coche iba Dorian, pero dormido al lado de mi hermana. En el vídeo se ve cómo Dorian sale del asiento trasero del coche y coge a mi hermana para ayudarla. Y también se ve, en el asiento de delante, la puerta abierta y un bolso de marca. Vaya, como los que usa Idelia, que luego lo grabó todo asustada, seguramente para mandárselo a su padre y que arreglara el desastre. Pero este, en vez de ayudar, le entregó las pruebas al director Benicio Wilson y, como sé lo retorcidos que sois, a cambio de que los Harris no contaran la verdad de esa noche exigió que le dieras el cargo de rector y que años más tarde Idelia se casara con Dorian. ¿Verdad?

Todo encaja como un puzle. Dorian se pone tenso a mi lado.

—Y usaste ese vídeo para presionarme y que no escapara —le dice Dorian a su abuelo—. Me metiste el miedo en el cuerpo para que creyera que era como mi padre y así manejarme. ¡Eres un monstruo!

—Exacto, así te tenía controlado —tercia Dafna—. Y además sacabas buenas notas, lo que era muy útil por si aparecía un descendiente de Uriel y, por lo que sabía Idelia, te querían casar con ella. Para que todos ganaran, menos tú, claro.

Dorian respira de forma agitada. Lo miro y parece fuera de sí.

—¿Cómo pudiste hacerme eso? —le dice a su abuelo—. Pero para qué pregunto, eres un ser horrible.

—Lo es, sí, él fue quien metió a tu padre en las drogas cuando este quiso fugarse con tu madre. Tu madre era una becada. —Miramos a Dafna—. Y por eso establecieron esas normas. Para que nadie lo repitiera y, como tu madre se quedó embarazada, se casaron, pero, a cambio de no matarla, sí, de no matarla, le permitió irse y mandarte una postal al mes con un «te quiero» para que no la olvidaras.

—¡Eso es mentira! —grita el abuelo de Dorian.

—¿También es mentira lo de los jóvenes que han desaparecido tras estudiar aquí? Uno era compañero de mi clase —le dice mi hermano—. Nadie volvió a saber de él y todos sus datos desaparecieron de los archivos de la universidad, como si nunca hubiera estudiado aquí. Por eso querías un sistema tan cerrado. Para controlar, pero tu nieto nos dio acceso a todo.

Dorian mira a mi hermano como si quisiera arrancarle la cabeza.

La puerta se abre y aparece una mujer rubia y preciosa como Dorian. Este se queda pálido.

—No es mentira y lo sabes —dice la mujer—. Y esta noche la verdad saldrá a la luz y al fin caerán los simples mortales que jugaron a ser dioses.

Capítulo 47

DORIAN

Observo a mi madre y no sé qué pensar. Mi abuelo está rojo de ira y va contra mi madre, pero Kiefer le pone una pistola en la nuca y le dice que se detenga. Mi madre me mira y veo dolor en sus ojos. Me separo de Abbi agitado, nervioso y sin saber cómo tomarme todo esto.

Mi abuelo mira a mi madre.

—Llevo años trabajando con la policía para conseguir esto —dice Kiefer—, una confesión, pero para obtenerla teníamos que hacer que Uriel saliera de su escondite y os hiciera perder los nervios a todos porque él sabía la verdad, estaba en su mente. Abbi nos dijo que venir le hacía daño, pero que vendría si veía cerca el triunfo.

Mi madre me mira con tristeza.

—Os han usado, chicos..., yo no quería intervenir en esa parte, pero ellos insistieron en que vuestra historia de amor forzaría las cosas y haría que Uriel se implicara más si veía que su plan maestro se ponía en riesgo.

Miro a Abbi, que mira a su hermano. Este aparta la mirada y Dafna también.

—¿Nos puede decir alguien qué pasa aquí? —Voy hacia ellos.

—Pasa que este lugar estaba apestado, pero el dinero hacía imposible que se supiera la verdad y era casi impenetrable —añade Dafna—. Lo siento, Abbi, Dorian, pero tras lo que le pasó a mi hermana quise llegar hasta el final. Y mi cuñado también. Soy una policía infiltrada y cuando Dorian nos entregó el ordenador pudimos infiltrar a más gente. —Mira a los que yo creía que eran becados. Nunca los había visto, pero tampoco miraba mucho a la gente antes de Abbi, por eso no le di importancia.

Recuerdo lo del bosque, cómo encontró a Abbi, y todo cobra sentido. Ella está entrenada para esto.

—Costó entrar aquí, pero lo logré. Kiefer sabía quién era su hermana y por eso me acerqué a ella sabiendo que podría serme de ayuda.

—¡Casi me matan!

—Han matado a gente antes. No solo a mi tío abuelo. —Dafna nos mira fría—. Hicieron lo de las putadas, no para que los descendientes de Uriel no ganaran, sino porque disfrutaban del dolor de otros y pasaron eso a sus descendientes. Por eso nunca movían un dedo. Lo que hacíais era su legado. ¡Su legado de ricos aburridos que jugaban a ser dioses y huir de la justicia a golpe de dinero!

—Para ellos siempre fuimos peones —dice mi madre.

Me mira y sé que quiere que la crea. Que vea la verdad en sus ojos. Aparto la mirada porque ahora mismo todo esto me supera.

—Por eso tú seguiste con eso —añade Abbi mirando a su abuelo—. Porque tú también querías jugar a ser un dios. Como hace años. Llevarnos a todos al límite era algo placentero para ti.

Nelson no lo niega, dejando claro que es cierto. Que joder a sus descendientes le daba placer.

—Hice de ti una mujer de provecho...

—¡Me has jodido la vida! ¡Estoy hecha una mierda! Esto me va a dejar secuelas. —Abbi va hacia él, pero la detienen.

—Este lugar apesta y con esto conseguiremos una orden para registrarlo de arriba abajo —dice Dafna—. Y que se haga justicia. Y si alguien mató a alguien..., lo pagará caro. —Idelia se pone pálida y me da que va a pasar mucho tiempo en la cárcel.

Entonces ocurre algo que no espero. Hermes le roba la pistola a mi guardaespaldas y nos apunta a todos con ella.

—No pienso caer con todo esto.

—Tenemos vídeos tuyos tratando de violar a Abbi, yo que tú bajaba el arma —le dice Dafna apuntándole con su pistola.

—No, ese no era yo. Estaba drogado..., algo inventaremos. ¿Verdad, papá? —Su padre lo mira con asco y Hermes le dispara a la cabeza.

Abbi grita y la pongo detrás de mí.

Hermes me apunta y pienso que me va a disparar. Acaba de matar a su padre a sangre fría.

—Todo iba muy bien hasta que ella llegó y tú sentiste que necesitabas algo más.

Antes de que pueda disparar, Dafna le mete un tiro en la mano.

Suelta la pistola y esta cae al suelo con tan mala suerte que un tiro errado me da en el pecho.

Veo cómo atrapan a Hermes y le ponen las esposas. Él me mira y ve la sangre, pero nadie más se ha dado cuenta de que estoy herido. Me llevo una mano al pecho. Y noto cómo la sangre me moja. Abbi grita al verla.

—¡Así no era la historia! —grita cuando caigo de rodillas—. ¡Eros era inmortal! ¡Ellos vivían para siempre en el Olimpo! —Le acaricio la mejilla—. ¡No puedes dejarme! ¡No existe Eros sin Psique! No existo yo sin ti.

Le toco la cara mientras gritan a Abbi que se aparte. Ella grita que no, pero la cogen y de nuevo nos separan sin comprender que si este fuera mi último suspiro querría hacerlo sobre sus labios.

Todo se torna negro mientras escucho que todo ha acabado.

Tal vez sí, tal vez todo haya acabado para mí siendo solo un esclavo de la mente enfermiza de un hombre que jugó con sus amigos a ser dioses hasta que los bajaron del Olimpo para vivir entre rejas como meros mortales.

Capítulo 48

Están operando a Dorian. Ha perdido mucha sangre, pero nos han dicho que el disparo no era letal. Aun así, saber que lo están operando no me deja tranquila. La policía ha desalojado el internado. El escándalo ha llegado a la prensa y están declarando todos. Yo daré mi versión de los hechos, pero Dafna y mi hermano han pedido que sea tras la operación de Dorian.

Su madre pasea nerviosa por la sala. Lleva años cerca de su hijo, enviando postales desde la misma ciudad. Pero Dorian las rompía sin leerlas porque solo podía ver que ella lo dejó. Le costó años denunciar, reunir valor para dejar de tener miedo de decir lo que vivió cuando le hacían novatadas. Ella vio morir a uno de los becados y cómo enterraban el cuerpo. Le pagaron para que no dijera nada, pero se lo contó todo al padre de Dorian y este se enfrentó a su padre. Y no acabó bien la cosa. Como le gustaba tontear con las drogas, su padre lo prefería borracho y drogado a cuerdo. No esperaban que su novia estuviera en estado y esperara un pequeño Wilson. Pero no la obligaron a abortar por si existía la posibilidad de que este fuera como su padre, un superdotado.

No abandonó a Dorian, sino que nunca le dieron la opción de quedarse.

Dio con Dafna y mi hermano, que buscaban venganza, en la comisaría donde fue a denunciar y eso los animó a intentar entrar en este lugar tan acorazado, donde no aceptaban a cualquiera, y descubrir la verdad. Se unieron para conseguirlo y llevan años planeando esto. Dafna volvió a estudiar los últimos años de instituto con una identidad falsa, ya que en realidad tiene veintiséis años, y solicitó entrar. Cuando la aceptaron pusieron en marcha el resto del plan sabiendo que yo estaría en este lugar. No esperaban que yo los ayudara y mucho menos Dorian; él les entregó todo lo que necesitaban sin saber que era la policía, pero faltaba una confesión para conseguir la verdad de todo y ahí entraba el traer a mi abuelo a este lugar y usar al primo de Dafna, que es idéntico a su antepasado, para sacarle la verdad. Sin embargo, todo parecía tan bien armado por los dioses que necesitaban un soplo que tumbara ese castillo de naipes y eso fui yo. Los puse al límite al sacar buenas notas y enamorarme de Dorian. Dafna sabía que Dorian conocía mi identidad. Sabía que al final haría algo con esa información y eso haría salir a mi abuelo porque yo era su mejor baza. Kiefer había vivido muchos años con el abuelo Uriel. Sabía cómo pensaba y también que no quería venir a este lugar porque cuando estaba aquí se ponía enfermo.

Eso no quita que nos usaron. Que dejaron que llegara al límite sin hacer nada para conseguir un fin.

Estoy destrozada, mentalmente estoy rota.

Ahora que todo ha acabado no dejo de temblar, de sentir la ansiedad de que hayan estado a punto de matarme. No estoy bien, no consigo centrarme en nada, no puedo ni leer porque mi mente va de un lado a otro.

Todo esto me ha dejado mal.

He conseguido la verdad, pero a un precio muy alto.

Ahora, por lo que sé, les están dando la oportunidad de quitarse penas de cárcel de encima si cuentan la verdad y, como son todos unos egoístas, están sacando los trapos sucios de los demás. Lo único que sé por ahora es que la noche que culparon a Dorian del accidente, Idelia había metido en el coche a la hermana de Dafna para darle un susto y dejarla tirada por el bosque, pero Dorian, aunque estaba borracho, se metió en el coche para evitarlo. Estaban tan borrachos los dos que acabaron dormidos.

Al final, la verdad es más pesada que un fardo de mentiras.

El doctor sale y nos dice que Dorian ha salido bien de la operación y que cuando despierte podemos entrar a verlo. No soy nada ahora mismo para él, pero, cuando al cabo de un rato nos dejan pasar, su madre me cede su puesto.

Entro y se me hace raro ver a Dorian tan pálido y atado a las máquinas. Hasta ahora siempre había sido mi dios inmortal. Esto hace que entienda aún más por qué quiso salvarme cuando me vio medio muerta. Es horrible ver así a quien amas; cuando Dorian cayó herido fue como si el mundo dejara de existir.

Los ojos se me llenan de lágrimas, me tiende una mano y la cojo. Voy hasta él y apoyo mi cabeza en la

278

suya. Y al mirarlo tiemblo, tiemblo de miedo porque él me recuerda mi gran amor, pero también todo lo vivido en este horrible lugar. Me ahogo, me estoy ahogando, la ansiedad me mata. Es como cuando estaba en ese horrible pozo.

No puedo respirar...

—Respira, becada, o acabarás más muerta que yo —dice acariciándome la mejilla. Rompo a llorar rota, agitada y triste. No sé cómo ser de nuevo la chica esa que sonreía al atardecer y contaba historias de magia y dioses—. ¿Tan mal estoy?

—No, soy yo la que no estoy bien..., no sé qué quiero. No sé qué quiero... —Nos perdemos en los ojos del otro—. Estoy enamorada de ti, te quiero más que a nada, pero ahora todo esto me recuerda al dolor. No quiero mirarte y ver todo eso.

—Lo sé. Yo tampoco estoy bien. —Me rompo y me seca las lágrimas—. Estamos hechos una mierda. Esto nos ha destrozado la jodida cabeza.

Me acaricia las manos e intento calmarme. No conseguirlo me mata y me esfuerzo por estar bien ante él. No sé cómo detener mi angustia.

—Totalmente.

—¿Quieres que te cuente una historia? —susurra. Asiento—. La de Freya. Tiene atributos asgardianos. Era muy fuerte y guapa, seguro que muy sexi. —Sonrío—. Hablaba nueve idiomas y, al ser la diosa del amor y la lujuria, podía controlar eso en las personas. Eres un poco como ella. Tienes poder sobre mí.

Le acaricio la mano hasta que se queda dormido. Cierro los ojos y por un momento estoy en el circo entre aplausos. Mi abuelo me sonríe y todo va bien, todo va bien.

En mis sueños no llora mi alma por lo rota que todo esto me ha dejado.

Presto declaración de todo. Cerca de la piscina aparecieron varios cadáveres más que, cuando Idelia abrió el pozo roto, arrastró el agua y por eso fue fácil dar con ellos. Todos están cayendo uno a uno. Es lo que quería, pero vivo nerviosa, aterrada, y no dejo de rascarme el brazo.

Idelia se propasó con las novatadas y acabó por matar a dos jóvenes. Uno por un coma etílico y otro que se perdió en el bosque y fue atacado por los lobos. Escondieron los restos cerca de la piscina porque ellos creían que tenían el poder en este lugar y que, si sabían dónde estaban los cuerpos, nadie los usaría contra ellos. Pero había dos más. Dos jóvenes que perdieron la vida cuando el padre y la madre de Dorian estudiaban allí. La madre de Dorian nos contó que su desaparición fue lo que hizo que su novio perdiera la cabeza y, para olvidar el horror de sentirse culpable, empezó a beber cada vez más y borracho era muy agresivo y a ella también le pegaba. Por eso muchas veces no podía estar con Dorian, porque estaba recuperándose de las palizas.

Al final todo ha salido a la luz. Y las familias han sabido la verdad. Las novatadas son una cosa seria y se pueden ir de madre. Y no solo físicamente. Mentalmente, estar sometido a ellas te destroza y yo doy fe de ello. Vivo en una nube de ansiedad donde el tiempo pasa lento y es como si viviera todo en un sueño. Me han dado pastillas para calmarme, pero no mejora. Nada mejora...

—Pequeña. —Alzo la cabeza en la sala de espera y veo a mi abuelo Hadrian al lado de mi madre.

Corro hasta ellos y los abrazo con fuerza.

—No tengo fuerzas. No tengo más fuerzas.

—Pero las tendrás, mi niña es la más fuerte de todos. —Mi abuelo me coge la cara y me mira con cariño—. Al fin todo ha acabado. Ahora eres libre, Abbi, y nosotros también.

Oímos una puerta cerrarse y sé que ha sido la de la habitación de Dorian. Voy hasta allí. Entro y se está vistiendo.

—Me han dado el alta, estaba a punto de pedirla yo. Cinco días aquí y no puedo más —dice con mejor cara. Lleva un brazo en cabestrillo, lo que hace que no se pueda vestir bien. Lo ayudo y tiemblo al tocarlo, pero no de placer, sino de miedo, porque todo esto me lleva al internado. No sé cómo salir de ese lugar.

Dorian me coge la cara entre sus manos, pero el contacto no me calma. ¿Cómo puedo amar tanto a alguien y a la vez no conseguir llegar a él por lo rota que estoy? Intento forzarme, pero no lo logro.

—Eh, mírame. —Lo hago y veo dolor en su mirada, pero también una tierna sonrisa—. Respira, Abbi.

—No sé cómo se hace. Quiero salir de ese horrible lugar...

—Y cuando me miras recuerdas todo. Lo sé. Me está pasando lo mismo. —Me fijo en que tiembla, que está tan roto como yo.

Lo abrazo con fuerza y lloro agitada y nerviosa. No sé cómo ser fuerte ahora mismo.

—Tienes que irte con ellos. Tienes que alejarte de todo.

—No quiero alejarme de ti.

—No lo haces, ambos tenemos que cerrar heridas. Ambos tenemos que hacernos fuertes. Estamos jodidos, Abbi, nos miramos y solo vemos dolor. Tienes que irte y recordar quién eras o quién quieres ser.

—No sin ti... —digo. Me coge la cara entre sus manos.

—Quiero olvidarme de todo, quiero estar aislado, quiero aprender a controlar mi ansiedad. He estado hablando de eso con un médico aquí. —Me toca el brazo lleno de heridas—. Y tú tienes que hacer lo mismo. —Me acaricia—. Te amo, Abbi, eres mi diosa. Pero tenemos que curarnos. Y cuando estemos curados nos encontraremos y, si me sigues queriendo en tu vida, me encantará ser tu primera opción para ser feliz. —Me seca las lágrimas—. Mereces curarte, vivir y saber qué quieres, y lo entenderé. —Toca la cadena—. Yo te he entregado mi corazón y estará siempre contigo en cada uno de tus sueños y metas. Pero necesitamos mirarnos sin dolor, nos lo merecemos los dos.

—No puedo seguir sin ti. Al final me pondré bien..., veré la forma...

—Eres mi chica, la más valiente, esa loca que miraba el atardecer al revés y andaba por la cornisa. Y la que no sabe caer con gracia. Eres todo eso y mucho más. Por eso tienes que volar alto y saber quién eres más allá de ser solo un peón.

—Quiero elegirte...

—Y yo que me elijas, pero ahora mismo necesitamos curarnos. La ansiedad es una enfermedad que necesita tiempo, igual que otras, para sanar. Forzarlo solo nos romperá más a los dos. Y un corazón roto puede amar con cada uno de sus pedazos, pero no deja de ser un montón de piezas inservibles que no terminan de unirse porque lo vivido las hace estar dispersas. —Lo miro con todo el amor que siento—. Necesitamos sanar para amarnos sin el reproche de un pasado que al mirarnos nos recuerde momentos grises.

Tiene razón, lo sé. Veo el dolor en sus ojos. La angustia. El miedo. Es reflejo del mío. Sé que si me quedo a su lado me haré la fuerte por él y no me curaré y él también lo sabe, por eso me deja ir esperando volver a encontrarme.

—¿Me buscarás cuando estés bien? —le digo.

—¿Acaso no lo sabes? Iría a los infiernos por ti. —Me río y me besa lentamente.

Luego nos movemos bailando la música que solo se escucha en nuestras cabezas:

> *Acabo de despertar de un sueño*
> *en el que tú y yo tuvimos que decir adiós.*
> *Y no sé qué significa todo esto,*
> *pero desde que sobreviví, me di cuenta.*

—«Donde sea que vayas, ahí es donde iré» —canto. Sonríe y me mira sabiendo que esta es nuestra despedida.

—Vuela alto, becada..., no te mereces menos.

—Tú tampoco, capullo. —Se ríe y cuesta mucho despedirse.

Voy hasta la puerta y cuando salgo me dejo caer sobre ella llorando mientras lo siento al otro lado. No sale porque no puede. Porque los dos sabemos que esto es lo mejor para nosotros. Esto es una prueba de amor. De un amor libre. Porque, por mucho que lo ame, ahora mismo solo le puedo entregar mi dolor, mi angustia y mi ansiedad cada vez que lo miro y recuerdo el horror vivido.

Ambos merecemos sanarnos y ser fuertes.

Marcharme es una de las cosas que más me han costado en la vida. Pero tiemblo tanto y estoy tan destrozada que sé que nadie puede entregar al otro un corazón hecho de jirones. Toca remendarlo fuerte para amar con fuerza sin que nadie tenga que cargar con cada una de mis heridas. Y para que, cuando le diga que lo amo, él sepa que lo hago con fuerza y que no me quedo a su lado solo porque siento que es lo correcto.

Dorian quiere que, si estoy con él, sea porque, tras haber visto el mundo libre, entre todos los caminos lo elija a él. Y yo también quiero eso de él. Porque al fin y al cabo siempre hemos sido peones de nuestros abuelos.

Toca ver qué podemos ser más allá de eso.

Capítulo 49

DORIAN

Estaba peor de lo que pensaba. Tenía un gran trauma por lo de mi padre, que me había hecho creer que no merecía ser feliz. Y que además era un ser horrible por desear la muerte a un familiar. Esto lo sabía, pero, joder, costó. Costó quitarme esa culpa, esos negros pensamientos. En el fondo miraba a mi abuelo y sentía que yo sería así.

Hasta que Abbi llegó y todo cambió, vio algo bueno en mí. Algo floreció en mi pecho, pero lo vivido me dejó roto. Tenía que hacer las paces conmigo mismo, con mi madre y con un pasado que no podía cambiar. Tenía que ser algo más que el chico amargado que odia a todo el mundo y que es claramente un capullo.

Aún recuerdo ese primer encuentro con mi madre tras tantos años, al salir del hospital. Estaba al lado de un coche y la prensa hacía fotos de todo. Porque esta historia ha dado la vuelta al mundo. Sonrió y me tendió un ramo de flores.

—No sé si te gustan...

Recordé aquel ramo que le entregué de niño y que rompió.

—¿Y a ti?

—Me encantan. —Sus ojos se llenaron de lágrimas y comprendí que esa historia que recordaba tenía dos caras.

Entré al coche y ella vino conmigo. El chófer nos llevó lejos, a donde iba a estar internado para sanar.

—Te quiero mucho, Dorian, no he estado lejos de ti nunca y no voy a estarlo ahora. Si hubieras mirado las postales...

—No podía. Igual que ahora no puedo con nada más.

—Lo sé. —Me cogió la mano con dudas y apretó mis dedos—. No tengo prisa. Tal vez un día pueda ser lo que más he deseado siempre: tu mamá.

Sentí el peso de las lágrimas en los ojos y supe que yo también había deseado siempre eso. Tener una madre, una madre de verdad.

Todos los dioses fueron a la cárcel, pero yo no porque en realidad nunca hice nada. Solo me quedaba allí mirando, asqueado por ser parte de aquello. Pero ni uno solo de los becados tenía nada contra mí. Incluso ayudé a varios. No solo a Abbi, con ella fue especial, pero llevaba años cuidando de los becados y de los trabajadores de nuestra casa. Aunque me habían lavado el cerebro para hacerme creer que hasta eso era un acto egoísta y todo porque, cuando mi abuelo vio mi potencial, quiso hacerme como él. No lo consiguió con mi padre. Pero yo iba a ser mejor. Su legado.

Ahora está encerrado en la cárcel junto a sus amigos.

La verdad solo tiene un camino y nunca debieron

hacer eso. Las novatadas nunca deberían estar bien vistas. No se debería mirar hacia otro lado cuando hay personas que sufren ante tales abusos.

Uriel no está en la cárcel, él no tenía nada que ver con ese lugar. Pero al saberse la verdad de cómo trató a sus hijos y nietos, la gente dejó de comprar sus productos y está en bancarrota. Y todos lo han abandonado. Ahora vive en un asilo con lo que le queda. Con lo mucho que le gustaba el dinero, perderlo todo para él es como haber ido a la cárcel.

Al menos ya no podrá hacer daño a nadie más.

Mina y Marvin eran aliados del abuelo de Abbi, que les pagó mucho dinero para que le informaran de todo lo que hacía su nieta. Mina también informaba a Idelia y sacaba más dinero. Se les ha acabado el chollo porque el dinero recibido eran pagos ilegales.

No he dejado de pensar en Abbi. También he leído mucho y en cada uno de los libros le he dejado notas y postales de las ciudades que he recorrido sin miedo a que mi abuelo me encontrara o sin tener que ser alguien que no soy.

He recorrido el mundo buscándola en cada actuación del circo de su abuelo, al que acudí por primera vez por si conseguía verla. Fui con mi madre y resultó raro disfrutar de algo tan cotidiano a mi edad; ella estaba emocionada y compró de todo en el bar, palomitas y perritos. Pero Abbi no estaba allí. Pensé preguntar a su familia por ella, pero el circo de su abuelo ahora solo es una franquicia. Han vendido la marca y hay varios circos por todo el mundo que presentan sus espectáculos. De dónde está el gran Hadrian no se sabe nada.

—La encontrarás —me dijo mi madre con la boca llena de palomitas.

287

Me recordó a Abbi y me pregunté si esa luz, esa sonrisa, fue lo que enamoró a mi padre. Pero él no supo decir basta. No supo curarse y todo le vino grande. Me pregunto si eso también me habría pasado a mí si hubiera forzado las cosas con Abbi. Si al final todos los cabos sueltos nos hubieran ahogado.

—Lo sé —respondí a mi madre.

Tuve que cambiar mi número de móvil porque la prensa me acosaba y les di a su hermano y a Dafna el nuevo número. Ellos tampoco saben nada. Pero la pienso encontrar. Cueste lo que cueste. Esté donde esté y, mientras, le contaré todo entre libros de mitos y leyendas.

Me he cambiado de carrera, voy a estudiar Filología, que, entre otras cosas, estudia la mitología. Dudé entre esa y Criminología, pero al final me decanté por la que más me gusta a mí ahora. Empiezo en unas semanas y estoy de verdad emocionado con estudiar algo que sí me gusta.

—Entiendo que duermas en la casa de estudiantes..., pero he cogido un piso cerca —me dijo mi madre mientras hacía la maleta en el hotel donde estábamos alojados.

No se ha separado de mí. Cuando estuve en el centro para recuperarme de mi ansiedad venía cada día y me traía siempre algo: flores, un dulce. Un huevo Kinder. Eso me hizo mirarla divertido.

—¿En serio, mamá?

—Te parecerá una tontería, pero nunca pude regalarte uno de niño. —Sus ojos se llenaron de lágrimas y entendí todo por lo que había tenido que pasar. Se me rompió el alma. Me acerqué y la abracé. Lloró en mis brazos, parecía muy pequeña porque nunca tuvimos el placer de poder abrazarnos cuando era ella la que me habría podido cubrir con su cuerpo.

—Anda, vamos a montar esta chorrada juntos. —Se rio y compartimos el huevo mientras montábamos el animal que nos había tocado, un lobo. Me recordó la historia que me contó Abbi del lobo encadenado. Al fin yo había roto mis cadenas y había sido más fuerte que mis captores.

Miré a mi madre mientras hacía la maleta para irme a la universidad y le dije:

—Me gusta tenerte cerca.

—Me alegro... Te quiero.

—Y yo a ti. —Vi la sorpresa en sus ojos—. Es hora de que vivas tu vida, mamá.

—Contigo cerca, todo me parece posible ahora.

Llego a mi residencia de estudiantes tras dejar a mi madre en su nuevo piso cerca de aquí y suelto las cosas en el cuarto. Hay maletas de alguien. No les hago caso y subo a la azotea. Me preocupé de buscar una residencia que tuviera una. Porque si encuentro a Abbi, quiero traerla a ver el atardecer.

Subo con la mirada fija en la barandilla.

—Me tapas el sol. —No puede ser.

Me giro y veo a Abbi, que esta vez no está al revés. Está sentada con las piernas cruzadas y me mira con una amplia sonrisa. Lleva el pelo más largo. Tiene mejor color de cara. Sus ojos brillan como la primera vez que la vi, cargados de vida y sueños.

Nos miramos a los ojos y, tras tantos meses, esto no parece real.

Estoy temblando.

Si es un puto sueño, por favor, que nadie me despierte.

—Orfeo quiso rescatar a su mujer de los infiernos y solo tenía que evitar mirarla antes de salir de allí, pero se giró, solo una vez, solo un error, y la perdió para siempre.

—A veces un solo error basta para perdernos para siempre.

—Sí, eso creo yo. —Sonríe—. Vamos a estudiar la misma carrera. —Lo que me revela que sabía que yo estaría aquí—. Pero voy a ser mejor que tú.

Me acerco y me pongo frente a ella. Feliz como no recuerdo haberlo sido nunca, porque la carga que llevaba sobre mis hombros ya no está. Y, aunque mi corazón está lleno de tiritas, al fin soy libre de amar con fuerza a quien quiera y a la vida.

—Lo dudo, tú solo eres una simple becada y yo un puto dios. —Se ríe y se levanta para tirarse a mis brazos.

—Lo mejor de la historia de Eros y Psique es que al final se apiadaron de ellos y los dejaron vivir juntos para siempre.

—Como iguales. —Nos miramos a los ojos y cuento las catorce motas de su iris, no he olvidado ni una. Tampoco las pecas que tiene en sus mejillas—. Nunca fui mejor que tú.

—Lo sé. Pero eres mi reto. Mi reto para superarme. Y yo el tuyo. —Apoyo la frente en la suya.

—¿Cómo sabías que estaría aquí?

—Mandas mensajes a Dafna para contarle todo y ella me los reenviaba a mi perfil de redes por si quería saber de ti. Me costó más de lo que creía dejar de tener miedo. —Lo veo en sus ojos—. Y no quería tenerte delante y volver a un pasado horrible. Quería mirarte y ver solo un futuro a tu lado. Cuando estuve lista lo preparé todo para coincidir contigo. Esperaba que subieras a la azotea, que quisieras buscarme en este nuevo atardecer lleno de historias por contarnos juntos.

—Cada día, Abbi, es nuestra hora mágica.

Sonríe y acerco mis labios a los suyos. Nos besamos y el beso sabe a futuro. No dejamos de besarnos por todos los meses separados. Andamos hasta mi cuarto y tiro de su ropa y ella de la mía. Se le llenan los ojos de lágrimas al tocar la cicatriz del disparo.

—He aprendido a olvidar lo que me duele y aprender de lo que me hirió.

—Yo también —respondo y se alza y cruza sus piernas en torno a mis caderas.

Caemos sobre una de las camas ya sin ropa y entro en ella con fuerza. No tengo dudas de que no ha habido nadie. Lo veo en sus ojos, lo siento en cada caricia. Ella es mía y yo sigo siendo todo suyo.

Y confío en ella para saber que si no tomara la píldora me avisaría.

Salgo y entro en ella con fuerza sin dejar de besarla, de beber de ella. De sentir sus manos en mi espalda. No dejo de moverme hasta que nos corremos juntos. Apoyo la cabeza en el hueco de su hombro y nos quedamos quietos.

—Como entre mi compañero va a verme el culo.

—Como si eso te hubiera importado alguna vez, Dorian. —Sonrío y la miro—. Y no le importa. Soy yo.

—¿Qué dices?

—Este lugar es mixto. Y moví mis hilos. Vamos, que pagué para que me dejaran estar contigo.

—Aprendes rápido. —Sonríe y la veo feliz, más feliz que nunca—. ¿Qué planes tienes para mañana?

—Recorrer la ciudad. ¿Te apuntas?

—Por supuesto.

Dormimos juntos sin soltarnos y cuando al día siguiente recorremos la ciudad lo hacemos de la mano. Sin miedo a que alguien nos vea. Nos besamos en cada esquina y nos contamos cientos de cosas mientras andamos. Comemos comida basura y vemos el atardecer juntos.

—Te mentí, nunca quise ser una sirena. —Me río.

—Ya lo sé. Y no me importa.

Toca mis ondas y me acaricia las mejillas como si quisiera memorizarme para siempre.

—Te amo, Dorian, ¿lo sabes?

—Lo sé y me lo creo.

Su sonrisa se hace más amplia y nos miramos sabiendo que somos un par de corazones con cientos de remiendos que al fin miran al futuro con ganas de comerse el mundo y de soñar que la magia existe. Al fin y al cabo, todo existe si crees y yo creo en nosotros. Por y para siempre.

Tal vez esa historia del hilo rojo sea cierta porque habla de destino y antes no creía, pero ahora sí. Habla de personas que, por mucho que se alejen, siempre encontrarán la forma de estar juntas. Ella siempre fue mi destino. Mi Psique, con la que encontré la fuerza de amar a pesar de la oscuridad que me rodeaba y que me dio la fuerza para enfrentarme a los mismísimos dioses que habían jodido mi vida.

Me dio la fuerza para amar y amarme.

Epílogo

ABBI

ABBI

Doy un doble giro y caigo al suelo... de culo.

—¡¿Por qué nunca me sale bien la salida?! —Mi madre se ríe y mi hermano se me tira encima. Defin no se separa de mí siempre que nos vemos. Y eso me encanta.

—Porque te precipitas.

—Pero a mí me gustan tus culadas —me dice Defin divertido.

—Pues como no la clave esta noche, la gente se va a reír.

—Dudo que te miren a ti. Lo siento, Abbi, pero la gente solo tiene ojos para Dorian vestido de Eros.

—Vestido por decir algo, solo lleva un bóxer —apunta mi hermano y se va a coger su consola.

Han pasado cinco años desde que todo acabó. Dorian y yo acabamos la carrera. Y ninguno de los dos tuvo tregua con el otro. Me ganó por una décima y estuve enfadada con él una semana, aunque se encargó de que

293

se me pasara el cabreo cada noche. Su lengua recorrió todo mi cuerpo.

Trabajamos en la universidad. Dando clases y haciendo que otros amen la mitología como nosotros. Claro que a Dorian le cuesta menos porque tiene un índice de asistencia alto. Sobre todo, de mujeres.

Mi abuelo volvió a actuar, pero solo en verano. En invierno quiere estar con su familia; mi madre vive con Defin y su marido cerca de donde vivimos Dorian y yo. Y la madre de Dorian, igual. Lo bonito es que mi madre y ella se han hecho amigas y comparten muchas cosas.

Mi abuelo es feliz cerca de su hija y le encanta su barrio. La gente lo adula, pero al llegar la noche regresa a su casa. A su hogar cerca de la gente que más quiere.

Necesitaba esto, parar, tener un hogar. Vivir siempre viajando al final cansa. Y un verano se me ocurrió la idea de actuar como Eros y Psique. Dorian no hace nada, solo se queda quieto mientras yo me muevo y bailo contra Afrodita y unos seres de rojo que simbolizan el infierno. Él solo me busca y me besa bajando con sus alas.

La gente aplaude emocionada.

Sobre todo, por verlo medio en pelotas, algo que a mi novio le encanta.

Nos preparamos para la actuación y voy a buscar a Dorian. Con los años, su atractivo no ha hecho más que aumentar. Se gira al verme llegar y cruza su mano con la mía haciendo que los tatuajes que nos hicimos, un hilo rojo, se junten. Me dijo:

—Tú me has hecho creer en el destino.

Pero me dolió tanto que no me hice más tatuajes. Dorian me mira cuando nos dan la señal.

—¿Lista?

—Siempre.

Sale y su madre, Afrodita, le pide que me mate. Yo salgo cuando me señala y le da una flecha dorada para que me la clave en el corazón. Entonces Eros viene hacia mí y me lleva hasta la oscuridad. Las luces se apagan y a mi lado solo hay gente vestida de negro que me hacen danzar de un lado a otro y me ponen en los ojos una venda negra. Bailo a oscuras hasta llegar hasta Dorian, que me abraza y me deja un beso en la mejilla.

Entonces me giro y busco un cirio. Al encenderlo le quema la mejilla. Eros entra en cólera y desaparece, entonces lo busco por todo el mundo. Hasta que llego a los infiernos y caigo muerta. Los demonios bailan a mi alrededor hasta que Eros baja a buscarme.

Escucho el «oh» de la gente mientras lo graban. Entonces Dorian busca mi boca y me besa trayéndome de vuelta a la vida.

Al final cae sobre mí un polvo dorado que simboliza mi inmortalidad y nos abrazamos.

La gente no para de aplaudir mientras Dorian y yo nos miramos. Entonces, ante mí aparece un anillo.

—¿Lista para una nueva aventura conmigo?

Los ojos se me llenan de lágrimas y le echo los brazos al cuello tras decirle que sí.

Cenamos con el resto de los feriantes contando anécdotas. Mi abuelo lo hace feliz y la madre de Dorian da un trago a su cerveza. Ha encontrado el amor. Uno de sus vecinos. Hoy no está aquí, pero no paran de mandarse mensajes. Me gusta para ella. Es buen hombre. Ella merecía vivir su vida también lejos del dolor.

Mi hermano Defin está cerca de mi madre jugando a la consola. Pero al notar que lo miro, alza la cabeza y me sonríe con cariño, hasta que la hija de Kiefer le quita la consola y le dice que le toca jugar a ella. Defin corre tras la pequeña de cinco años. Mi hermano mayor los mira divertido al lado de su mujer. Al final hablamos de todo y lo perdoné tanto a él como a Dafna, que estaba liada con Robin, era su novio, de ahí sus miradas. Al final todo encajaba. Tengo muchas cosas en común con Kiefer, sobre todo querer hacer justicia.

—Yo digo que la boda debería ser en el circo —apunta mi madre con la boca llena.

—Y vestido con un taparrabos —bromea mi padrastro.

—¿Y por qué no en pelotas? Así habría más público —los pica Dorian.

Nos reímos felices y tranquilos. No tenemos prisa por dormir ni por hacer nada.

Hace tiempo que me olvidé de todo el horror y saber que todos los culpables, excepto Uriel, están en la cárcel por una larga temporada ayuda.

—Yo creo que deberían casarse por todo lo alto —dice mi hermano Kiefer cogiendo en brazos a su hijo pequeño de dos años.

—Yo creo que deberían fugarse. —Dafna sonríe y toca su tripa de embarazada. Robin nos mira divertido.

—Lo de fugarse no es mala idea —añado.

—No, pequeña. Quiero llevarte al altar. Quiero vivir ese momento con una de las mujeres que más quiero —dice mi abuelo.

—Entonces, hazlo aquí —dice Dorian—. Haz tu mejor función. La boda de Psique y Eros... Llevemos el mito a otro nivel.

—Y todo por pasearse en pelotas —añade Kiefer picando a su cuñado.

—Me debo a mi público —bromea Dorian y su madre lo mira sonriente.

—De verdad, por una vez, a ver si puedes llevar algo más de ropa —apunta esta.

—Es por todas las veces que no pudiste verme los huevos de niño.

—¡Dorian! —le regaña ella mientras yo sonrío feliz. Me gusta este lado de Dorian, juguetón y divertido.

Y me encanta que en verano, cuando actuamos, toda la familia y los amigos vengan al circo y luego cenemos juntos a la luz de la hoguera que encendemos. Es mejor de lo que siempre soñé.

—Pues le estoy dando vueltas —añade Hadrian—. Tengo una idea.

Mi abuelo se lo toma como un reto y lo hace. Dorian y yo nos casamos entre magia y espectáculo. Sabiendo que la realidad siempre supera cualquier circo. Lo hacemos junto a nuestros amigos y familia. Una familia que Dorian siempre añoró y que al fin ha encontrado.

Miro el atardecer dando vueltas a mi anillo de casada. Dorian se pone tras de mí y me abraza.

—¿En qué piensas?

—En nada —respondo—. Mi mente ha dejado de girar. Estoy donde tengo que estar.

—Te entiendo.

Me abraza fuerte y yo a él y entre él y yo sobran las palabras, o las promesas, porque nunca nadie me ha sabido leer tan bien como mi Eros. Mi gran amor.

Esa persona con quien sientes que el mundo puede

girar con fuerza mientras tú lo pones todo en pausa entre sus brazos.

Él es mi calma en la tormenta y mi hogar vaya donde vaya.

Dos almas destinadas no se separan por mucho que la vida lo intente. Al final siempre encuentran la forma de salir de los infiernos y vivir libres.

Agradecimientos

A mi familia por estar siempre ahí y apoyarme en todo lo que hago. Os quiero.

A mi marido y a mi hijo, por ser parte de mi mundo y que mis alegrías sean las vuestras. Os quiero.

A Merche y a Natalia por estar siempre ahí, y por vuestro cariño para con cada libro.

A mis lectoras cero por ayudarme con cada libro y por haberme ayudado con este para que fuera perfecto, no sería lo mismo sin vosotras.

A Ediciones Click y a Booket por apostar por mis libros y creer en ellos siempre. Y llevar ya diez años juntos trabajando en nuevos proyectos.

En especial a Ade, mi editora, porque nada de esto sería posible sin ti.

¡A mis lectoras Vips por su ayuda siempre, y por apoyarme en cada libro!

A mis «Moruadictas» por estar siempre ahí y apoyarme en cada novela, sea del tipo que sea, y por hablar conmigo por Telegram, y ser parte de mi mundo.

A todos los fans de mis MORUENADAS. Todos somos conscientes de que sin ellas mis libros no serían únicos.

Y, sobre todo, a mis lectores, por ser el motor de mis libros. Sin vosotros nada de esto sería posible.

Instagram: @moruenae
Twitter: @moruenae
TikTok: @moruenae
Facebook: @MoruenaEstringana.Escritora